一碗乡愁

鲜章平 著

天津出版传媒集团
百花文艺出版社

图书在版编目（CIP）数据

一碗乡愁 / 鲜章平著. -- 天津 : 百花文艺出版社，2024. 6. -- ISBN 978-7-5306-8901-1

Ⅰ. I267

中国国家版本馆 CIP 数据核字第 2024DM0692 号

一碗乡愁
YIWAN XIANGCHOU
鲜章平　著

出 版 人：薛印胜
责任编辑：郑　爽
封面题字：何金良
封面绘画：东　崽
策划编辑：吴秀娟
装帧设计：悟阅文化
出版发行：百花文艺出版社
地址：天津市和平区西康路 35 号　**邮编：**300051
电话传真：+86-22-23332651（发行部）
+86-22-23332656（总编室）
+86-22-23332478（邮购部）
网址：http://www.baihuawenyi.com
印刷：成都市兴雅致印务有限责任公司
开本：880 毫米 ×1230 毫米　1/32
字数：212 千字
印张：8.5
版次：2025 年 1 月第 1 版
印次：2025 年 1 月第 1 次印刷
定价：75.00 元

如有印装质量问题，请与成都市兴雅致印务有限责任公司联系调换
地址：成都市金牛区沙河源街道陆家桥社区
电话：028-83181689
邮编：610000

序一

乡愁“本味”

李　平

一个人离家久了，久久萦绕于心的，往往是故乡的温情与烟火气。《一碗乡愁》，以散文为形，带我们品味家乡的美食，仿佛那碗中散发出来的香味与热气才是乡愁最灿烂、最真实的状态。这故乡的“本味”，令人想念而疼痛，温暖而美好。

乡愁，是一种告别。“陌上花开，可缓缓归矣”，对故乡旧光阴的顾盼、回望，是我们心底柔软且厚重的情感，而这告别总是充满疼痛的。有时候，故乡的人、房子、园子已寻不见了，消失在岁月中，而味道始终铭记于心，难以忘怀。作者在《每一碗美食里都盛满了对父母的思念》中说：“一个人对故乡的思念，首先是从胃开始。而我以为，胃的记忆莫过于父母给我们的最初启蒙。”作者的笔下，父亲的川菜麻辣劲道，兔子肉细嫩鲜香，母亲的红枣粽子、妻子的伊香米粥，这些都是能升起暖意、生出气力的味道。现在作者的父母已逝，因工作，作者又与妻子两地分离，这味道是回望，是隐然的疼痛，更是深深思念。

一方水土养一方人。好味道、好日子一定是有参照的，对家乡的情愫感怀皆是调料，这样方能和谐适口。《拌面情结》中作者第一次和好朋友保疆品尝家常面：寒冷的冬天、低矮的老屋，热气腾腾、细细长长又弹性十足的面，“吃完再喝一碗清爽的面汤，真是舒坦到骨子里了。”多年后老屋拆迁了，拌面馆换了地方，依然人声鼎沸，作者依然去吃面，依旧是菜好、肉好、面好。只是，当年一起吃面的朋友不在了。这份酸楚，是咀嚼过生死别离的味道，又有几人能体会？

乡愁，是一种记忆。“人莫不饮食也，鲜能知味也。”知味实不容易，说味就更难。乡愁之愁是源于离开，如果依然生活在故乡、在熟悉的街道上、在熟悉的餐桌上，对于熟悉的味道可能不会有这么深刻的体验。其实记忆并不可靠。为了外甥女记忆中的那一碗美味的汤面片，作者竭尽全力用当年的方法，用羊肉、恰玛古和西红柿干，还有少许辣皮子、香菜、葱花等食材制作，却怎么也吃不出当年的感觉。同样的食材，不同的滋味，或许不是食物的味道变了，而是当年美好的记忆欺骗了味觉。很多味道，你和它们似是而非，但它们却如魂灵附体一般，让你在记忆里回味加工，变成自己的一部分。

饥肠辘辘的人不适合看这本书，因为他会情不自禁流下口水。《手抓肉的故事》描述哈萨克族人的炖羊肉，“我趁热夹起一块肥瘦相间的肋巴肉，似乎一股草原的清香从唇齿间顺着喉咙直往肚子里钻，真有点猪八戒吃人参果的模样，没来得及咀嚼，就吞了下去。”《野蘑菇》里，“闻着新鲜的木耳菇散发出像蜂蜜又似松花一样馥郁香甜的气味，全然忘记了浑身酸疼，竟然情不自禁地哼起了儿时的歌谣《采蘑菇的小姑娘》。”这人文、这美景也是食材，调和在一起，是多么美好。

乡愁，是一种情结。“我生本无乡，心安是归处”，这本书让我们在这个匆忙的时代打开心灵，看到饮食文化中寓含的情意，感知、记忆、创造美好的生活。作者的父亲是兵团一代，当年在一次奉命追击土匪的战斗中，部队遭到伏击，父亲从马背坠落山谷，幸亏遇到了一家哈萨克族牧民，靠着牧民送的一个苞谷面窝窝馕，一路跋涉，三天后才追上了部队。在作者的内心，“一个个火红的馕坑和一个个金黄色的馕，不正像一个个七彩的太阳，照亮了各族人民的生活，见证着一段历史，陪伴人们一起走向美好的明天吗?”这也更体现了新疆各族人民像石榴籽一样紧紧抱在一起的民族团结之情。

在新疆特色饮食大盘鸡里，作者看见东乡族“八块鸡”的身影，看到哈萨克族“纳仁”的影子，“最为重要的是，这么多的食物盛在一起，确实需要一个硕大无比的盘子，就好比兵团汉子，有了宽广的胸襟，才装得下大气磅礴的梦想。”“一道大盘鸡里，究竟有多少省份和民族的智慧在里面呢？那么，我们是不是可以把大盘鸡看作是兵团文化杂糅、感情融和的一个代表作呢?”这来自天南地北的饮食体现出兵团人五湖四海、博大宽广的胸怀。作者与镇江援疆干部的情缘，也无一不在人、茶、食中，成为一生一世的牵挂，无法割舍。在作者笔下，他已经成了不折不扣的“镇江粉丝”，对镇江翠芽的痴迷一直未改，“每年的春季，我会一如既往地从网上买来当年的新茶。氤氲的茶汤里，仿佛映漾出一个个熟悉的脸庞。”

冯骥才说：“对于一些作家，故乡只属于自己的童年，它是自己生命的巢，生命在那里诞生，一旦长大后羽毛丰满，它就远走高飞。”在这《一碗乡愁》里，不仅仅能看见作者的生命之巢，更能看见他的灵魂之巢。好吃的菜，一定是凸显食材“本味”的，人也有“本味”。或许正是源于和故乡的距离，回望俯瞰时你会发现，曾经吃过的饭、品过的滋味，都在你的记忆里，一点一点地浸润你。人生有太多的遗憾，我们在回忆中挽留过去，怀念以前时代的美好，更要开放面对当下的时代，安下心来，不忘

"本味",活出自己美好的样子,让生活更有滋味。

(李平,新疆生产建设兵团第八师石河子市党委常委、第八师副政委、组织部部长。)

序二

根性的乡愁

——兼谈鲜章平的美食散文《一碗乡愁》

李 凌

无独有偶，当我重拾多年前揉面蒸馍的爱好时，好友鲜章平留言，他的散文集《一碗乡愁》杀青了，他邀约我为其美食书写点文字。因为喜欢美食，我毫不犹豫应承下来。原因有三：一是捏一个馒头，或者端一碗米饭，在汪曾祺先生看来都属于一顿好饭。馍馍和米饭当然称得上是美食，朴实，养身养心；二是美食佳肴，饕餮大餐，人人皆所欲也！任何一种饭菜，都渗透着劳动的艰辛，也有对生活的感恩，何况作者呈现给我们的美食文字，都是日常生活，烟火气息浓郁；三是地标性的伊犁美食，是地域美食文化长期存在并继承发展的根，亦是乡愁之根。

安身立命，少不了吃。而吃，有两种方式：下馆子吃，无论别人请吃或者自己掏钱吃，饭菜都不会差，当属美食。现在条件好了，大多数人是不会亏待自己的味蕾和肠胃的。看看现在关于吃的场所，酒店餐馆、农家乐、私人会所等，走进任何一家，都会有拿得出手的好饭菜。甚至，外卖的出现，足不出户，也能吃上自己想吃的美食。而在家吃，有家人做给自己吃，也有自己做给自己吃。自己做给自己吃，在笔者看来是一种修行，能烹饪一些家常的好饭好菜，既是体验生活的渠道之一，也是美食情结的升华。写文章的人，基本做得一手好饭菜，且都有自己的私房菜谱。私房菜谱除了讲究烹饪技法、食材选取、佐料搭配、味道浓淡等因素外，更有对美食的意境追求。鲜章平做得一手好菜，从他的美食文字中可见一斑，比如大盘鸡。大盘鸡名声在外，关于大盘鸡的来源也有不少的说法，但大盘鸡毫无争议是多省份居民聚集新疆，其不同饮食习惯在长期的交流和碰撞中共同创造的一道美食。它汇聚了四川的麻、湖南的辣、甘肃的洋芋、山东的大葱、陕西的皮带面，以及受到哈萨克族风味美食纳仁吃法的启发，而制作大盘鸡的红烧程序，则来源于江浙等地，多味融合就像开在民族大团结花园里的一朵鲜艳的美食之花。一个大盘鸡包容了大半个中国的饮食风俗习惯，而来自五湖四海的兵团人，功不可没。在《大盘鸡乱弹》一文中，作者列出了大盘鸡的详细制作过程，恰恰是作者热爱生活、思考生活的具体反映。在新疆生活的人会做大盘鸡，而每一家的制作方式都会有一些自己的创新，如果读者在欣赏这些文字的时候有共鸣，有新的启发，那么，大盘鸡作为新疆烟火气息浓郁的美食，作为一种美食文化现象，的确是深入人心的。

吃是一种文化，谈吃是一种文化的提炼，在人们长期的生活中，总能形成属于当地特色的美食文化，比如新疆的手抓肉，在人们的印象中，新疆大块吃肉、大碗喝酒的当地民族的豪放形象必定浮现眼前。这不奇怪，在大快朵颐的时候，谁还能在第一时间想到文化？如果手抓肉的印象仅仅停留在好吃的口腹之快，那只是吃货级别。作者有多次经历手抓肉的场景，在他的文字中，手抓肉是地，文化为天，手抓肉作为当地民族的特色美食，是人们长期的游牧生活的集中呈现，集合了其吃肉和待客的风土人情和文化底蕴。家里来了客人，要宰羊招待，但并不是随便弄一只羊宰了煮肉就行，而是首先要挑选羊，他们会将羊群中肉质最鲜美的那一只拿来待客，选好的羊还要得到客人的认可。接下来的宰杀的仪式感、煮肉的技巧都是生活智慧的积累。尊老爱幼，尊礼待客，融合了多民族人们长期在劳动与生活过程中形成的礼仪习俗。在草原的哈萨克族牧民家里做客，吃肉是享受，邂逅独特的地域风情礼仪能让人的心灵得到洗礼。

其实，地标性美食，固然离不开大餐的支撑，比如新疆的全羊宴、烤全羊等，但风味小吃浸润着平民更多的生活记忆，平民化的小吃更容易融入地域文化。人们偏爱小吃，小吃随处都能见到和吃到，价格亲民，吃的次数多了，就在心中有了眷恋。在伊犁的小吃家族中，小吃堪比大餐是有的，比如杂碎——利用羊蹄、羊头以及内脏为主要原料制作的美食，其承载的历史意义令人动容。在伊犁，说到杂碎，自然就会想到锡伯族，其间自然浸透着他们漫长的生活智慧。当年西迁伊犁河谷的锡伯族，在一路向西的长途跋涉中，他们急中生智，发明了羊皮煮肉等应急求生技巧，后来成为一个民族的美食文化现象。而伊犁巧妙利用羊的杂碎制作菜肴堪比大餐，是因为原本不起眼的羊内脏登上了地标性的美食餐桌，不得不说，当年用来改善极度匮乏的餐桌餐食，以此度过饥馑的人们做梦也不会想到杂碎也会有今天的荣光。经果子沟进出伊犁必经之地的芦草沟，这里离作者早年居住的团场不远，来自五湖四海的兵团人与当地居民和谐共生，相互交融的过程中，餐桌的变化就是最好的表达。一个不可否认的事实是，无论是远行即将离开伊犁，还是乘车归家经过果子沟，必定要在芦草沟停留一会儿，歇脚，打尖。吃什么呢？拌面、抓饭，再加两串烤肉，或者薄皮包子、丸子汤，如果说这些代表伊犁美食文化的看家美食能勾起你的食欲，那么，对于杂碎的念想，也在情理之中。受到伊犁饮食文化浸润的肠胃，这时候发出的声音是：最好几美皆具！于是，一路同行的人们，饭食会不重样，好几种美食都能同时品尝。但关于杂碎，爱好美食的伊犁人做出来的菜肴实在是太丰富了，有百余种，菜单上即使没有全部罗列，点主要的上，也令人眼花缭乱。吃饱了肚子，无论是远行还是归家，都感到心里无比踏实，乡愁得到疏解。

美食散文说好写也难写，好写，只要有文字功底，写出一些对于美食的理解也不是难事，如果要写得好看、耐读、有趣，却不容易。比如汪曾祺先生的美食系列作品，语言朴实，却静水深流，仔细品一品，增长知识，充满趣味，可以让人反复去读而不感厌倦，甚至作为范本进行研究。鲜章平有一篇《美味的兔子》，作者的回忆和怀念充满诗意，渗透着幸福和甜蜜的味道。作者先写连队的环境变化："没几年，戈壁滩上的石头越来越少，一棵一棵的树渐渐列成了排、连成了片，中间的方格里满是绿油油的庄稼，四条腿的野物也跟地里的庄稼一样稠密起来……"有了好的环境，野生动物自然会争相赶来筑巢定居，抓住野兔算不得难事。然而，抓兔子的经历比书本经验"守株待兔"要有趣得多，通读这篇有趣的《美味的兔子》，更多的是生活的趣味体验，是值得留存的记忆之糖，是乡愁的定型剂："故乡的水土就是一个人的定型剂，哪怕相隔万水千山，哪怕时光漂白了身份，你的骨子里，永远会保留着故乡的气质。"在漫长而短暂的生命长河中，人生的感悟的确是需要某种发酵剂来唤醒，当作者在上海遇见自己的发小时，早年的团场生活就成了故事的发酵剂。与其说兔子肉的美味在作者心中留下了深刻的印象，倒不如说是值得回味的团场生活充满了浓郁的淳朴善良、思维简单、绿色环保的生活气息。

无论是写小说，还是写散文，耐人寻味的故事镶嵌入文，文必增色。从一种美食的起源到定型，都包含劳动和生活的经历，这些经历在时间的长河中升华为故事，这些故事是值得人们去追寻的，比如抓饭：因为洋葱、黄萝卜等食材，就有一个治疗身体虚弱的故事。比如面肺子和米肠子：在20世纪40年代，这是帮助人们度过饥馑之年的食物，其背后有艰辛和无奈，但在今天看来，却成了地域特色美食文化。要想写好美食散文，光罗列菜谱不行，丰富的生活经历是基础。《一碗乡愁》的作者鲜章平有着丰富的团场生活经历，在那个缺衣少食的年代，追寻食物是生命个体活下去的头等大事，所谓的“美食”，只要能够填饱肚子就算，而正是这样的生存和生活经历，孕育了作者满肚子的团场生活故事——与食物有关的生活故事，成了为《一碗乡愁》增色的重要素材。

在华夏美食文化中，象征节日文化的美食不少，比如饺子、元宵、月饼。而关于一位伟大诗人的端午节，粽子成为象征性的美食。端午节前后，人们以包粽子、吃粽子、赛龙舟等形式纪念诗人，凝聚着人们无尽的爱国情感。围绕端午节，衍生出了一系列纪念诗人的文化活动。而粽子作为一种食物，在团场人的生活中尤甚于地方。在作者的生活经历中，父母在粽子上凝聚的浓厚爱意，有一个捡拾甜菜（糖萝卜）熬制糖稀的细节。糖稀作为伊犁人的一种美食调味辅助品，糖萝卜是其主要原材料。在我的记忆中，六十六团有当时伊犁河谷最大的糖厂，河谷农户地里的糖萝卜到了收获季都会从四面八方汇聚到这里。散装着糖萝卜的车辆一路颠簸，总会遗落一些在公路上。人们捡来掉落的糖萝卜，洗净切块，熬成糖稀，做糖葫芦，蘸馒头吃，蘸一切需要糖的食物，那种味道简直妙不可言。在当年购买白糖定量或者需要票证的时代，家里有糖稀，简直就是多了一个糖罐，为人们的生活增添了不少的甜蜜。在漫长的时光中，这些细节不仅仅能唤起一个时代的记忆，对于当代的读者来说，同样也能触动心灵。

民以食为天。在笔者有限的视野中，谈吃的书不少，写得好的也多，但坚持地域性写作的专著不多，大多都拉拉杂杂，涵盖东西南北美食的方方面面。而鲜章平写作《一碗乡愁》是经过深思熟虑的。充满人间烟火气息的美食，基本都是出自无数个普通家庭，每一道家庭菜都有爱的元素，而不必千篇一律按照酒店上得厅堂之工艺品菜肴来统一菜谱。照顾到了每一个家庭成员口味和饮食习惯，以及人们对于生活理解的私房菜，必定充满浓郁的烟火气息。带着烟火气的美食是属于大众的，从大众口味进行选材，能引起大众读者的共鸣。在《人间烟火》一文，与其说作者以崇尚“有机和绿色”为生活的理想主义，倒不如说是作者对于美食原材料生产过程拔苗助长的无奈。在快节奏的时代，就连自然生长的动植物也被人为地添加了迫使其快速生长的助长剂，要想在鱼目混珠的市场寻得好的食材，谈何容易！于是，在山野植物生长最旺盛的春夏季节，人们将目光瞄向大自然。有条件的人家开始在自己的院落为自己储备过冬的菜蔬，速冻野菜，速冻蔬菜，以及到乡村山野寻觅正宗的土鸡、猪肉、牛羊肉等，家里冰箱不够大，就添置冰柜。未入冬，先备菜，仅仅是为一碗一碟充满烟火气的大众饭菜。

曾经看过一本关于一位全职太太的主妇日记，文本内涵大抵就是养狗喝茶晒太阳的充满小资情调的生活日常。尽管她做出了不少诱人菜品，但总觉得那样的生活离普通饮食男女还是很远的。这样的生活情调只属于那些有钱有闲有才又具有烹饪喜好的主妇们，她们在闲散中还能弄些小资情调的文字，倒也无可厚非，但这种书只适合在书店呈览，不太会勾起更多人的购买欲望。散文集《一碗乡愁》收入美食散文40余篇，基本涵盖了伊犁本土美食以及疆外移居新疆的居民融入了本土元素的美食，它们常见于小餐馆和家庭餐桌，在长期的各族饮食习惯的交融和碰撞中充满了本土文化气息和烟火气息。一本书读下来，并不觉得枯燥，而是被每一种美食以及美食背后的故事所牵引。鲜章平是土生土长的伊犁人，从小就受到伊犁美食的浸润和滋养，他有很多关于美食的话想要借助这本散文集说出来，而伊犁美食是其心中的根。这种根性的东西融入了他的生命。如今离开了生养他的家乡，虽然并非与生养自己的地方完全隔离，但思念日盛，根性的种子也会肆意疯长发芽，美食在他的心中长成了乡愁。

（李凌，中国作协会员，著有散文集《紫葡萄绿葡萄》《丝绸之路上的新疆民歌》等四部。散文诗集《西极》获首届伊宁文艺奖。有散文诗作品连续多年入选国内权威年选，作品多次获奖。）

目录

父亲和川菜

虽然是土生土长的兵团二代，打小生活在新疆，至今已有 50 多年了，但我却从骨子里爱着川菜，这和我的父亲不无关系。

由于父亲是四川人，我从小便喜食麻辣，对川菜情有独钟。20 世纪 70 年代是计划经济的时代，物资匮乏，买什么都要凭票供应，平时连白面馒头都很难见到，更别说闻点腥荤了。但是也有例外的时候——那就是每年过年我们能美美地吃上一顿肉。那时候我家还在远离团部大本营 80 多公里外的矿区，每到春节前，团里会拉来一批淘汰羊分给大家，让大家宰杀了过年。有些人家吃不惯羊杂碎，父亲就拿回来洗干净，用很重的麻辣调料烧了给我们吃，非常解馋。

可是为了这一口吃食，父亲常常要忙活到大半夜，第二天还要下井挖煤。羊蹄子和羊头不好收拾，他就一次次放在火上烧，一遍遍用刀把烧糊了的皮毛刮干净。那种焦煳的羊毛气味，常常熏得父亲满眼泪花。羊肚子和羊肠子，他也是翻来覆去地清洗，最后还要用碱面搓洗。这样处理后做出来的羊杂碎几乎没有怪味。

过年毕竟一年只有一次，还有漫长的岁月要在清汤寡水中度过。怎么办呢？父亲就请到煤矿拉煤的司机在夏季给我们带来成袋的辣椒，把辣椒晒一晒，然后剁碎了，和上大蒜、生姜，再把平日积攒的清油烧熟了掺进去，用坛子密封好，过些天一打开，那香味真是令人挪不开步子。很快，我家的辣椒酱就成了过往司机最惦记的美食。

后来，到了80年代，日子渐渐好过起来，我们也回到了团里。逢年过节，父亲便会早早为我们准备传统的四川年夜饭：粉蒸肉、扣肉、夹沙肉、龙眼肉，光是蒸菜就有五六种，我们一个个吃得满嘴流油。有一年连队菜地班引种了新品种朝天椒，很多人家分到手后都傻了眼，那玩意儿太辣，一般人是不敢下口的。父亲却不怕，宰了一只家里养的童子鸡，放了生姜、花椒一起爆炒，直吃得我们个个满头大汗、眼冒金星、口舌生烟。可如今想起来，那种酣畅淋漓的感觉，再也没有一味菜能够取代。

2006年的冬天，80岁高龄的父亲为了给我们准备年夜饭，一个人在冰冷的厨房里忙了一天，冻得患了重感冒，最后甚至因为肺部感染报了病危，让我们内疚不已。后来在母亲的严厉“训斥”下，加上确实年事已高，也干不动了，从此父亲算是离开了厨房，母亲担负起了照顾父亲的全部任务。

记得小时候有一次我很好奇地问父亲：“您的菜炒得这么好吃，是不是跟名师学过厨啊？”母亲却说：“傻瓜，你爸爸从小家里穷，父母早亡，连饭都吃不饱，哪有条件去学烹调？”想想也是，父亲从小被叔叔婶婶养大，刚成年就被抓了壮丁，后来参加酒泉起义，解放新疆后又屯垦戍边，一直到离休，不可能有机会去研究做饭这样的技艺。可见四川人是有做饭天赋的，也更体会到父亲为了我们这个家付出了多少心血。

在父亲的影响下，我们兄弟几个从小就学会了做饭，几个姐姐却都是成家后才开始走进厨房。如今父亲虽然已经离开了我们，但是每每想起他老人家，我心里除了伤感，还有满满的温暖。这也注定了我必将一辈子成为川菜的追随者。

川菜的江湖

有人的地方就会有江湖，有江湖就会有形形色色的武功门派，这种门派的划分，传承到饮食文化上，则根据地域不同、口味不同，形成了闻名于世的中国八大菜系和众多分支。

那么，川菜是不是也摆脱不了闯江湖的命运？我想：如果按粉丝的规模来算，川菜一定是饮食江湖上的第一门派。川菜走进每个人的家庭和生活，似乎是不经意间，回头想想它好像始终在你的身旁，就像老邻居一样，时间久了，成了一种习惯和牵挂。这一点，我深有体会。

记得小时候，有一次父亲到野马渡出差时带着我路过伊宁市。那时候工人俱乐部（现在“大世界”购物广场对面）门前有一溜用塑料布搭起来的临时摊位，摊主大都用废弃的铁皮桶加工成一个简易的火炉，用手摇着鼓风机炒菜做饭。中午的时候父亲带着我来到这里，随便找了个摊位坐下，要了碗面。只见摊主先在碗底放一撮葱花和香菜，再用小勺在这个碗里舀一点辣椒油、那个碗里舀一点其他调料，然后把煮熟的挂面连汤倒进碗里，顾客端过碗用筷子把底料翻上来，一碗色香味俱全的担担面就呈现在眼前。那扑鼻而来的香味，我至今想起来还忍不住咂嘴。我一直也没有搞明白，在那个“三天不吃大米饭腰杆疼”的稻米王国里，四川人怎么能捣鼓出如此美味的面食呢？

也是这一趟，在伊犁很有名的绿洲饭店，我见识了一位龙抄手（馄饨的川菜版）师傅的“独门绝技”：只见他右手拿着一根竹片在装馅料的盆里一挑，一疙瘩肉馅就进了左手面皮里，然后右手一捏一扬，一只龙抄手就像蝴蝶一样飞出去，稳稳地落在撒好面粉的案板上。多少年过去了，龙抄手的味道早已淡忘，大师傅潇洒的姿势却牢牢印在了我的脑海里。我想这也是川菜能流传开来的原因之一，无论街头小摊，还是国有饭店，都可能藏着一位川菜高手。

我们这个边疆小城林林总总的餐厅里，最能吸引我眼球的，总是那么几家川菜的招牌。可以毫不夸张地说，我见了好的川菜馆，就像当年乱世之中各路绿林好汉见了梁山泊的旗帜一样崇拜。

记得很久以前开发区超市里有一家温州风味的卤菜店，却做得一手美味的泡椒凤爪。他家的凤爪，脱骨，用红油炒制的小尖椒炮制，那味道可以用四个字来形容——麻、辣、鲜、香。每次吃完他家的鸡爪子，剩下的泡椒舍不得扔，留着做下一顿饭的开胃菜。常常有老顾客专门去他家的店里要来凤爪中的泡椒，吃得上了瘾。只是可惜，后来超市搬迁，这家卤菜店也不知去向，我几经打听也不知其下落，心里还遗憾了好久、惦记了好久。

因为爱吃川菜，自然就对川菜的做法有些研究。一次出差到郑州，下了火车，饥肠辘辘的我看见车站附近有一家川菜小吃，大喜过望，立即直奔而去。我点的回锅肉端上来后，刚夹了一筷子，立即惊呆了：竟然是用西红柿青辣椒做配菜！当我提出疑问时，那操着一口地道四川方言的老板反问我：“啷个说这不是回锅肉喃？”是啊，这肉片确实是回过锅的，我只能无语了。可是，标配的郫县豆瓣和蒜苗去哪了呢？

川菜的生命力极强，就像蒲公英的种子，天南海北，处处都能见到它的身影。有一次在上海，朋友请我们吃饭，征求意见问想吃什么，我想也没想张口就说："吃川菜吧！"于是来到一家装修考究的川菜酒楼，只见大厅的过道上坐满了人，一问原来由于顾客太多，包厢要排队等候。在川流不息的人群里，我听到的大多是兴高采烈的老上海口音。谁说上海人只喜欢甜食，不欢麻辣呢？进了包厢，看看菜谱价格也和我们边远的小城相差无几，随口问问，经理说上下两层楼房租一年要两百万元，我一听直咋舌。但是想想，有那么多像流水一样的食客，还愁什么房租呢！再后来，到了以饮食清淡著称的杭州、广州等城市，同样的场景一次次重演。这也改变了我以往对川菜的印象。

川菜为什么会如此受世人的青睐呢？我带着这个问题回到川菜知识的瀚海里遨游，果然找到了新的答案。在世人的印象里，说到川菜首先会想到的就是麻辣，其实不然。川菜风味繁多，除了我们常见的麻辣味，还有辛香味和咸鲜酸甜味，在此基础上与百味相融，变幻出层出不穷的味道，所以川菜有"百菜百味，一菜一格"的美誉。根据不同的特点，川菜大致可分为 4 大菜式、24 种味型、38 种烹调法、1500 多道菜，仅有历史故事的菜名就有 300 多种，如此复杂的构架、这样宏大的系统，放眼世界，谁与争锋？

如今，投资数亿元、占地 40 多亩的成都川菜博物馆被评定为国家 AAA 级旅游景区、国家三级博物馆，也是世界唯一以菜系文化为陈列内容的活态主题博物馆。2010 年，成都被联合国教科文组织授予亚洲第一个世界"美食之都"的殊荣。

可见，川菜的江湖地位得到了全世界的认可。

大盘鸡乱弹

一道大盘鸡蕴含着厚重的兵团文化，凝聚着多民族的智慧，这是我吃了20多年大盘鸡之后悟出的一个道理。

新疆生产建设兵团所在地作为新中国成立后很早也是规模很大的人口迁徙之地，可以想象一下，当天南地北的不同民族的人们同在一个屋檐下会有多么热闹。漫长的夏季，人们常常端着饭碗凑到连队中心边吃饭边谝闲传，这时会有人热情地招呼大家：“来，尝尝我家的菜看看味道咋样？”“嗯，中，味道不错！”

吃过别人家饭菜的职工不好意思啊，那么改天同样的场景又会在同一个地方上演一遍，不过请吃的和吃请的一定会对调身份。冬天了，逢年过节，挨家挨户串门子喝酒又是件多么快活的事。生活是最好的老师，在共同的生活中，谁的胃会拒绝美食的诱惑呢？久而久之，河南人的胡辣汤、陕西人的臊子面、上海人的红烧肉……各种不同的风味就融合到了一起，最后形成了一道道具有新疆特色的美味。这时候，大盘鸡就闪亮登场了。

让我们先看看大盘鸡的做法：1. 把油倒入锅中，等油热后将花椒下锅，炸出香味后捞出；2. 将白砂糖下锅并慢慢搅动，到白砂糖被烧化出现焦黄色；3. 将鸡块倒入锅内，并大火翻炒片刻；4. 将生姜、朝天椒下锅与鸡块一起翻炒，直到锅中没有水分，鸡块被油炸得呈金黄色；5. 加入郫县豆瓣，再加入适量的食盐，快速翻炒几下，倒水没过鸡肉，慢火炖30分钟左右；6. 倒入胡萝卜，翻匀；7. 将胡萝卜炖5分钟后再将土豆倒入锅中，并与鸡块拌匀，接着小火炖十几分钟；8. 等胡萝卜、土豆被炖软时，大火收汁；9. 放入葱和蒜，略微翻炒后就可以出锅；10. 鸡肉吃得差不多时，将煮熟的皮带面拌入菜汤中同食。

接下来，让我们一起从这道菜中去理一理文化与美食的瓜葛吧。

据说四川人最初调味全靠花椒，炒菜要想辣，就拼命放花椒，结果没有辣过瘾，早就被麻死啦！所以嘛，说“麻”最能代表四川风味一点不为过，更何况，郫县豆瓣是川菜的灵魂，有了它，一道菜就注定打上了川菜的标签。俗话说“四川人不怕辣，湖南人辣不怕。”既然“麻”字给了四川，“辣”当仁不让地落到了湖南的肩上。记得小时候，隔壁住着湖南人蒋叔，嗜辣成瘾，连队新引进的朝天椒，是做调料用的，到他家却成了主菜，家里养的小公鸡，他家两三个月就开始吃，我闻着了香味，蹭啊蹭啊，就蹭到他家去了，一口鸡肉下去，被辣得鼻涕哈喇子直流，张着嘴急着找水喝，蒋叔笑得前俯后仰。蒋叔再炒了辣子鸡，就乐呵呵地隔着院墙喊我。相比而言，辣子鸡里的“辣”对我来说只能算是小菜一碟。

大盘鸡的主菜其实是土豆和胡萝卜。一说到土豆，想必老兵团人就会想起那个年代的一句顺口溜：“甘肃洋芋蛋，老婆炒鸡蛋。”大蒜也称为“胡蒜”，和胡萝卜一样，也是从西域传入。配料中最后放的那一根葱呢？当然跟山东有关。皮带面——“陕西八大怪”之一，想必大家并不陌生。再想想，从大盘鸡硕大的鸡块里，似乎可以看见东乡族“八块鸡”的身影。皮带面拌鸡肉的吃法，是不是受哈萨克族“纳仁”的启发呢？差点忘了，还有一上来必不可少的红烧手法，算上海还是江浙？最为重要的是，这么多的食物盛在一起，确实需要一个硕大无比的盘子，就好比兵团汉子，有了宽广的胸襟，才装得下大气磅礴的梦想。

啰里啰唆说了一大堆，大家算算，一道大盘鸡里，究竟有多少省份和民族的智慧在里面呢？那么，我们是不是可以把大盘鸡看作是兵团文化杂糅、感情融和的一个代表作呢？

在这之前，看到有人甚至把大盘鸡的诞生归功于左宗棠，不禁感到很惊奇，似乎所有的美食不和历史名人挂上钩就失去了存在的意义，这是不是一种过度解读呢？想一想新疆的近代发展史，我认为把大盘鸡的闪亮登场界定在20世纪80年代是比较客观的。至于之前小家小户的小范围实验，属于萌芽阶段，也不可否认。

我步入社会的时候，是20世纪90年代，养殖肉鸡作为一个新生事物受到了前所未有的欢迎。团场人腰包才鼓起来不久，不禁趾高气扬，下馆子第一件事就是冲老板吆喝一声："来个大盘鸡，要肉鸡，不要土鸡！"不到半个小时，一大盘油光红亮的大盘鸡就端上来了，大师傅上菜快，吃客们吃得过瘾，一举两得，双赢啊！

新疆的饭馆有一个不成文的规矩：顾客点一个大盘鸡一定得是一只整鸡的肉，可是有些店家为了点蝇头小利，会耍一些小手段，这时候食客和店老板免不了会玩起"猫和老鼠"的游戏。有一次我们吃着吃着，同伴不声不响地从盘中挑出一块块鸡脖子肉来，然后招手叫来店老板。看着连在一起足足有两拃长的鸡脖子，店老板张口结舌，连声求饶，最后以半价收费息事宁人。

一时间，大盘鸡的名声远扬，甚至走出了星星峡，走出了嘉峪关，走向了更为广阔的市场。一次去安徽亳州出差，朋友请我到当地最大的一家酒店吃饭，菜单上"新疆沙湾大盘鸡"赫然在目，我不禁大喜过望。没想到端上桌，真是令我哭笑不得：红红绿绿之间，竟然可见草果、香叶夹杂其中，浓浓的中药味压住了鸡肉和土豆的清香，让人食欲大减。

一次去乌鲁木齐，大家嚷嚷着要吃沙湾大盘鸡，我们来到久负盛名的杏花村大盘鸡总店门前。进店我就看出了门道：杏花村的大盘鸡和别家最大的区别在于蒜多，为啥呢？因为可以看见店里一家老小都在剥蒜。

回到伊犁，我专门邀请朋友来家里露了一手，用大把的花椒和大碗的蒜碎翻炒出来，这大盘鸡的味道，果然让大家吃得酣畅淋漓。

拌面情结

如果我说，一盘小小的拌面，竟然标志着一个新时代的开始，你会不会觉得有些小题大做、言过其实呢？但，这确实是我对生活的一个感悟。

作为一种新疆美食，拌面究竟诞生于何年何月，我没有深究过，不过在我的记忆里，大概是 20 世纪 80 年代中期以后才走进我的生活。现在想来，这一盘小小的拌面，竟然和改革开放有着紧密的联系。

为什么呢？因为和其他日常饭食相比，在新疆，拌面应该算是一道硬饭。面糊糊、疙瘩汤，烧开了水，随便抓一把面扔进锅里搅搅，就能入口了。如果再加点肉末、蔬菜之类的食材进去，简直就是无上的美味了。面条也是如此，出了锅，随便配点油泼辣子、咸菜就可以将就一顿。如果连这些都没有，那就参照面糊糊和疙瘩汤的吃法，咕嘟咕嘟把面条煮糊了，连汤喝下，也不错。浆水面、汤面条、浆面条，各地有各地的叫法，却养活了一代人。

拌面却不行。在新疆，吃拌面算是改善伙食的一个象征。除了必须用白面（新疆人对小麦粉的本地叫法），肉和菜更讲究，在六七十年代，苞谷面都不能管够，哪有足够的小麦面和菜蔬供人挥霍？

记得我第一次吃拌面，是在20世纪80年代中后期。经过四五年的包产到户，团场职工家里也都逐渐富裕起来，似乎家家户户都有吃不完的白面和清油，至于各种肉类，也已经不是啥稀罕物了，于是大家开始变着花样改善伙食，好像恨不得把前几十年的遗憾补回来似的。那时我大哥已经成家立业，有了自己独立的天地。有一次去他家吃饭，大哥得意地对我说："看我今天给你们露一手！"

原来是要做拌面。大嫂早已把西红柿炒鸡蛋和辣子炒羊肉这两道拌面的"最佳伴侣"盛在了大碗里，剩下的事就是大哥的了。只见他把一根根面剂子搓细，捏住两头轻轻扯开，然后再一条条绕在两只手的虎口间，随着面越绕越多，也有了一定的长度，他开始用劲把面条往案板上摔拌，同时两手不断地向两头扯，随着两手不断地上下舞动、交替，面也越来越细，条数成倍数增长，最后他潇洒地往锅里一扔，不一会儿一锅又细又长的拌面就出锅了。大哥对我说，他的这种做法叫"把子面"。这真是既有表演形式又兼具仪式感的一顿饭！

啪，啪，啪！面剂子摔在案板上的声音多么悦耳！这壮观的场面不正是当年我们生活现状的写意吗？我想：用有声有色、风生水起来形容一点也不为过。对于这个场景的回忆，也解除了我的一个疑惑——那就是为啥新疆拌面的别称又叫"拉条子"。

这么多年过去了，我常常想起大哥，仿佛他又站在鼓风机呼呼响着的炉灶边看着锅里翻滚的水花，我闻着香喷喷的菜香，口水就在舌头下打转，可是大哥却因为脑梗发作，在本该享受天伦之乐的年纪，离开了我们。

受大哥的影响，我也开始学着做拌面。新疆拌面对面粉的材质要求颇高，最好用当年生产的新面粉，隔年陈面没有劲，拉不成形。更为重要的一点是，在新疆，小麦根据不同的种植时间，分为冬麦和春麦。冬麦是在头一年的10月播种出苗，经过一个寒冬的考验，产出来的麦子面筋度高，吃着劲道，最适合做拌面用。而春麦由于生长期短，面筋度自然不够，更适合用来蒸馒头。看样子自然界和人类是一样的，要想成“才”，必须经过磨砺，没有捷径可走。选用上好的面粉，还得用温水化一些淡盐水，然后把面和匀，揉好，醒开。盐水多了不行，面会脆，拉不开，老断；盐水少了也不行，面会太软，吃起来不筋道，索然无味。至于按多少比例，我没有仔细记录过。熟能生巧，这个分寸，只有靠实践来掌握了。

一碗好面，不外乎拉得匀细、吃着劲道，这是我对拉条子的认识。可是有人不这样认为，记得刚工作时，团里有一位陕西复员兵，后来当了连长。他下馆子第一句话就是提醒老板娘：“面粗一点，过凉水！”究竟多粗呢？得手指头那么粗，他说这样吃着才过瘾。据说他曾经和人打赌，吃过摞得和胳膊一样长的缸子馍。

当然，新疆拌面的配菜是离不开牛羊肉的，按照菜品的做法不同，又可以分为过油肉面和碎肉面。过油肉就是选上好的牛肉或者羊肉切成片，先在高温的植物油里焯一下，然后和不同的蔬菜烩在一起；而碎肉，就是把肉和菜都剁细，炒出来和面拌在一起吃。过油肉还有一个讲究，就是肉片一定要勾芡，这样炒出来的肉又嫩又香，根本吃不出外地人所说的膻味来。二者价格自然也不同，如果吃拌面也有阶层的话，过油肉就算是高消费的吃食，碎肉面则属于平头百姓的大众消费。记得有一次我到乌鲁木齐市赛马场闲逛，看到几个维吾尔族妇女在路边围着一堆牛羊骨头用剔骨刀剔除上面的肉，然后分成两堆，剔下的碎肉一堆，剔剩下的骨头一堆，很快就有人分别来买走了骨头和碎肉。骨头自然进了具有民族风味的餐厅，新疆很多小吃店都有一道火爆的家常饭，那就是骨头汤。而这些碎肉，我能想出来只有做碎肉面或者烤包子、薄皮包子之类的了，就像天下的包子店的肉馅总是让人怀疑其来路一样可悲。当然，也不尽然，我相信那些口碑好、品质高的店铺，是决然不会用下脚料来糊弄顾客的，毕竟“金杯银杯不如老百姓的口碑”嘛。

随着人们生活水平不断提高，在过油肉面与碎肉面之外又衍生出一种家常面来。其实也简单，就是一碗面，可以配两三种菜，又或者大家结伴而吃，就按照人头确定上菜的花样，可谓百人百味。我以为这也是从卖方市场走向买方市场的一种表现吧。

我第一次品尝家常面是在一个寒冷的冬天，从团场采访回来，好朋友保疆说：“我带你去一家新开张的饭馆吃拌面，你保准会喜欢！”于是就来到伊宁市解放西路一家有些年份的土坯房，低矮的屋檐，锈迹斑斑的铁窗棂，却有着络绎不绝的顾客。茄子肉、豆角肉、辣子肉、西红柿炒鸡蛋等家常菜应有尽有，价格也不贵。在 20 年前的新疆，冬天能吃上时令蔬菜可是件很奢侈的事啊！更何况，那面拉的，细细长长又弹性十足，吃完再喝一碗清爽的面汤，真是舒坦到骨子里了！再后来，那片地被房地产公司看中，打造成了如今的上海城小区，拌面馆成了城市规划中的一个路口，房东却成了钉子户，固执地占据着那个车流如潮的黄金地段。很快左邻右舍都人去屋空，拌面馆还苦苦支撑着。我们也一如既往地跑去给老板捧场。

后来那老屋终于还是拆迁了，城市里多了块赏心悦目的绿地。拌面馆呢，自然要继续生存下去。这就是如今在上海城对面大名鼎鼎的兰兰家常面馆。每次去吃面的时候，听着鼎沸的人声，看着坐在收银台上白发苍苍的老掌柜，我就在想：大娘，您还记得当初一次次在寒冬腊月掀开您家门帘的那几个年轻人吗？只是，那个叫徐保疆的小伙子再也没有机会品尝您家的美味了。

如果让伊犁的男人们说起拌面来，估计和我一样，能把几十年珍藏在脑袋旮旯里那些往事捯饬出来的人不在少数，似乎这些年谁没有和几个好朋友一起拜访过几家劳道（新疆方言：非常厉害）的拌面馆就不是伊犁的儿娃子一样。

我们当记者的，下团场自然是常有的事，如果运气好，跟着领导一起出去，当然就会有专车可蹭。那么，找一家沿途中口碑良好的拌面馆似乎永远是不二的选择。于是，只要去东部的特昭或者新源垦区公干，回来的时候，大家会不约而同地建议司机拐个弯，即使绕道也要跑一趟伊宁县东巴扎的腊子饭庄。10 多年过去了，现在想起来，似乎那香嫩椒香的牛肉片、弹劲十足的拉条子还在唇齿间逗留。腊子饭庄的老板是位回民，很健谈。我们常常会听见他自豪地对客人说："新源县的李书记最爱吃我们家的面！"要不就是"昨天伊力特的毛老板还专门坐车来了呢。"还别说，有一次到伊犁来开会，我们邀请这家上市公司的老总吃饭，他还真说一路惦记着腊子饭庄的"过油肉"，结果走得急没吃上，回去说什么也不能再错过了！

因有这么多忠实的回头客，腊子饭庄的小平房变成了鹤立鸡群的二层楼房，东巴扎也因此变得更加热闹。

别小看了这一碗面，做起来讲究，吃起来也有学问。刚工作那几年，我的老同事——上海知青夏善先先生，常常组织我们一帮单身汉抓阄凑份子，吃得最多的无疑是拌面。由于孩子远在上海，他的妻子叶老师也渐渐入了伙，跟我们一起追寻伊犁美食。吃着吃着她就发现了一个问题：为什么我们每次都能吃得碗底精光，而她却总是剩下半碗菜呢？我一本正经地告诉她："拌面拌面，就是要边拌边吃，否则菜都从面中间漏下去了。"叶老师若有所思，从此她的碗底再也见不到剩菜了。10 多年后我趁出差去上海看夏老师，他得意地对我说："你说奇怪不奇怪？我的两个外孙都是在上海出生的，可是竟然都爱吃我做的拉条子！”

说到吃拌面，新疆最有名的段子是这样说的：有一个伊犁人吃完拌面有急事没来得及买单擦擦嘴就急三火四地走了，旁边的顾客提醒老板，老板却不急不忙地端了碗面汤放在桌上，说：“不急，他会回来的。”正说着，伊犁人急急忙忙地推开门折了回来，仰起脖子咕嘟咕嘟一口喝完了面汤，这才心满意足地抹抹嘴准备离开。当然，老板也顺便收回了饭钱。提醒者奇怪不已，老板说：“一看就知道他是我们伊犁人，还没喝面汤怎么会走呢？”那人更加奇怪了，老板这才揭开了谜底：“你没见他刚才在吃大蒜吗？”

可见，看一个吃货是不是地道的伊犁人，得有两个标配：一是吃面时就不就大蒜，二是吃完饭喝不喝面汤，盖因前者有消脂解腻杀菌，后者有“原汤化原食”之功效。说到吃大蒜，即使是窈窕淑女，也不能例外。否则，和同伴一起吃完饭，被浓烈的大蒜味包围着，会是怎样的感觉呢？除非，大家一起吃，自然“久闻不知其臭也”。可见“臭味相投”这词是有着肥沃的生活土壤的。遗憾的是，随着外来人口的增多，在大部分拌面馆，约定俗成的面汤已经成为过去。可这一点也不影响满大街“老牌子拌面”的招牌成为伊犁的一道风景。

伊犁的单身汉听说哪里有了好的拌面馆，总要忙里偷闲去验证一下真伪，我等自不例外。记得那一年听说北大营大坡上有一家拌面馆天天门庭若市，慕名而去，却失望而归。店面很小，是临街的住宅楼下两个相连的套间，面很硬，菜也只有一样：白菜剁椒碎羊肉，吃完，一下午总觉得胃里顶着个东西。当然，有一点是真的，顾客确实很多。很久以后我才想明白，他家的顾客，是以三轮车夫和出租车司机为主，原因有二：一是便宜，二是面硬，顶饿。不由为这个行业的艰辛嗟叹了很久。

出门在外，新疆拌面似乎也成了一个躲不过去的念想。记得1999年父亲在宝鸡做手术，我赶去陪护，10多天下来总感觉嘴里寡淡，偶尔在小吃街看到一家小店门口的黑板上写有“新疆拌面”几个大字，立即如获至宝，冲了进去。伸长脖子期待了很久，端上来却让我大跌眼镜：牛肉是切成方块的“回锅肉”，皮牙子（新疆人对洋葱的称呼）甜津津的没有半点新疆味，至于标配的辣皮子（晒干的红辣椒）和西红柿，老板兼大师傅竟然说没听说过做拌面要放！我还能说什么呢？只好放下筷子走人。这碗惨不忍睹的宝鸡拌面从此成为我记忆里的一道绝版底片。有一回，在深圳遇见了一位维吾尔族老板，坐在他家的拌面馆听他滔滔不绝地给我们讲述了自己弃官从商，从乌鲁木齐只身一人闯天下的精彩故事之后，满怀欣喜地捞起一大筷子面塞进嘴里，几位同事不约而同地露出一脸的失望：这哪里是拌面，分明是米粉的味道啊！大家不由共同怀念起我们伊犁的拉条子来。看样子，“橘生淮北则为枳”一点也不假啊！

得知我的遭遇，“驴友冲锋号”深表同情，给我打电话说，他们学校附近有一家拌面馆，非常好，下班速来！按照他的指点，我驱车到了巴彦岱镇，王蒙书屋，前行十来米，往南一拐，进去不远就找到了一户维吾尔族人家——高大整洁的庭院，有些岁月痕迹的老屋里烧着铁皮炉子，几个硕大的茶壶突突冒着热气：恍若回到了10多年前的日子。

果然不错，面条柔韧劲道，过油肉油而不腻，特色菜肴红烧牛排更是霸道无比。看着大家吃得酣畅淋漓，“冲锋号”给我们卖了个关子：“你们看，这家拌面和别家最大的不同是什么？”我们七嘴八舌，却不得要领。最后还是他自豪地给了我们答案：“你们没注意到吧，这面吃完，碗底干干净净，没有油底子。”一看，确实如此。借着全国唯一副省级自治州——伊犁哈萨克自治州，“冲锋号”干脆夸张地给这家无名的小店起了个“大名”——“副省级拌面馆”。

其实无他，就是原料好罢了。菜要好，肉要好，面要好，油还要好，然后加上一颗匠心，这样的美食怎能不令人垂涎？

美味的兔子

当命运把我们送到这绿洲中的一片戈壁荒滩后，父母总是头顶着星星出门，脚踩着月光回家，连队里的其他职工自然也过着同样的生活。没几年，戈壁滩上的石头越来越少，一棵一棵的树渐渐列成了排、连成了片，中间的方格里满是绿油油的庄稼，四条腿的野物也跟地里的庄稼一样稠密起来，人们走着走着，就被从路边窜出来的野兔或者突然扑棱棱飞起来的野鸡吓一跳。

这也常常给我们带来意外的惊喜。有一天正刮着大风，我竭尽全力收拢着羊群往家赶，突然一只灰色的身影从我眼前一闪而过，把羊群吓得停住了脚步。定睛一看，原来是一只兔子。这兔子跑到了上风头，正踮起前爪，支棱着耳朵，全神贯注地打探四周的动静。我随手抓起一块石头，蹑手蹑脚地走过去，用尽浑身力气朝着目标抛出了手中的“武器”。只听得一声婴儿啼哭般的尖叫，野兔猛地蹿起老高，向前跑了几步，就卧在草丛里不动了。我追上去一看，它耷拉着身子，已经动弹不了了。我揪着两只耳朵，提着这只肥大的兔子赶着羊群走向归途。大风继续呜呜叫着，把高大的树木和矮小的茅草扒拉来扒拉去，远远望去，树林和草原都像巨浪一样翻滚着，煞是壮观。可我全然无视这宏大甚至恐怖的场面，我小小的心里，只装着一只香喷喷的红烧野兔。

在我热切渴望的眼神里，父亲将兔肉就着家里剩下的芹菜、土豆，炒了满满一大盘，肉质细嫩，味道鲜香，至今令我难以忘怀。这是我第一次品尝到如此美味。

想必和我一样遭遇“意外惊喜”的人不少，守株待兔的人也就多了起来。当然，我们不会真的像寓言故事里说的那样守着一棵树等着兔子往上撞，我们是守着整个戈壁滩改造而成的“花果山”——新疆生产建设兵团六十一团园林二连找野兔，先是在树林的杂草丛中，然后是冬天的雪野上。据说兔子习惯了一条道走到黑，只要找到了这条道，给它下个套，剩下的事情，嘿嘿，你懂的！于是寒暑假的时候，除了放羊，我用更多的时间和精力寻找野兔常走的路。这个很容易，茂密的草丛里，兔子会用嘴把一些草咬断了，开出一条路，然后来来回回，走得多了，自然留下明显的“兔肠小道”来。于是我就带上一把细细的铁丝，在野兔的必经之路“设伏”——把铁丝打个活结，然后横立在兔道上，另一头则固定在一棵粗大的灌木或者草根上。然后一遍又一遍地满怀希望沿着固定的路线去检查“战果”。可是不知是我的下套技术有问题，还是野兔闻到了我的气味，我辛辛苦苦跑了许多趟，竟然都是竹篮打水。看着别人动不动就提溜着一只野兔咧着嘴回到连队，我的心里愤愤不平，却又无可奈何。

我是个有着顽强毅力的人，绝不会因为失败就轻易放弃自己的目标。夏天不行，冬天总会有收获吧。一场大雪过后，大地一片白茫茫，它可以掩盖在这之前的一切痕迹，但事物总有两面性，大雪之后，白色的原野就成了显影剂，只要把脚印摁上去就无处遁形。经过多年的观察，我已经能够明确地区分小动物在雪地上留下的脚印。狗爪子拖泥带水，走过的地方会有浅浅的一道线连接前后脚印，猫则会留下一朵朵梅花。由于习惯了跳跃前行，野兔落地时前面两只爪子会紧紧挨在一起，形成一个点，后面两条腿为了便于后蹬发力，始终是分开的，所以野兔那三角形的脚印，在雪地上杂乱的动物蹄印里，格外显眼。每当冬季，我的心里再次憧憬，一次又一次地走向白茫茫的雪野重复着同一个目的。

寒假的一天，终于在一个果园的干打垒院墙下，发现了一个夏天浇水留的洞口，顺着小渠厚厚的积雪发现了一条被野兔蹚出的小道，此处真是“一套当关，万兔难逃”啊！怀着激动的心情下好套子，当晚西北风呜呜刮个不停，很快下起了鹅毛大雪。整整一个晚上，我嘴角都挂着笑，梦见自己除了两手，肩上还挂着两只野兔趾高气扬地回到了连队。

天亮了，看着窗外被雪地映衬得白花花的一片，我一骨碌爬起来，迫不及待地向果园跑去，因为我知道，这样的夜晚，也是野物们最活跃的时候，那些野兔们更是受不了饥饿的折磨，会跑到果树下寻找蓬松的草根吃。果然不出我之所料，但是我没想到，一串标准的三点式脚印到了水洞口，竟然拐了个弯，顺着墙根向远处延伸而去。我心里那个气啊，现在想来，用恼羞成怒来形容一点也不夸张！当然，这仅仅是一瞬间的事，看着新鲜的脚印，我突然一道灵光一闪：这野兔一定没有走远，追上去说不定会有收获！

果然没有让我失望，顺着脚印追踪不一会儿，我就看见前面一只深灰色的野兔在果园里不紧不慢地闲逛着，只见它东嗅嗅，西望望，还不时煞有其事地踮起前爪，竖起耳朵警觉地听听四周的动静。我屏住呼吸，眼睛一眨不眨地盯着它，生怕被它发现了。同时向四周张望，想找个趁手的家伙，可是除了厚实得像被子一样的白雪，看不到一块裸露的石头。怎么办呢？总不能眼看着到手的兔子飞了吧，我咬咬牙硬着头皮悄悄跟着它在果园里溜达起来，那架势真好比电影里盯梢。好在溜达了一会儿，这小家伙竟然掉了个头，蹦蹦跳跳朝果园外走去，我不由大喜过望！因为，果园外就是戈壁滩，遍地都是石头，再怎么着也能掀起一块来做武器吧。

出了果园，大戈壁白茫茫一片，失去了果树掩护的我就成了兔子头上的虱子，没跟几步就被野兔一回头瞅了个现行。小家伙大吃一惊，撒丫子连蹦带跳仓皇逃窜全然没有了先前的悠然和从容。我呢，自然丝毫不敢放松，两脚发力，紧追不舍。戈壁滩攒了一冬天的积雪，上面结了一层硬的壳，野兔在上面跑起来身轻如燕，而我可就苦了，一跑一塌陷，三步并作两步，累得气喘吁吁。那个年代穿得厚实，跑起来也不利索，这样跌跌撞撞不一会儿，棉衣棉裤就里外湿了个透。那兔子可就得意了起来，看我离得远了，竟然站在高处支棱着两只大耳朵等着我，我一气之下，从雪窝子里抠出几块石头，咬牙切齿地投掷过去，却是鞭长莫及，惹得兔子又是一阵快跑。

我就这样满怀希望跟着这只野兔在戈壁滩上忽快忽慢地溜达了一个上午，直到最后两腿发软，饥肠辘辘，才不得不拖着沉重的身体，带着一身臭汗回到家，吃了午饭，整整酣睡了一个下午，并且破天荒地做了个白日梦，在梦里啃着香喷喷的野兔肉心满意足。

当年住在我家隔壁的许邦林和我是发小，从小学起我们就每天一起披星戴月、起早贪黑地往返于四五公里外的学校上学。一晃三四十年过去了，当我趁出差的机会，在繁华的上海城隍庙街头与他两手相握的刹那，飘逝的岁月倏忽间回到了脑海里。而他的形象，活脱脱是他仍然生活在那个戈壁滩上的老父亲的翻版。我不由感慨万千：故乡的水土就是一个人的定型剂，哪怕相隔万水千山，哪怕时光漂白了身份，你的骨子里，永远会保留着故乡的气质。而在我们一起回忆起的往事里，竟然不约而同地聚焦在一只美味的兔子身上。虽然离开当年的连队 30 多年了，他也早已从当初逼仄的“鸽子笼”里搬了出来，分到了 100 多平方米的拆迁房，但是在他的心里，还是一直怀念着家乡广阔的戈壁滩——如今的“百果园”。而他家那只有着青灰色纹路、硕大无比的狸猫，则成了我们难忘的记忆。那是一只很威猛的猫，外形酷似一只小豹子，最为神奇的是，除了抓老鼠，它竟然还会抓兔子。因为父辈们来到这里，第一件事就是植树造林，所以几年过去戈壁滩绿树成荫，气候得到改善，各种野物自然多了起来。这只大猫和我一样，尝到了甜头之后，养成了钻树林的爱好。有一次，它叼着一只几乎和自己的身体一样大的兔子回来放在墙角。大家都忙着，没有注意，大猫似乎是为了提醒我们，对着兔子的尸体吹胡子瞪眼的，弓着身体嗓子里发出低沉的咆哮，我们这才看到它的“战利品”，忍不住雀跃欢呼，大猫则得意扬扬地围着我们的脚跟“喵喵”地叫个不停。

毕竟野兔不是天天都能抓得着的，但是尝到了甜头的人们欲罢不能，于是大家开始一窝蜂地饲养家兔。对于农民来说，兔子算是好养的家禽之一了，每天下地的时候，抽空在果园里割几把，回到家就把兔子打发了。可是令人头疼的事情很快就发生了：这些不安分的小家伙常常不是把院子里挖得千疮百孔，就是像土行孙一样遁地而逃，让主人白忙活一场。有时候，菜园子里面的水浇着浇着就没了踪影，顺着水头一路找去，原来又是兔子惹的祸，水全顺着兔子洞流进了隔壁人家。吃一堑，长一智。哥哥就在院里挖了个四四方方的大坑，然后用砖把四周砌起来，顶上用铁丝网罩住，只在坑底给它留一个角任其打洞。这样兔子是跑不了了，可是想打牙祭的时候，兔子偏偏躲在洞里不出来，这样就免不了一次又一次和兔子们周旋起来。有一段时间，我放学回到家第一件事就是趴在兔圈上看着毛茸茸的小兔子，唱着“小兔乖乖，把门开开”，可是小兔子并不领情，每当我伸出热情的双手，它们都会扭头钻进洞去，半天不肯出来。于是，如何把兔子从窝里引出来成功捕捉，成了我兴致勃勃研究的课题。还有些人家，干脆买来铁丝笼子来养兔子，这下还往哪里跑！

我家隔壁有对四川夫妇，把兔肉的吃法开发到了极致，什么红烧兔头、卤兔子、烤兔子、爆炒辣子兔、风干兔肉……巧手的妻子还用兔皮做成漂亮而又暖和的棉手套拿到集市上去卖，赚来的钱买了苞谷饲料，饲养的兔子又大又肥，引得人们纷纷上门求购。受到启发的夫妇俩在兔子身上大做文章，从此走上了专业养殖兔子的致富之路，这真是无心插柳柳成荫啊！更为有趣的是，听说这对夫妻第一个孩子出生的时候，妻子提心吊胆地让护士把孩子抱到跟前仔细瞅了瞅嘴唇才放心睡去。原来是吃的兔肉太多，害怕生下个兔唇儿来。

工作以后，我常常去乌鲁木齐出差，就遇见了奎屯桥头的一家小饭馆——极不起眼的两间小屋，却总是门庭若市、高朋满座。主打菜10多年不变：卤猪蹄、汽锅鸡和红烧大盘兔。尤其是红烧大盘兔，店主从屋后的笼子里抓来一只兔子，现场称重、宰杀，由于新鲜味美，自然成为吸引回头客的“招牌菜”之一。遗憾的是，后来修通了连霍高速，再去乌鲁木齐，无缘桥头餐厅，再也没有机会品味这道美味。听说后来老板撑不下去，把店搬回了奎屯市，装修得富丽堂皇，却没了路边小店的生意兴隆。

有一天突然看到超市里有冷冻的兔肉，兴高采烈买回来一只，却怎么也吃不出当初的味道，究其原因，乃工厂化生产的受害者，不禁悻悻。岳父知道了，一声不响地找了对种兔，在院子里养起来。不几月，我们再回团场时，不仅能吃上肥嫩鲜美的兔肉，而且后备厢里总是装满了绿色的菜蔬和食品。

我不禁想起父亲生前给我烧的那一道美味。

杂碎

“下水”是指猪肠和猪肺，相对应的，猪腰和猪肝被称为“上水”。西北地区则把宰杀了的畜禽除了正经肉以外的所有物件都认为是废弃物，所以新疆人把动物的头、蹄、心、肝、肺、肠、肚等统称为“杂碎”也不足为奇了。

那时候兵团有很多牧场，都是团级建制的单位，和地方牧民最大的区别是：兵团的草原上放牧的基本是绵羊，主要任务是为国家生产羊毛，发展毛纺业。每年冬天，总有些体弱的羊难以挨过寒冷和饥饿的轮番折磨，最后成为皮包骨头。最后，厂里干脆每年集中淘汰一批，统一调拨给各单位作为福利。我家所在的矿区每到春节前都能从团里领回几车羊，宰杀了分给大家过节。维吾尔族矿工这时候就成了最吃香的人，他们嘴里含着把剔骨尖刀，手脚利索地忙活着，不时从刚剥了皮的羊身上揪下一块热乎乎的羊油塞进嘴里。不一会儿，临时屠宰场的木架上就挂满了冒着热气的白花花的羊。很快每家每户都欢天喜地领到了一只羊，不错，是一整只！现在想来，那是20世纪70年代末的事了，国家的经济状况正在向好，所以我的记忆里才会有这样丰盛的场面。可是有些人家会因此纠结不已，面对头、蹄、肠、肚之类的，扔了可惜，拿回去吧，又不会收拾。

父亲可不怕这些，他是四川人，天生就是厨师。可是，羊杂好吃却难收拾。为了这一大堆吃食，父母往往要忙活一晚上。绵羊的头、蹄格外难处理，母亲先拿剪刀把表皮的羊毛剪掉，父亲再拿去在火炉上烧，然后一遍遍地用刀刮去烧焦的毛皮，此时架火用的火钳子也派上了用场，将其烧得通红，像烙铁一样伸进蹄缝里来回熨烫，满屋子都是羊毛的焦糊味，熏得人直掉眼泪。后来父亲干脆开了窗户，任寒风“尖叫”着钻进来。肚子和肠子则翻过来用食用碱不厌其烦地一遍遍浸泡、冲洗，直到用刀刮不出那种腻歪的分泌物才算罢休。羊肺是人们最嫌弃的东西，父亲同样舍不得丢，把清水灌进肺管，嘴巴对着用劲吹，周而复始间，吹出来的水渐渐变得清澈，总算是拾掇干净了。经过这样细致的工序，有多少腌臜的东西能清理不了？

羊杂是重口味食材，盐味要重，调料要重，生姜、花椒、辣皮子、皮牙子大把大把地放，否则压不住腥膻味。经过父母这样辛苦清洗干净的羊杂，无论爆炒还是炖汤，都吃得我们满头大汗，舒畅不已。一向对羊杂碎鄙夷不已的上海邻居终于禁不住诱惑，屏住呼吸小心翼翼地夹起一根肚丝放进嘴里，接下来就是夸张不已地惊叫：“哎哟，没想到羊杂这么好吃，一点怪味都没有，真是好吃得不得了啊！”我想：能把羊杂碎开发到极致的，非四川人莫属。

在伊犁，说到羊杂，最出名的非锡伯全羊宴莫属。说是全羊宴，其实主要是羊杂的组合。将新鲜的羊心、肝、肺、大肠、小肠、肾、羊舌、羊眼、羊耳朵、羊肚、羊蹄、羊血、血清等材料，每样经过焯水加工后，做成带汤的菜，分盛在 16 个瓷碗里，热乎乎的随吃随添。这时候菜和葱花成了点缀，抓一把撒在碗里，既装饰人们的视觉，又提升羊杂的鲜味。我最喜欢吃的是羊血和着羊油灌出来的血肠，在锡伯风味的馆子里，这道菜可遇而不可求，偶尔遇上了，就像一首歌里唱的那样：“我的眼里只有你，没有他。”作为全国唯一的锡伯自治县，外地的朋友来了，我总是第一个向他们推荐去察布查尔。因为，这里不仅有着非遗文化“喜利妈妈”，还有着能代表伊犁地域特色的美食。每一次陪着朋友品尝全羊宴，我都会有新的感慨。作为兵团后代，我始终对先于我的父辈近200年来到伊犁屯垦戍边的锡伯族人崇敬有加。遥想在当年的西迁路上，这一群拖儿带女的人们，是怎样的艰辛，又是怎样的乐观，才能变废为宝，创造出这样传世的美味。

据说用羊杂做出的菜，有108种之多，我颇为怀疑，但是一本清末所著的《筵款丰馐依样调鼎新录》打消了我的疑云，其中记载的全羊宴菜名和烹饪方法就有60多种：云顶盖、顺风耳、千里眼、闻草香、鼻脊管、口叉唇、上天梯、巧舌根、双黄喉、胳膈肉、桃核囫、白云花、玲珑心、白页肺、蜂窝肚、伞把头、菊花肠、水珠子、枣泥肝、麒麟筋、鸳鸯腰、胆邦条、千层肚、呼狼蚤、银丝肚、夹沙肝、拌净瓶、羊双膝、玻璃丝、天花板、娥眉元、西洋卷、羊子盖、金钱尾、糟羊肝、溜肺丁、双皮鳞、里脊丝、炒荔枝、锅煎肉、炸肝卷、青香菜、腰窝油、千子签、风云肺、白云条、十景菜……即使穷尽我的想象也无法创作出这样富有诗意的菜名。我还能说什么呢？古人说“大匠无弃材”，中华美食探索者们的工匠精神，由此可见一斑。

在伊犁，羊杂最普遍的做法是爆炒。将葱、姜、蒜、辣皮子、皮牙子，切成条的羊肚丝和小肠、羊肺一锅烩出来，便是美味的香辣羊杂。当然，看着简单的一道菜，也不是人人都能驾驭得了的。否则，怎么会有“治大国若烹小鲜”这样的大道理流传下来呢？

借羊杂的光，芦草沟美食一条街成了伊犁的一个地标。去乌鲁木齐的人，进果子沟之前，来一份用羊油炒出来的大盘羊杂，就着香喷喷的香豆子花卷，再喝一碗热乎乎的奶茶，那份惬意，真是赛过活神仙。交通要道和美食长廊是芦草沟的两大标签。伊宁市最有名的当数深藏于解放路四巷的“伊犁小吃”，好友远瀚远赴东疆任职，每次回来总会推掉几次觥筹交错的宴请，躲在这家小店，要一份酸辣羊杂、一份黑白肺片，吃得津津有味，心满意足。

1979年之后，父母所在的煤矿厂解散，我们回到了团本部，从这时起，猪下水给我留下了深刻的记忆。在汉族职工聚居的连队，几乎家家户户到了春节前都要宰年猪，听到哪家传来歇斯底里的猪叫声，我们一群孩子便过年似的一窝蜂拥过去，看着大人把垂死挣扎的猪绑了四只蹄子，抬到用砖砌的案板上，见识了一场“白刀子进，红刀子出”的血腥场面。可是我们丝毫没有感到害怕，我们更惦记的是之后打牙祭的美好体验。对于主家来说，一头猪宰下来，除了要还之前借邻居家的肉，还有那些早早就打好招呼要买或者借肉的街坊邻居，你割一块他割一块，一头猪就所剩无几了。可是，宰猪是件大事，更何况杀猪匠总是要答谢的，那就免不了要喝几盅。这时候，除了几道肉菜，猪下水就成了主力，猪耳朵、猪舌头、猪心、猪大肠、猪肚，一桌下来个个吃得满嘴流油，喝得痛快。

工作以后，宿舍里几个哥们偶尔操练一下，猪头肉和爆炒肥肠几乎成了大家的最爱。尤其那一股子怪味的肥肠，用辣椒和皮牙子爆炒了，满口生香。女同事们则捂住鼻子藐视我们。有个号称“肥肠王”的同事则摇头晃脑地说：“这就好比臭豆腐，闻着臭，吃着香啊！”结果几年之后，他身形暴胀，开始痛苦地节食减肥，我们才回过神来，真可谓有得必有失啊！有一次去江西出差，见到一道名为“炒东坡”的菜，满怀期待等来之后，竟然是老相好——爆炒肥肠，不禁喜出望外，片刻风卷残云。

父亲晚年喜食马肚，我就常常在伊犁最有名的一家哈萨克族人开的塔里哈提餐厅买了带回去。后来无意中发现，在餐厅价格最高的马肚子，在汉人街牛羊肉市场价格竟然不及马肉的一半，于是每年冬天都去买几次给父亲送回去。父亲则兴致勃勃地收拾干净，煮熟了冻起来，慢慢吃。就这样，从每公斤 8 元钱一直涨到 40 元，大概有 10 年光景，父亲走后，我再没去过汉人街。记得有一年春节回家，父亲忙着要给我张罗晚饭，我却自己动手，找出家里现成的卤猪蹄、马肚子，下了点白菜和粉条一锅炖了，就着热馒头，美美地吃了一顿，现在想起来，那浸足了猪蹄和马肚油脂的白菜和粉条，还回味无穷。这是怎样的感觉啊！

有一天，女儿闹着要去吃开发区江南餐厅的猪肚。我就好奇了，这年龄的女孩子，正是哭着喊着去一些充满文艺气息找浪漫的时候，这孩子怎么如此另类呢？结果，见惯了红油麻辣川味凉拌的我，立刻被这家江南风味的小店给折服了。一盘白白净净、清清爽爽的肚丝，蘸一点简单的酱油佐料，吃着竟然比重口味的做法还要令人回味。我想：这就是原味的魅力。出了餐厅二话不说，立即奔菜市场，才知道猪肚竟然需要提前预订才能买上。不是说现在人人减肥，猪下水没有市场了吗？这世界，真是变得让我看不懂啊！

好不容易买来后，按照网上教的方法，剪去猪肚上的板油，然后从里面翻过来，抹上碱面子、面粉反复搓洗，最后做出来，味道一点也不比江南餐厅的差！看着女儿吃得津津有味的样子，我打趣说：“傻闺女，以后和男朋友约会，可别第一餐就点猪肚子哦，你得告诉他，咱要吃牛排！”一转眼几年过去了，女儿也步入了大学校园，前几天我又想起这一幕，忍不住跟妻子说：“咱们买个猪肚，做好了给女儿寄去吧？”

据说杂碎符合中医营养学中“以脏补脏”的理论，主要营养成分有蛋白质、脂肪、碳水化合物、钙、磷、铁、维生素B、维生素C、烟酸、肝素等，有益精壮阳、健脾和胃、养肝明目、补气养血的功效，在气候偏冷的大西北，既可果腹充饥，又可驱寒御冷。有这样多的好处，你说伊犁人能不放开了肚皮吃？最直观的表现就是医院的“三高”患者居高不下。

原以为除了我们新疆人爱吃杂碎，其他省份的人少有这份口福。工作以后天南海北去了不少地方，才知道自己这只“井底之蛙”的眼界有多小。四川人是做杂碎的鼻祖自不必说，青海、宁夏因为人文、气候的原因，做法基本和新疆一个路子。广东人以爱吃敢吃而著称，潮汕的牛杂、鹅肠之鲜美，让我真想学学苏大学士“不辞长作岭南人”。后来又吃到湖南人的干锅鱼杂，更是打破了我对杂碎的认识极限。

最后总算明白了一个道理：在我中华大地，杂碎的美食爱好者分布之广，可以用一句新闻里常说的“全覆盖，无死角”来表达。更让我感叹的是，原本被当作腌臜之物丢弃的下水经过烹饪，照样能够成为美味。

人间烟火

一

小时候总以为野菜和窈窕少女一样，不是在《诗经》里就是在遥远的南方，长大以后才知道，原来我们伊犁就是个天然的野生植物资源库，很多从小就生长在我们眼皮子底下的野菜，既能入药，又能果腹。经历过艰苦岁月的老人们说起野菜来，会有种莫名的惆怅，除了感恩，还有些说不出的味道。到了衣食无忧的年代，野菜又成为珍稀植物登上大雅之堂。难怪连一生坎坷的陆游说起野菜，尚能有“箭笋蕨芽如蜜甜”的感叹。

每年春天桃花盛开的季节，我们就开着车回到团场，这时的果园里，蒲公英尚未开花，荠菜才舒展开叶片，紫花苜蓿正在茁壮地抽芽，马齿苋刚睁开惺忪的睡眼……最重要的是，这时候果园还没有开始打药，所有的野菜经历了一个冬天的洗礼，脱胎换骨、洗心革面，没有一点世俗的污染，尽可以放心采食。这时二哥家的庭院热闹起来了，我们把成筐成袋的野菜分门别类堆在院子里，一边分拣一边用水龙头冲洗，不一会儿就收拾得干干净净。回到家里，地下室里的冰柜早就敞开了胸怀，迎接这些来自乡土的馈赠。

陶渊明的“采菊东篱下，悠然见南山”，那远离尘世的喧嚣，该有多么幸福。即使苏东坡在人生的旅程中一路被贬，也没有影响他陶醉于人间烟火，在留下千古绝唱的同时，炮制出诸多美食新创让后人津津乐道，以至于“大隐于朝”，达到一代君子的最高境界。

多想学学古人，远遁天山深处，在太平盛世里安享“桃源”时光。可是想想上有老下有小的现实，只能把这个梦想藏掖好，继续面对逼仄纷繁的人生。无奈之际，只能做无奈的妥协：改变不了这个世界，就改变自己吧。这时候深刻理解了 20 多年前海子“从明天起，关心粮食和蔬菜”是一种怎样的心情。自此，我和妻子以最大程度的关注，打响了一场食品的保卫战，尽可能地周全我们一家四口的饮食健康。作为一个草根，我们唯一能做到的，就是尽最大可能地亲力亲为，操持好一天三顿饭，毕竟人的生存离不开稻粱。

野菜便在这种背景下重新进入了我们的视野。

二

地下室有两个冰柜，一个是双温区，一个是单温区，朋友知道了直说夸张，可我却是哑巴吃黄连——有苦说不出。当初计划着建立我们的有机食品储藏室时，我想着二哥家栽植的那一架红地球葡萄，年年摘来放不了多久就蔫了，这下可好，冷冻的一半放野菜，冷藏的一半放葡萄，一个冬天，什么维生素、抗氧化剂都不缺了。于是在我的坚持下，一个超大的双温区冰柜就来到了我家。秋天辛辛苦苦摘回了葡萄，又一袋一袋分装好，未曾想等到几个月后乐滋滋地打开一看却傻了眼—— 一袋袋长着白毛散发着酸腐味的烂葡萄呈现在我面前。

要入冬了，望着一半装了冷冻野菜，只有一半还空着的冰柜，我心里犯起了嘀咕：这眼看着让同学帮忙从昭苏买的高原牦牛肉就要送来了，往哪里放呢？咬咬牙，干脆又整回一个大容积的冷冻冰柜。真可谓“塞翁失马，焉知非福”，多出一个冰柜，我们的储藏范围扩大了，储藏品种丰富了，储藏方式多样了，储藏季节也延长了。可以毫不夸张地说，两个冰柜的到来，改变了我们的生活方式，也使我们的食品质量得到了根本性的提升。

以伊宁市为中心，我和妻子的老家，一个向西，一个往东，从此我们沿着 218 国道，东来西往，不亦乐乎。了解我们的情况之后，几乎所有亲人的田园都成了我们的后勤基地。哥哥们要管理果园，菜园子打理得就有些潦草，可是毕竟不缺农家肥，那小白菜、韭菜棵棵长得油绿发亮，每次拔回来，在冷藏室放一个星期都不会变质。二哥住着我们家的老宅子，院里有两棵父亲在世时栽种的杏树，一棵红杏，一棵鸡蛋杏，到了成熟的季节，一个个硕大无比的果实高高挂在枝头，红艳艳的一片，真叫壮观。可是，由于和大面积结果的蟠桃撞了车，这就好比芝麻和西瓜，孰重孰轻，不用掂量都知道。卖蟠桃是大事，哥嫂哪里有时间顾得上这一点杏子呢？看着落了一地的杏子，我这个农根未净的团场子弟着实感到心疼，从此每到 7 月底我们总会准时赶到我从小长大的连队，去收获那一树的幸福。远在外地的同学吃了我们用伊犁山花蜜熬出的杏酱之后，第一时间用夸张的表情向我表达感谢，从此他的乡愁里又多了份念想。

二哥家除了葡萄，房前院后还种满了各种果树，从盛夏到深秋，总有一两种熟透了的果实等着我们。树上的干杏自不必说，这是老家人引以为荣的看家法宝——获得国家地理标志和有机食品认证的网红产品，还有价格昂贵、被称为“恐龙蛋”的黑布李，由于上足了农家肥，不仅个大，而且耐储存，放在冰柜的冷藏室里，可以吃两三个月。看到网上有很多稀奇古怪的瓜果蔬菜品种，我更加为兄长们庭院里大片的空白感到遗憾和惋惜，于是买回诸如紫瓤西瓜、美国黄瓜、砍瓜、搅瓜之类的新奇种子，二哥欣然在自家的菜地种下去，却只有几株搅瓜长得飞扬跋扈，几乎占领了一畦菜地。将秋天采摘回来的搅瓜放到地下室里，半年它都新鲜如初，用开水烫了，切开用筷子一搅，天然而生的丝状果肉，凉拌来吃味道好极了！自然界的奇妙，真是无法想象，实践不仅能获得快乐，还能增长知识。

岳父岳母退休多年，听说我们要吃有机蔬菜，这下可找到了事干。每年开春就早早抓了鸡苗，清理了菜园里的杂草和腐叶，一锹锹翻了地，等着清明的到来。很快，我们就享受到了老人的劳动成果：先是绿油油的毛白菜和生菜，吃完一茬，再种一茬。接着是黄瓜、辣椒、西红柿，从最初稀稀拉拉几个到大批量成熟，最好的总是留给我们。还别说，农家肥催生下蔬菜味道就是不一样，被我们公认嘴最刁的女儿，只要吃起从外婆外公家带回来的菜胃口就特别好，说是营养丰富、味道浓郁。圈里养的鸡和鸭，从三个月大开始，一直吃到春节前后，每次接到我们的电话，老人就忙着杀鸡宰鸭，在家里吃了不说，走的时候还非要给装上一只。鸡和鸭下的蛋，也总是舍不得吃，给我们留着。每年的八九月份，西红柿正当季，两位老人就把地里熟透了的西红柿用玻璃瓶装着，蒸馏出来，给我们留着冬天吃。这也使我们养成了一个习惯：去超市买饮料只买玻璃瓶装，就图它的玻璃瓶！后来，我们干脆连家里种的青菜也用开水焯了，放进冰柜储藏。荒野里有一棵桑葚树，两位老人顶着烈日去采摘，我们回家岳母就告状，说岳父 70 多岁了还逞能，非要爬到树上去挑最好的桑葚。妻子赶紧“教训”父亲：“再这样我们以后啥也不要了。”我的心里五味杂陈，这样盛满了阳光和亲情的果实，怎么能不甜呢？直到霜降前收最后一茬小白菜，岳父岳母一年的忙碌才算告一段落。

听说他们爱吃野菜，妻子的舅舅也把自己在连队排碱渠里找到的水芹菜给我们送来。将水芹菜和着羊肉包饺子，或者爆炒，那味道和我念念不忘的藁本很相似——药香里透着田野的气息，怎一个“鲜”字了得！受到鼓舞的舅舅，秋天的时候干脆割了满满一麻袋嫩叶给我们送来，我们用开水焯了，捏成团，食材整整占去半个冰柜。

80 多岁的老母亲也不甘落后。住楼房后，原来的庭院闲置了几年，一直是二姐夫打理，种了不少蔬菜。母亲闲了就去摘些菜来晒干，扎得整整齐齐，给我们留着。过年时二姐夫佯装生气：“明年再也不种菜了，就那么点豇豆，我还没见到长大就叫妈妈摘去给章平晒成了干菜！”母亲却答非所问，鼓励二姐夫继续种菜，连一向爱算成本账的习惯都忘了：“不就是没有肥料吗？开春了我掏钱买一车羊粪拉去撒在院子里！”

而我和妻子，也千方百计展开冬储行动。为了更好地利用空间，我们定做防护栏时，在北面厨房外的小阳台上加装了一个隔断，在南面客厅外加装了挂东西的横档。八九月份，从团场的有机蔬菜采摘园买回两袋红辣椒，将其挂在窗外晒干，深秋又买回白菜和大葱，还有老家送来的苹果，将其整齐地码在厨房外的天然储藏室，再拿件旧棉衣一盖。这样不仅保鲜效果好，吃起来也很方便。

三

新疆人无肉不欢，我们一家也不例外。怎样吃上放心肉，这成了一个重要问题。先是给哥哥们做工作，由我提供仔猪和饲料，他们出场地和人工，冬天杀年猪，“二一添作五”，红红火火过大年，他们却都嫌麻烦，宁愿买街上的商品肉吃。这让我更加怀念父亲，也更加怅然：在这个经济越来越发达的时代，父辈的优良传统，我们还能保留多少？

万般无奈之际，想起老同学开了家养猪场，立即打电话求助。按我的要求，老同学立即挑出一头黑猪，放出圈外自由生长，养殖周期由三个月延长到九个月。春节前，老同学打来电话："再不来，这猪就要长成牛啦！"赶紧约上和我一起下了订单的两位同学赶到清水河镇，四家人共享了这头有机黑猪，帮我们分割猪肉的小贩啧啧不已："真是好猪啊！"回到家后，清洗、分割，忙得不亦乐乎。想起儿时父亲腌制的腊肉和香肠，禁不住直咽口水，于是决定自己动手做腊肉。凭着幼年的记忆，学着父亲的样子，把五花肉切成长方条，中间划一道口子，用53度伊力特白酒均匀喷洒之后，从里往外抹上盐巴、生姜、八角、花椒，然后按照自己的创意，加了点茴香籽和几片香叶，又按江浙一带的做法，在表皮抹一层红烧酱油。和传统的四川腊肉相比，这样腌制出来的肉，无论味道还是颜色，都青出于蓝。三九寒冬，我家阳台外又多了一道风景。

记得在三姐家见过三姐夫在外跑车时带回来的松柏枝，也知道他是做腊肉的老手，就打了个招呼，请他帮忙熏制。没想到三姐夫是个超级认真的人，本来两口子计划入冬就去西安陪女儿，可是为了给我熏肉，三姐夫一定要等到冬至后才走，说是按老辈子（四川方言：长辈）的规矩，只有冬至后熏的腊肉才好吃。没办法，三姐只好先走，三姐夫给我们熏好了腊肉才像是完成了一件重大的任务，在春节前夕匆匆踏上团聚的旅程。

互联网在扩大人们购物范围的同时，也使人们增长了见识、开阔了视野。我对曾经在淘宝上买回的台湾香肠情有独钟，可惜这玩意受时间的限制，只有冬季才给新疆发货，于是就萌生了自己制作的念头。网络这时候成了不用谋面的师傅：我把肉搅碎，按比例加入胡椒粉、红酒、盐等调料，灌好后捆扎起来，挂在家里晾一晚上就可以下锅了。这种香肠和传统香肠最大的区别在于：不用风干和烟熏，而是把新鲜香肠放入似滚非滚的开水中烫熟，然后冷藏，再经烤或炸后食用，口感鲜香嫩滑，别有一种风味。灌香肠的小贩听了我兴致勃勃地介绍，也动了心，说是要试着灌一些闯市场。

可是，妻子和女儿都嫌弃我的自制香肠，说味道不正，我仔细回想了一下，确实没有严格按照配料表称重，尤其是倒红酒的时候，手工操作失误，咕嘟咕嘟没有收住，估计是过量了，味道和我买来的确实有差别。实践证明，工匠精神真的值得推崇，否则，失之毫厘，谬以千里啊！好在，妻子带去给同事分享，第二天传回来的消息是，对方的孩子说："叔叔太有才了，这是我吃过最好吃的香肠！"还有什么比自己的劳动成果得到肯定更让人开心呢？我立即对妻子说："明天多送点过去，这孩子，真可爱！"

对柴米油盐酱醋茶的高度关注，使我很快摸清了某些市场规律。每年的九十月份，是夏牧场的牲畜转场下山的季节，菜市场的牛羊肉，尽可以放心买，基本能确保是绿色食品。伊犁特有的拉克羊都是选用当年的羊羔，整只羊在 10 公斤以下，脂肪少且肉质鲜嫩，是本地饕餮客心中的珍品，因此很多餐厅都打出了专卖拉克羊的广告。这时候我家的冰柜有了用武之地，一次性买上两只羊，六七百元，能美美地吃上一个冬天。自然放养的牛，牛油是黄色的，吃天然草料的羊肉血色足，瘦肉呈深红色。在我家附近的黄河菜市场，有一个摊位专卖养殖时间在 6 个月以上的猪肉，仅此一点，已经比其他摊贩胜出一筹。我还知道了哈萨克族熏马肠是用竹签扎口的，牦牛是必须生活在高海拔山区的，正宗的土鸡都是小个头、小爪子的……

感谢生活，因为生活让我读懂了这些隐匿于市井中的江湖暗语。

四

破解了食品原料瓶颈之后，如何吃到嘴里又成了我们面临的最大挑战。想起网上那篇令人啼笑皆非的小学生作文《我的家》："我家有爸爸、妈妈和我，每天早上我们三人就分道扬镳，各奔前程，晚上又殊途同归。"我们家又何尝不是这样呢？如果非要说有什么不同，那就是我们家是四个人：再婚之后，我多了个女儿，妻子多了个儿子。

由于俩孩子一进入高中就开始保持每天提前一个多小时到校的习惯，我和妻子的生活节奏也只能随之加快。想想都是长身体的年纪，又先后面临着高考的压力，如何让俩孩子吃好、吃得有营养，是我们近几年同心协力攻克的又一个难关。

俗话说，一天之计在于晨，美好的一天从早晨开始，这顿饭无论如何也马虎不得。由于家、校、单位三点距离较远，中午回家显然不现实，儿子的外公外婆就住在学校跟前，无须操心，女儿的午饭和午休却成了问题。妻子对小饭桌的食品质量和休息环境不放心，我们只好在学校附近租了间房，中午一家三口在此汇合。这下可苦了妻子，每天晚上得做好第二天早晨和中午两顿饭。为了尽可能给孩子们多挤出点时间休息，我和妻子做了分工，每天她负责做饭和善后工作，我则负责接送孩子。对我来说，每天早上提前一个小时起床简直是件要命的事，女儿升入高中之后，想着俩孩子刚好都在一所学校了，我强烈要求在师一中隔壁买套房子。本以为这样一举两得的好主意一定能得到大家的热烈响应，没想到女儿却不买账，猜她怎么说？“高中三年每天出了家门就进校门，以后连一点值得留念的回忆都没有，我不同意！”唉，想想有人说过，陪伴是最好的教育，这话或许也有几分道理，我只好认命了。于是我们的闹钟固定在了早上7点40分，妻子要在起床后半个小时内迅速解决我们一家四口的早餐，而我则要确保8点30分之前准时出发。我们走了之后，妻子继续为午饭做准备。

早饭既要有营养，还要能快速吃到嘴里，这就需要前期做大量的功课。自己包的包子、饺子自不必说，冰柜里随时都有。喝的呢，小区牛奶屋的鲜奶是首选，然后是稀饭、糊糊、豆浆。为了丰富品种，妻子学会了做卤肉，卤猪蹄膀、牛肉、鸡蛋，这些也常常成为我们自制改良肉夹馍的最佳搭档。经过几年的实践，比萨成为我家最受欢迎的早餐之一。妻子说，晚上临睡觉前和一疙瘩面，早上醒来配好料放进烤箱，就可以腾出时间洗漱了，真可谓两全其美。孩子们则喜欢它丰富的营养和可口的味道，于是做比萨的奶酪和酱料也成为我家冰箱里的常备原料。从此之后，女儿对伊宁市的比萨店嗤之以鼻，儿子也瞧不上曾经见了就挪不动脚的陕西肉夹馍了。

每天中午几乎是清晨的再一次重复。按学校的作息表，我们只有精准利用好一个小时的时间，女儿才能做到吃饭、午休两不耽误。为了实现这个目标，每天下班我们必须在10分钟内赶到出租屋，20分钟内做好饭，当我们把饭菜端上桌，女儿的敲门声会准时响起。由于前期准备充分，我们的午饭很隆重，红烧肉、辣子鸡、大盘兔基本天天不重样。而我们的上下班和学校的作息之间有半个小时的时间差，吃完饭女儿尚可小憩一会儿，总算老天不负我们的良苦用心。

虽然其间妻子是主力，但我也难免跟着和时间赛跑，这种生活节奏让我感到疲惫而紧张，但是想想当年父母的含辛茹苦，我们这点付出算得了什么呢？父母和子女之间，能够完整地相守在一起，也就短短十七八年。一旦孩子成年，就像羽翼丰满的小鸟，或许从此天各一方，相聚成为一种奢望。

如今女儿已经迈入大学校门，儿子即将面临高考，半年之后，剩下大把大把的时间我们该如何打发？那时候一定又会怀念今天的充实和快乐。所以宁愿不要未来，让自己麻痹在今天的忙碌和快乐中。有时候，幸福真的不需要去设计和筹划，它会在不经意间降临。

小众美食——缸子肉

寒冬腊月，一个饥肠辘辘、满怀寒风的觅食者，眼前突然出现了一幅热气腾腾的场面：一家维吾尔族风味的餐厅门口，支着一个硕大的生铁炉子，火红的炉子上，一缸缸炖得油汪汪、红白相间的羊肉和萝卜咕嘟冒着热气，维吾尔族老汉热情地向我招着手。

这时恨不得三步并作两步，上前去抱住那热乎乎的缸子，风卷残云般吃个痛快。然后，端着一杯金黄色的茯茶，心里想：大概张爱玲说的“于千万年之中，时间无涯的荒野里遇见了你”的幸福不过如此吧。

这就是我第一次遇见缸子肉的情形。

深究起来，缸子肉其实就是袖珍的清炖羊肉而已，不过它更接地气，更具有小众的魅力，对 90 后来说，甚至小众得有些神秘。

据说，缸子肉的诞生源于一次无意中的尝试。那是物资匮乏的困难时期，即使在“风吹草低见牛羊”的伊犁，牧民们也很难吃上一顿传统的美食。有一次，有个牧民分得了几块羊肉，回家后却犯了愁，家里的锅被征用大炼钢铁去了，他只好找出家里的一只搪瓷缸子，随手把几块肉和萝卜切了添上水，放在炕边的铁炉子上。没想到，半夜全家人被一股诱人的香味给熏醒了。原来是缸子里的肉炖烂了！从此，缸子肉成为维吾尔族家庭一道秘而不宣的美食。随着传统观念的转变，这道美食又走出毡房，成为街头巷尾的一道风景。

三五块肉、七八块萝卜或者其他配菜，加上水，大概也就七八百克的分量，文火慢炖几个小时之后，揭开搪瓷盖子的那一瞬间多么令人向往。虽然是一道最朴素的街头小吃，却蕴含着维吾尔族人民对美食的敬畏。从选料到下锅，一点都不含糊。缸子肉中的羊肉一定要肥瘦相间的肋巴肉，绝对不会“胡里麻堂”（意思是瞎凑合），否则，太肥了无法下口，太瘦了口感柴且膻味重。当然，如果选用当年的冬羔，那更是上品，肉嫩汤鲜，再泡上焦黄厚实的窝窝馕，羊肉和麦香亲密结合，才最能体现食材的本真味道。

记得 20 多年前，我们一帮单身汉最大的享受就是在隆冬的周末，跑到伊宁市维吾尔族商贩最多的汉人街吃一顿缸子肉泡馕。因为这的缸子里，和羊羔肉亲密组合的除了萝卜，还有维吾尔族人独有的蔬菜——恰玛古。这种外形和袖珍甜菜差不多的怪东西和牛羊肉是天生的绝配，将它们炖到一起，有种特殊的香味，而且有强身健体的作用。我们试过几回，用它和大肉骨头炖一锅，怎么吃都不是味，真是百思不得其解。近几年才知道，这是和玛咖同科的一种植物。

本来，对我这样豪爽的大伊犁人来说，一顿饭算个啥呢？但是，在那个家家银两短缺的大背景下，要想邀请朋友下馆子潇洒一回确实是件很奢侈的事，而缸子肉，恰到好处地解决了这个矛盾，两人一份不够吃，一人一份刚刚好，大家各吃各的，也省却了 AA 的尴尬。这或许也是缸子肉一度风行的心照不宣吧。

和在大餐厅不同，缸子肉不需要豪华的装修和宽敞的店面，它永远待在路边，在一堆红彤彤的炉火陪伴下，一个挨着一个，冒着热气，吃的人也没有那么从容，一边吃一边盯着路边，似乎随时要加入行色匆匆的人流中去。而随着各种现代厨卫用品的极大丰富，曾经家家必备的搪瓷缸子渐渐淡出了人们的视线。所以说，今天我们端起一只搪瓷缸子，扑面而来的，不仅有美食的清香，而且有满满的回忆和感慨。那被岁月碰掉了一块搪瓷的缸子盖，是不是像一只睁大了的黑眼睛，沧桑而又温暖地注视着时代的变迁和世间的冷暖。

这么多年过去了，以盆盆肉、清炖羊肉命名的餐厅“你方唱罢我登场”，缸子肉依旧素面朝天、不紧不慢地在街头巷尾顶风冒雪，迎接着每一个风尘仆仆的赶路人。

杂烩汤的三副面孔

一辆除了喇叭不响浑身哪都在响的夜班车，在坑坑洼洼的乌伊公路上缓慢爬行着，雪亮的灯光刺破了夜幕的黑暗。突然，司机一脚刹车，汽车向着路边一家孤零零的个体饭馆拐去。旅客们睡眼惺忪地伸了伸懒腰，极不情愿地磨蹭着一个一个走下车来。

“吃饭啦，在这里不吃就只有等到天亮去乌鲁木齐吃啦，中途不停车！”喊完这一嗓子，司机和售票员被早已恭候在店门口的老板娘迎进了里间。

在昏暗的灯光下看着破旧而布满油垢的座椅，谁还有胃口吃饭！可是不吃又怎么办呢？那些有经验的出门者，早就准备好了馕和咸菜，没准备的，如我，也只能硬着头皮点餐了。可是哪里又有选择的余地呢？老板说：“来晚了，店里只有杂烩汤。”于是，一海碗盛着杂七杂八配的汤菜端到了面前，碗里不外乎几片牛肉、几片豆腐、几个丸子或者几块夹沙，还有粉条、西红柿和菠菜。牛肉老得怎么也嚼不烂，干瘪的丸子里即使孙悟空的火眼金睛也找不出几个肉粒来，整个就是个面疙瘩，而豆腐，则散发着一股馊味。花卷呢，也是不冷不热地躺在盘子里，让人提不起食欲。

这是我第一次与杂烩汤相遇的情形。

后来看了某家报纸记者的曝光才知道，在乌伊公路上，有不少这样和长途客运司机联手坑旅客的黑店，客运公司迫于社会压力不得不下大力气开展整顿工作。

又过了几年，乘坐单位的专车去乌鲁木齐开会，司机早早就盘算出了果子沟以后到途中的五台吃杂烩汤。可是任他怎样绘声绘色地描绘，都勾不起我的食欲。

经过4个多小时的颠簸，中午时分，终于到了声名远扬的五台，这自清代起就是丝绸之路上的驿站，也是很多新疆美食的发源地。顺着司机的指点，老远就看见一排门口搭着凉棚的路边店前停满了车，有大巴也有小车。

“就这家，保准你会满意！”顺着司机的指示望去，伊犁回民老美味杂烩汤的招牌赫然在目。店门外支着一个汽油桶改造的烤饼炉，店门口就是杂烩汤的土灶，男主人负责烤饼，女主人负责做杂烩汤。或许是由于经过整顿，集中的经营场所给了顾客更多的选择，店主们不由自主想方设法提高质量，以赢得更多的回头客。还是那碗杂烩汤，这次却吃出了不一样的感觉：汤酸辣鲜香，骆驼肉片煮得恰到好处，蓬松酥软的葱花烤饼管够，再配上一小碟爽口的泡菜，真是浑身舒坦。旅途中还有什么比一顿可口的饭菜更让人牵挂呢？难怪开车的师傅还没出伊宁市就惦记上了这口美食。

这次的重逢让我彻底消除了心中的阴影。

在新疆，要说到杂烩汤，五台必定是个绕不过去的地方。这种回民特有的家常美食，从家庭餐桌走进消费者的心中，五台就是连接这段历史的纽带。遗憾的是，高速公路修通之后，在五台停车的机会少了。接着火车也到了伊犁，飞机票更便宜了，五台的杂烩汤基本成为我心中的一朵白云，远远地飘在心头，挥之不去。好在我惦记着杂烩汤的同时，也有不少惦记着老顾客的店家。随着五台生意的萧条，边城伊宁雨后春笋般地冒出一家又一家专卖杂烩汤的餐厅。有意思的是，回到了伊犁，大家都不约而同地打起了老五台杂烩汤的旗号。

在朋友的指点下，我迫不及待地第一时间在斯大林街的一个角落找到了一家新开张的杂烩汤店，毋庸置疑，店主还是正宗的回民，店面更讲究了，环境更好了，原料也更精细了，似乎都找不出什么毛病，可是我怎么也吃不出当年的感觉来。

究竟是我的胃太过顽固，还是手艺的传承出了问题？看样子，任何美味一旦离开了原产地，都会打折扣。

手抓肉的故事

要下山了，我让阿副团长给要去的店家打个电话，让他早点把羊肉炖上，免得到了饭店吃不上饭。阿副团长嗯了一声，却没有任何行动。开车的马师傅却冲我抛出一个暧昧的笑容，给人一种怪怪的感觉。

好在山里的路也都修好了，以前几个小时的路程，现在不到一小时就到了，即使如此，到了库尔班家的木头房子，已经是中午两点了。听到我们的汽车声，几条憨头憨脑的哈萨克牧羊犬张牙舞爪地扑了上来，被主人一阵训斥，乖乖夹着尾巴，委屈地瞄了我们一眼，极不情愿地哼唧着走了。

库尔班按照哈萨克族的礼节和阿副团长互相问候之后，又恭敬地伸出双手，和我们一一握手。寒暄几句，转身去不远处用木头栅栏搭成的羊圈里拖出一只雪白的小羊羔来。我一看，脸都要绿了：都这个点了，竟然连羊都没有宰？

这时候马师傅才开腔："这是哈萨克语的礼节，必须当着客人的面宰羊，以示尊重。以后记住喽，小伙子！"说完一脸得意。

说话间，库尔班已经把羊的四蹄捆好，按倒在一个草梗子上，利索地放了血，然后开膛破肚。只见他从羊蹄子处割开一道小口子，然后用嘴对着使劲往里吹气，不一会儿，羊身子就成了一个圆滚滚的皮球。这时候库尔班把开口处用绳子扎紧，沿着羊脖子往下拉开一道口之后，他跪在地上，用拳头顺着羊皮和筋膜层之间一点点往下赶，不一会儿一张完整的羊皮就被剥下来了。接着他划开羊腹部的薄膜，从肚子里用双手捧出全部内脏。然后开始分割羊肉，只见一把小巧的剔骨尖刀在库尔班手中灵巧地游走于骨缝间，很快整只羊就按照脖子、胸椎、肋巴、前腿、后腿各部位被分解成大块。整个过程，不过10来分钟，其间不见屠宰市场里的木墩，也没见刀砍斧劈的激烈场面。这时我才顾得上仔细观察库尔班手里的剔骨刀，这刀连刀把也就10来厘米长，细窄的刀身闪着白光，我不由想起传说中庖丁解牛的那把刀。

就着地势挖的土灶上，大铁锅的水已经烧开，库尔班直接从羊皮上抓起大块的肉囫囵放进锅里，他的“羊缸子”（新疆方言，泛指已婚妇女）则拿着一只大铁勺站在锅边，撇着锅里的血沫子，顺手把漂在水面上的几个羊粪蛋舀出来，随手倒在边上的草丛里。同行的两位外省来的美女记者见了，捂着嘴一脸惊恐跑进了毡房。库尔班说：“我们哈萨克族人炖羊肉不像你们汉族人，放那么多调料，我们就用清水煮，放点盐就行了，这是当年的羊娃子，肉香得很！”看样子哈萨克族人已深谙清人李渔所言“世界好物利在孤行”的道理，又与苏大学士不谋而合：“慢着火，少着水，火候足时它自美。”

趁着女主人炖肉，我们随库尔班走进屋内，不由得眼前一亮，没想到这一脸沧桑的老木屋，竟然别有洞天——迎门的墙上挂满了精致的毛毯，几个金碧辉煌的大木箱在土炕上靠墙一溜摆开，每个箱子上都摞着五六条被子，炕的正中间，铺着一条长方形的绣花桌布，上面已经摆满了花花绿绿的糖果、油炸的包儿沙克、黄灿灿的酥油、白乎乎的奶皮子和厚厚的哈萨克馕。库尔班把阿副团长让到正中间，我们学着阿副团长的样子依次盘腿而坐，接着女主人提着壶，坐在炕边，一碗接一碗的热奶茶就被端上来了。库尔班用皮夹克（一种折叠的小刀）反手把馕切成一小块，然后蘸着酥油在奶茶里泡一下才放进嘴里。“酥油你们吃不惯就吃奶皮子，那个保准你们喜欢。”阿副团长提醒大家。果然，美女们一尝，立即激动地大呼小叫起来：“真的太好吃啦！”不一会儿一碗奶皮子就被一抢而光。我这才知道，酥油是从牛奶里提炼的脂肪经过发酵而成，略带动物的油脂味，而奶皮子是从煮熟的牛奶上撇出来直接食用，故而醇香可口。

过了一个多小时，女主人用桌布一裹撤了炕上的食品，又换了一张桌布，原来是羊肉炖好了。先端上来的是羊头，库尔班用双手在脸上做洗脸状，据说这是在做巴塔，然后拿出皮夹克在羊额头处画个“十”字，表示剪彩。这套礼仪结束后开始分羊头肉，他用双手恭恭敬敬地把额头上的肉捧给阿副团长，这是在座最受尊重的客人，过去的传统是先给年长者，现在也有可能是职务最高的人。接着，将羊面颊上的肉分给了我。阿副团长说：“鲜记者，你可是今天最有面子的人！”最后将羊头的嘴分给了马师傅，代表能说会道，耳朵则给了两位同来的女士。老实巴交的库尔班也学会了幽默：“吃了这个，你们要听老公的话！”

最后，一大盘热气腾腾的羊羔肉才上桌，一起端上来的还有一小碟盐末和切成几瓣的皮牙子。盐末是给口味重的人准备的，可以往羊肉上撒一小撮就着吃；皮牙子呢，则是哈萨克族人多年流传下来的智慧，据说是对付高脂肪和高热量的秘密武器。库尔班用皮夹克熟练地抓起大块的羊肉分割，我趁热夹起一块肥瘦相间的肋巴肉，似乎一股草原的清香从唇齿间顺着喉咙直往肚子里钻，真有点猪八戒吃人参果的模样，没来得及咀嚼，就吞了下去。可惜过多的奶茶和馕几乎堆到了嗓子眼，随着热乎乎的羊肉下肚，我忍不住打了个嗝，只好遗憾地盯着满盘的肉悻悻不已：这马师傅，为啥不早点提醒我还有羊肉呢！

正纠结间，却见库尔班拿出一瓶伊犁大曲，倒上满满一杯递给了阿副团长，想起传说中哈萨克族的喝酒风俗，我的脑袋“嗡”地一下大了……

这是在喀拉峻大草原，远处的汗腾格里峰被洁白缥缈的云朵缠绕着，我第一次在哈萨克族牧民家里喝得酩酊大醉，也记住了手抓肉的鲜美。

老军垦李书堂也给我讲了他第一次吃手抓肉的情景：

> 那是在1962年5月底，兵团机运处艾钢采矿连接到命令，迅速赶往霍城县前进公社三大队执行“三代”任务。虽然已经离开了部队，但是我们没有丢掉老传统，严格执行三大纪律八项注意，大家都住在牛棚、羊圈、马厩里，铺上麦草，打通铺。草原上臭虫、草鳖子很多，晚上咬得人浑身发痒，我的右耳根被咬后我用手抠，结果发炎化脓了，卫生员不敢治疗，连队领导让我骑马到驻扎在霍城县的“三代”办公室的卫生队去治疗。早上临走时，卫生员让我背上印有红十字的药箱，顺便带些治疗头痛脑热、感冒退烧、跌打损伤和腹泻的药回来。
>
> 到了卫生队后，李国富队长给我开了刀，挤出脓血，消了炎，上好药，包扎好后，我就带上药马不停蹄地往回赶。快走到库鲁斯台沟口时，突然有个骑马的哈萨克族青年挡住了我的去路，他焦急地指着带有红十字的药箱不断比画着，这时又有一男一女骑着马赶过来，女人抱着个3岁左右的男孩。我这才明白，他是让我给小孩看病。说了半天，还是搞

不明白孩子得了啥病，最后女人把孩子的屁股掰开让我看，我一下子明白了：孩子拉肚子拉脱水了。看着无精打采的孩子和焦躁不安的女人，我的恻隐之心油然而生。我又不是医生啊，这可如何是好！

真是急中生智，我突然想到我虽然不是医生，但是我识字呀。于是，赶紧打开药箱找出呋喃唑酮，看着说明书告诉他们怎么给孩子吃：一日三次，一次一粒，第二天再服一粒。怎么才能讲清楚呢？还得靠手势，我指着太阳，并在地上画了一个圆圈，四周画上光线，又指着太阳，他们似乎明白了。我指着头顶的太阳，给女人一粒药；又向西面指了一下，双手比画了一个太阳，给了女人一粒药；面朝东方比画了一下太阳，再次给女人一粒药；我又指了一下头顶的太阳，给女人第四粒药。然后找出一张纸，撕成四片，从女人手中拿回药，每片纸包一粒药，重新交给女人。他们带着笑容走了。

几天后的一个早晨，我们正在营地洗脸、刷牙，那个哈萨克族青年又骑着马来了，他什么话也不说，一把把我拉上马，驮着我向北山坡跑去。到了一个毡房前下了马，他客气地将我请进屋去，女主人见了我热泪盈眶，十分激动，小男孩活蹦乱跳地扑到妈妈的怀里撒着娇，用好奇的眼睛看着我。

不一会儿，李连长带着战士们追到了毡房前。原来，有位战士报告李连长说我被人抢走了，连长马上集合队伍追了过来。这一天，我第一次吃到了香喷喷的手抓肉。

听完老李叔的故事，我不禁被纯朴的哈萨克族青年逗乐了，也对我们老一代兵团人的付出陷入了深深的思索。

后来我在伊宁市的连锁店里品尝了回族人的手抓肉，这是一种比较讲究的做法，配以丰富的佐料，确实汤鲜肉美，别有风味，却没有那一锅飘着羊粪蛋的手抓肉来得过瘾。

醉人的马奶酒

那时候七十九团还叫二牧场，将军谷只是个偏僻的夏牧场。

蒙古族汉子乔龙巴特听说家里要来城里的客人，早早就宰好了羊，炖了一大锅手抓肉犒劳我们。

更为特别的是，刚好新酿制的马奶酒可以喝了，乔龙巴特满怀欣喜地拿出来招待贵客。在牧民家里，马奶酒比奶茶金贵多了，因为并不是家家都有母马，而且这玩意做起来相当麻烦。可是没想到，一同去的女士们和上海来的朋友端起碗来都是满脸的痛苦——别说喝了，闻着那味他们都受不了。这多少有点让乔龙巴特感到没面子，有些略微的失意。

好在有我呢，受父亲的影响，我从小和民族地区牧工打交道，对马奶酒有着特殊的偏爱。于是我给大家做示范："要大口喝下，不能一点一点抿，否则会觉得味道又酸又涩。就这样，多好喝啊！"

看着我端起陶瓷大碗一饮而尽，乔龙巴特的脸上露出了开心的笑容，急忙端起一碗敬给我。这就是蒙古族汉子，喜怒哀乐全部都写在脸上。来而不往非礼也。我怎能失礼？于是，一晚上我俩你来我往，把满满一脸盆马奶酒喝了个精光！

早上，看着两眼通红的我，同行的朋友一脸担心："怎么样，能不能起床啊？你昨晚可是吐了一晚上！"唉，谁知道清香四溢的马奶酒也这样有后劲呢？一晚上的手抓肉都白吃了，想到这里，我的胃里又是一阵痉挛，无力地摆了摆手。

没想到乔龙巴特却像没事一般，吃早饭时胃口依旧大好，一边喝着滚烫的奶茶，一边给我们讲述马奶酒的来历。据说最早牧民在每年转场时，总是饥一顿饱一顿的，最后干脆把新鲜的马奶装在皮囊中随身携带。随着坐骑长途奔波，马背上的皮囊上下颠簸，囊中的马奶哗哗作响互相撞击，渐渐变热发酵，最后成为口感略酸、色泽白里透青的浓郁奶酒。由于这种酒度数不高，老少皆宜，又是无意中得来，牧民把它称为“老天爷的赏赐”，马奶酒渐渐成为牧区的待客佳品。

可是，毕竟老人和妇女守在帐篷的时间多些，于是牧民又逐步摸索出一套在家里酿制奶酒的方法——那就是把鲜奶盛入木桶等容器中，用特制的木棒反复搅动，使奶在剧烈的动荡撞击中温度不断升高，最后发酵并产生分离，渣滓下沉，纯净的乳清浮在上面，这样便成为清香诱人的奶酒。这个过程一般要七八天左右，因季节和气温不同，略有变化。

随着科技的进步和社会的变革，人们又发明了酿制烈性马奶酒的蒸馏法。这与酿制白酒的原理相同，先把发酵的奶倒入锅中加热，锅上扣上一个无底的木桶或用紫皮柳条、榆树枝条编成的筒状罩子，上口放一个冷却水盆或锅，桶内悬挂一个小罐或在桶帮上做一个类似壶嘴的槽口。待锅中的奶受热蒸发，蒸汽上升遇冷凝结，滴入桶内的小罐或顺槽口流出桶外，便成奶酒。用这种蒸馏法酿制的奶酒，要比直接发酵而成的奶酒度数高些。如果将这头锅奶酒再反复蒸馏，度数还会逐次升高。由于马奶酒酒精含量比较低，几乎不含甲醇，所以保健功能更佳。有诗云“味似融甘露，香疑酿醴泉”这是说马奶酒不仅喝起来口感圆润、滑腻、酸甜、奶味芬芳，而且性温，具有驱寒、活血、舒筋、健胃等功效。有一次朋友从霍尔果斯口岸给带回两瓶酒，打开瓶盖，一股巧克力香味扑鼻而来，将酒倒入酒杯，色泽淡黄，一口下去，顿觉酒质润滑，香浓中带着淡淡的酒意。这究竟是什么酒呢？看不懂外国文字，只好打电话向朋友求教，才知道是一种马奶酿制的力娇酒。

那一次离开后，很多年没有见到乔龙巴特。可是他家的马奶酒却成为珍贵的记忆，牢牢地印在了我的脑海里。前年又去将军谷，那里已经变成了旅游景区，熙熙攘攘的人群打破了草原的宁静。乔龙巴特的帐篷早已不见踪影，据说他早已赶着羊群去了更远的深山里。漫山遍野的游客和随风飘荡的塑料袋，让我的兴致降到了冰点。忍不住在景点的小摊上买了一碗马奶酒，那味道却淡得如同市场上的笑脸——不知掺和了多少虚情假意。

从此不喝马奶酒。

今年参加台里的“民族团结一家亲”活动，和七十八团一连的维吾尔族职工阿布·都阿力结成了亲戚，没想到说起马奶酒，他也是一脸神往：“你不知道，当年我们在山上住的时候，遇到家里宰羊的时候，就把整个的大尾羊的尾油放进皮囊里，这样酿出来的马奶酒，又香又浓，特别好喝！”

真是高手在民间啊！这可是我第一次听说如此神奇的做法。阿布都·阿力自然也是和我一见如故，约好了明年夏天一起去牧区亲戚家喝正宗的马奶酒。

我的心里又多了一个期待。

苜蓿

年少时读过一则故事：皇帝偶得小恙，食欲不振，于是张榜天下，征集民间美食。数月下来，吃遍了山珍海味愈发感到食之无味。一日，忽然有一牧民献上一叠嫩绿的苜蓿，皇帝吃了以后感觉唇齿留香，胃口大开，不由得龙颜大悦，赏赐黄金数两。然后问献美食者："除了我，还有谁有此口福？"牧民回答说："皇上吃过之后，我们就用它来喂马和毛驴了。"

我吃着母亲包的苜蓿饺子，心里装着满满的幸福。而这苜蓿，就是我家为了饲养毛驴、牛和马而专门种植的。

于是每到春天，我的心里便多了份期盼——那就是去地里掐苜蓿尖，也就是苜蓿的嫩芽。正是青黄不接、满嘴无味的季节，这鲜嫩的苜蓿尖就成了改善伙食的首选。从困难年代走过来的母亲总有多种办法对付饥荒，苜蓿尖用开水烫了，加点盐和五香粉，是开胃下饭的好伴侣。苜蓿尖拌点面蒸着吃，解饿又美味。当时最奢侈的吃法是把肥肥的五花肉剁碎了和苜蓿尖拌到一起包饺子，吃完后简直几天都缓不过劲来，老是在不停回味，在幻想着下一顿啊！当然，现在用苜蓿尖做的自创阳春面是我的最爱，揭开锅盖随着热气窜入鼻中的草香味，伴着淡绿色的面汤，惹得我舌下生津，直流哈喇子。

当然，苜蓿虽然是上好的饲料，牛和羊却不能多吃，如果贪嘴没有节制，最终会因为胀气而死，就好比饥荒岁月，饿极了的人遇到粮食，一顿饱食之后，往往会撑破了胃，做了“撑死鬼”。在和平年代，个别官居高位之人，似乎也不懂得这个道理，往往权力欲望沟壑难填，最终落得个被“打虎拍蝇”的结局。

后来知道了这小小的苜蓿竟然是打开丝绸之路的探路者，并且已然成为江南老百姓餐桌上的佐餐佳品，不禁为自己当初的无知感到羞愧。原来，几千年前，大汉天子被我们大伊犁的西极天马诱惑得夜不能寐，便想出了和亲的主意。于是便有了张骞出使西域，便有了细君和解忧公主远嫁乌孙的故事。第一次得到伊犁马的刘彻情不自禁，边歌边舞，一不小心弄出了“天马来兮从西极”的名句流传于世。随着两地的交流，大批的伊犁马走向长安，天马的饲草苜蓿自然一路东进，最后继续深入，以其超强的生命力不断蔓延，最后完全覆盖了华夏大地。

江浙一带称其为草头。《本草纲目》中写道：“苜蓿原出大宛，汉使张骞带归中国。然今处处田野有之，陕、陇人亦有种者，年年自生。刈苗作蔬，一年可三刈。二月生苗，一科数十茎，茎颇似灰藋。一枝三叶，叶似决明叶，而小如指顶，绿色碧艳。入夏及秋，开细黄花。结小荚圆扁，旋转有刺，数荚累累，老则黑色。内有米如穄米，可为饭，亦可酿酒。”

李时珍的记载言之凿凿，也经得起推敲，为什么这样说呢？大家可以想想，作为一种“牧草之王”，苜蓿的营养价值和高产已经经过了实践的检验，当时西域诸国的马，喜欢吃苜蓿草是件很自然的事。于是这产自西域天山寒冷地带的特产，首先随着西域的商队来到了中原。随着双方的商贸不断发展，长安城里车水马龙，一派繁华。汉武帝龙颜大悦，下令在长安内修建了供西域商人和使节专用的宾馆宫室，在宾馆旁边为天马修盖高大马房，在马房旁边还专门种植了西域的葡萄和苜蓿。其目的当然是为让从西域来的天马和使臣们能够天天看到自己家乡的景色，领略到天山南北的风情。使臣能够看到他们的天马，天马能够每天吃到自己喜欢的苜蓿，自然怡然自得，乐不思归。

时间久了，人们渐渐发现，春天的苜蓿掐了尖吃起来竟然胜过无数美味。如今，在南方腌制的草头成为寻常百姓的佐餐佳品。一次，从南方出差回来的朋友给我带了几瓶其貌不扬的咸菜，打开瓶盖就闻到一股熟悉的清香，就着稀饭，不咸不淡，我不禁胃口大开。原来，镇江一带腌制的“咸秧草”“三叶菜”成为地方特产，走向世界。这是苜蓿在江南的另一种活法。

有一次无意间看到一个安徽文友的博客，他对家乡的紫云英深怀感恩，我看那照片，不禁愣住了——难道这久仰大名、充满诗意的植物竟然就是我家房前屋后的紫花苜蓿？找来资料经过一番科普，才知道二者同属豆科，在那个特殊的年代都曾救百姓于水火之中，颇感欣慰。

受西方文化的影响，人们又把苜蓿称之为“三叶草”，象征着幸运和希望，常常成为文人墨客吟诵的主角。可见，苜蓿不仅能作为饲草养马、作为菜蔬果腹，而且是中西方文化交融的使者。小小苜蓿，功劳之大，令人赞叹啊！

苜蓿还是开垦荒地的急先锋。前些年，伊犁河南岸的水土开发搞得风生水起、如火如荼，当年开出的生地，农作物产量很低，就先种苜蓿养地。一年收割两三茬，畜牧业首先发展起来了。再过几年，地养熟了，种啥啥丰收。四师六十七团因此翻了身，耕地面积翻了番，不仅摘掉了全国贫困团场的帽子，而且华丽转身，成为四师的粮棉大户，职工个个富得流油。

每一年春天，在伊犁街头远远看见维吾尔族巴郎手推车上的苜蓿尖，我的心里都会不由得动一下：这小车上，推着一个多么久远的年代，推着一段多么美好的记忆啊！

那一碗热气腾腾的汤面片

“小舅，哪天有空你再给我们做一次汤面片吧？”看着外甥女期待的目光，我一脸疑惑。说了半天，原来是在她的记忆里，我竟然有着“厨神小当家”般的传奇经历。

终于想起来，30多年前她是吃过一顿我做的汤面片。那时候我虽然尚不及弱冠之年，但是穷人的孩子早当家，由于不忍心看父母工作辛苦还要忙家务，我已经开始摸索着自己学做饭了。

我家是标准的新疆兵团式家庭组合——父亲来自四川，母亲却是陕西人，就像一代伟人说的那样：“我们来自五湖四海，为了一个共同的目标走到一起来了。”后来经基因组织解密，因为这种省份不同的家庭组合，兵团第二代极具智慧和韧性。

虽然父亲“三天不吃大米饭腰杆疼”，但是我们依旧随了母亲，都喜欢吃面食。母亲做的手擀臊子面、油泼面自是没得说，但是尺有所短寸有所长，我们新疆人喜欢的汤面片却是母亲的“软肋”，总也做不出正宗的味道来。

那时姐姐们早已出嫁，我放假的时候就有了走亲戚的理由和目的地。四姐嫁到了霍城县水定镇，对于从小在连队汉族窝里长大的我来说，这里浓郁的民族风情充满了神秘色彩，他们的举手投足、一言一颦都深深地吸引着我。而有民族特色的餐厅，自然是我这个吃货的重点关注领域。

似乎每一家回民餐厅的灶台前，都站着一位貌美如花、手脚利索的小媳妇。灶台，又必定在饭店门口的简易凉棚之下，这就给了我观摩学习的好机会。汤面片，新疆人又叫“揪片子”，两种叫法，一个突出了内容，一个传神了过程，真可谓各有千秋、形神皆备啊！

做汤面片的第一步，和面、醒面很重要。这道工序和拌面一样，温水兑盐，把面粉搅拌成絮状，然后揉匀，醒好。过去市场上大多是“八五面”（一种面粉的生产标准），其中的麸皮杂质含量多，对盐水的比例要求高，否则和出的面不是没劲就是太紧，无法做出口感柔韧适中的面片来。当然，现在我们吃的大多是精制的“特一粉”（相当于过去的“七五面”），由于面粉本身面筋度提高，对盐水的要求也不是那么苛刻了。面醒好后，搓成长条然后压扁，就可以往锅里揪了。这时只见揪面片的人将扯开的宽面条搭在左手腕上，然后左手捏着面头，右手的大拇指和食指灵巧地揪下一块往翻滚的汤锅里扔去。远远看去，就像一只蝴蝶在浪花上翻飞，煞是好看。

揪面片也有讲究，一是人站在离锅 20 厘米的位置最好，近了，难免被溅出来的汤水烫着；远了，面容易抛到锅外去。二是面片的厚薄和大小：太薄容易煮烂，没有嚼头，太厚则成了面疙瘩，吃不出香味；大小呢，最好是大拇指的指甲盖大小，吃着入味不说，且卖相好，勾人胃口。

既然是汤面片，仅仅面片揪得好只能算是完成了第一步，汤料的配制同样不可小觑。记得当年我看着那俊俏的回族媳妇把羊肉直接下入凉水锅里，顿感不可思议：为什么羊肉不用清油翻炒就直接入锅呢？她笑着告诉我：“这就是你们汉族人做不好揪片子的关键，羊肉直接用凉水煮，才能保证汤的原汁原味，再加上切成丁的胡萝卜或者土豆之类的蔬菜，最后起锅前撒一点香菜进去，这样做出的汤饭，面片柔韧爽口，菜汤鲜而不腻，才算是一锅成功的汤面片。”

就在我刚刚从水定镇“学成归来”，大姐带着外甥女来团里看望父母，我挽起袖子给她们露了一手，做了一大锅热气腾腾的汤面片。现在想起来，当时的情景历历在目。我清楚地记得是怎样严格按照“师傅”的要求，完成了所有步骤。那天配菜用的是恰玛古和西红柿干，还有少许辣皮子、香菜、葱花。其中最重要的是西红柿干和恰玛古。西红柿干是在最好的季节吸收了太阳的精华而成的，用它煮出的汤鲜味浓郁，加上恰玛古遇见鲜羊肉是世间少有的绝配，这三者的相逢，使味觉盛宴达到了极致。而辣皮子可以促进血液循环，起到微微发汗的作用，正如寒冬里的一把火，给冰凉的脾胃添点温暖。在那个日子过得紧巴巴的年代，这样一顿美食怎能不令人怀念呢？

这些年，人们对生活的要求越来越高，很多创新的美食也应运而生。有一年夏天去喀拉峻草原游玩，路过特克斯八卦城的时候，当地朋友说：“我们这有一家羊排揪片子特别好吃！”于是看到了酒香不怕巷子深的壮观场面：因为这家小店，偏僻的小巷车水马龙、门庭若市，进得院里，熙熙攘攘的顾客吃得满头大汗、不亦乐乎。细细品尝，果然名不虚传。大块的胡萝卜和土豆熟而不烂，羊排肥瘦均匀，肋巴骨轻轻一抽即可骨肉分离，肉却香软可口，尚有嚼头。唯一炖得稀烂的是西红柿，最后加上一把香菜，红黄白绿，真是色香味俱全。后来在伊宁市还吃到了大碗炒揪片子，也是别有风味，称得上面食界的奇葩。

在外甥女的再三央求下，我竭尽全力用当年的方法做了一顿汤面片，却怎么也吃不出当年的感觉。想想也是，一个人不可能两次跨入同一条河流，如今时过境迁，我即将跨入“知天命”的行列，外甥女也早过了不惑之年，当年的那一碗热气腾腾的汤面片，只能成为永恒的记忆了。

“游”进伊犁的三文鱼

一艘精致的木制“小船”被服务员端上桌来，船身不大，却与郑和下西洋乘坐的那一艘造型相当，于是在我的眼里就有了威武之意。“船身”上装着什么呢？用保鲜膜覆盖的冰碴之上，整齐地码着一层橘黄色的薄片。

“三文鱼刺身，请慢用！”哦，原来今晚大堂经理再三推荐，说是漂洋过海来到我们这个离海洋最远的“鸡尾巴”上的名菜就是这家伙，看着是有些声势。由于是初见，我不敢贸然下箸。

主家说，这道菜要蘸着小碟里的芥末酱吃才好。我便毫不犹豫地夹起一片，狠狠地蘸了一筷子，然后迫不及待地放进嘴里。瞬间，感到一股奇异的气味冲进了肺管，一口气憋在胸腔里吐不出来，鼻涕、眼泪一股脑流了出来。看到我的狼狈相，旁边的朋友赶紧拍打着我的背，顺手端过一杯茶递给我。还有人则嚷嚷着：“快把酒杯放在鼻子上闻一闻！”好一阵手忙脚乱！

这是 20 多年前的事，不仅三文鱼，吃芥末我也是大姑娘上轿——头一回。

后来竟然渐渐爱上了三文鱼，对入口刹那间的刺激和之后经久不散的余味留恋不已。三文鱼刺身一度成为我下馆子的必点大菜之一，真是欲罢不能，欲罢不能啊！

人们言及三文鱼刺身必说日本，殊不知，中国才是鱼片生吃的祖宗。据出土青铜器“兮甲盘”上铭文的记载，周宣王五年（即公元前823年），周师大举出动，于今陕西白水县境内的彭衙迎击入侵的猃狁部落。胜利归来后，大将尹吉甫私宴张仲及其他友人，主菜就是烧甲鱼加生鲤鱼片。

《诗经 · 小雅 · 六月》中记载这两道菜时，用了“炰鳖脍鲤”四个字。“脍”字指切细的生肉，也可表示把肉切细的动作。制脍的材料，有鱼、牛、羊等肉类。秦、汉之后，牛、羊脍极为罕见，脍几乎仅指鱼脍，并又衍生出一个“鲙”字，专门表示生鱼片。想想秦始皇派徐福出海寻找长生不老仙草已是600多年以后的事了，日本的历史也是从此开始，日本人吃三文鱼片的历史怎么能和我华夏相比呢？

又有人说日本人不吃三文鱼刺身，因为三文鱼生吃会造成寄生虫感染。接着就有媒体辟谣，说日本人不吃三文鱼刺身是老皇历了。那是因为过去野生三文鱼是以吃小鱼为主，所以才会感染寄生虫，现在经过挪威人的驯化，养殖的三文鱼突破了瓶颈，这个忧虑早已不复存在了。原来是虚惊一场。当然，除了生吃，三文鱼还可以清蒸、红烧、家常、煲汤，无一不鲜美异常。

由此关注三文鱼才知道，这是一种有着传奇和悲壮故事的鱼。它是一种独特的溯河洄游性鱼类，幼鱼在江河溪水中生活1—5年后，再入海生活2—4年。产卵期为8月至翌年1月。溯河产卵洄游期间，它们沿着河流逆流而上，跳越小瀑布和小堤坝，经过长途跋涉，千辛万苦才能到达产卵场，而且途中忍饥挨饿从不摄食。最终，到达高海拔的湖水中，母鱼产卵后平静地死亡，成为其他动物度过漫漫冬季的最佳食物。受这种鱼善于飞跃的启发，人们把它称作“Sailo”，拉丁文是“飞跃者”的意思。后来林奈就把“Salmo”一词赐予了这种鱼，它就是大西洋鲑。20世纪70年代，养殖的大西洋鲑登陆香港，根据英文名的粤语发音及鱼肉上美丽的脂肪纹理，人们又把它译为“三文鱼”。

想想这和我们人类何其相似，尤其是儒家文化熏陶下的中国父母，哪一个不是含辛茹苦，为子孙后代耗尽一生而无怨无悔。

其实伊犁也是渔业资源丰富的地方。由于高山连绵、雨水丰沛、河流纵横，加上从东北迁徙而来的渔猎民族锡伯族人在伊犁河边繁衍生息，美味的野生鱼曾经在伊犁人民餐桌上扮演了重要的角色。记得20世纪70年代末，父亲和煤矿的采购员几乎每年开春都要为单位采购回来一嘎斯车（一种苏联产的小型货车）的伊犁河野生鱼，那是煤矿最激动、最热闹的日子。家家户户大人小孩端着脸盆，排着队去分鱼。后来，我们整体搬迁回到了团里，三姐夫发现了贩鱼是个赚钱的好营生，于是买了辆摩托，后边的褡裢里装满了鱼满世界跑着卖。我们也因此常常能饱饱口福。那一条条半人高的狗鱼、草鱼、鲤鱼，个个肥胖。这时候父亲把鱼剁成大块，随便放几根葱炖出来，那鱼汤鲜得可以浸到骨子里去。而鱼块，几乎找不到细小的刺，尽可以放心大胆地大快朵颐。可惜，毫无节制地捕杀使伊犁河野生鱼数量迅速下降，有些种类甚至早已灭绝，鱼产品年产量由顶峰时期的六七百吨到现在不及百吨。物以稀为贵，随之而来的是野生鱼价格飙升，当年引以为荣的伊犁河青黄鱼也早已成为传说。

据说鱼肉既能健脑，还能降血脂，属于较好的保健食品。偶尔在超市里发现了来自东海的冷冻大黄鱼，买回去一吃，那个鲜嫩劲啊，真是后悔白活了40多年啊！

毕竟超市价格高，最后踅摸到伊宁市西大桥菜市场有几家海产品店，沿海的贝类和海鱼应有尽有。好不容易等到周末兴致勃勃地赶去，未承想还会有意外的惊喜。店家说：“大黄鱼是好，可是毕竟不是活物，我这里还有咱们恰甫其海水库的虹鳟鱼，活的，价格差不多，味道更好！”

听着名字这样尊贵，外形也匀称俊朗，不似鲤鱼那样大腹便便，不禁动了心，捞了一条较大的，也就九百多克。凭我的经验，这个重量是鱼生长到味道最鲜美的时段。妻子就用最简单的家常做法，加入葱、姜、蒜，烹点醋，出锅后我小心翼翼地夹了一筷子，慢慢地放进嘴里，不由得舒展了眉头——入口微甜、刺少肉嫩、不糟不糊，仔细看，它的肉质细密地排列着，一片一片泾渭分明，真是比起大黄鱼来毫不逊色！

后来才知道，由于这些年国家在伊犁河上游的高海拔山区建了几家大型的水电站，利用山谷围堰建坝，为养殖高山冷水鱼提供了得天独厚的自然条件。虹鳟鱼、高白鲑、哲罗鲑、鲟鳇鱼等名贵鱼种趁势而入，“游”进了伊犁河谷，也“游”上了百姓的餐桌。

为了写这篇文章，我临时抱佛脚科普有关三文鱼的知识。这才知道，原来我一见倾心的虹鳟也属鲑科，难怪竟能如此勾人魂魄。

蜂蜜奇遇记

新的一天从一碗蜂蜜水开始，这是母亲挂在嘴边的口头禅。

母亲88岁了，偏要保持独立，送走父亲后，依旧不愿和儿女们一起生活，劝的次数多了，还是拗不过她，只好不了了之。心里明白，母亲是不愿给我们添麻烦，却也只有尽些力所能及的孝心，平时多回家看看。

好在母亲身体还算硬朗，多年来养成了良好的生活习惯。每天早上起床后用温水兑一勺蜂蜜，再剜一筷子蜂王浆一起喝下，然后跳自创的健身操，半个小时左右，直到微微出汗，略作休息后开始做早饭，这是母亲每天的“必修课”。

当初听报社的同事说，每天早晨空腹喝一杯温水兑蜂蜜，不仅可以预防便秘，还能治疗胃炎、解酒护肝……谁能禁得住那样天花乱坠的诱惑呢？蜂蜜从此走入我的生活。在我的再三唠叨下，母亲也开始了她的“蜂蜜人生”。如今我调到电视台也有16年了，喝掉的蜂蜜差不多也有百八十公斤了。是否健康了我的身体，没有确定的数据可以证明，倒是对蜂蜜的了解越来越深刻。

小时候家里穷，偶尔得到一块糖都恨不得分成几份来吃。从老师那里知道了蜂蜜是狗熊的最爱，心里向往得不得了，却又怕去山里被狗熊吃了。看到一种个头很大的蜂子，它全身黑色，长着绒毛，在干打垒的土墙或者门框的朽木上钻个洞钻进去，我们就趁它不在窝里的时候，拿个刀子掏啊掏，最后掏出些黄色颗粒，放进嘴里：哈，涩的，有点甜！长大了才知道，那可能是花粉。后来大人说："别去招惹！"那是马蜂，可以蜇死人的。再见了那家伙，一溜烟逃回家里，若是偶尔路线巧了感觉它跟在后面追，简直吓得哭爹喊娘魂不附体。看了一个童话故事，是说懒惰而凶狠的马蜂是如何去家蜂的蜂箱里偷继而抢蜂蜜，小蜜蜂们同仇敌忾，终于赶走了强盗。对马蜂的厌恶之情更甚。

八九岁的时候，我家房后是一片杨树林。有一次暑假放羊回来，老远听到巨大的嗡嗡声，循着声音望去，看见一个纺锤状的黑疙瘩挂在树上，吓得赶紧跑回家叫来父亲。没想到父亲高兴地说："以后咱们有蜂蜜吃了！"然后迅速骑上自行车去了四五公里外的团部，请来了养蜂的老战友郑叔叔。

在郑叔叔的帮助下，我家就从这一箱蜂开始，不停地分群，每年的蜂蜜吃不完，家里又多了一笔收入。可惜好景不长，有一年父亲秋天给蜂箱消毒，不小心配错了药，十来箱蜜蜂悉数死亡。伤心之余，父亲从此金盆洗手。我想这大概是和蜜蜂的缘分尽了吧。

吃蜂蜜吃得久了，心中的疑惑也渐渐生了出来。有一年，去昭苏赏花的路上，在万顷油菜花的地头，看着蜂农正在搅蜜，忍不住买了几罐回来。未承想，几个月后，装蜂蜜的瓶子胀鼓鼓的，打开瓶盖一股酸味扑面而来。难道我亲眼看着搅出来的新蜜被掉了包？百思不得其解。后来还是养蜂的朋友告诉了我一个秘密：一箱蜜蜂从工蜂开始采花到酿造成熟，至少要七八天时间，只有这样的蜜，才能算是天然熟蜜，营养价值高，保质期也长。你买的那个蜂蜜，绝对不是假货，可是它很可能仅仅两三天就被蜂农从蜂巢里给搅了出来，水分没蒸发干，生物酶也没有养好，所以放一段时间就会发酵变质。

唉，原来如此，真是隔行如隔山啊！

有一年，7月去“百里画廊”唐布拉采访，遇见了哈萨克族青年努尔登别克，他和别的哈萨克族不同，人家养羊、养牛、养马，他却养蜂——伊犁黑蜂。说起蜜蜂，他的心中充满了感恩。原来，这一箱箱黑蜂不仅使他的日子越过越富裕，而且获得了甜蜜的爱情，生活越来越幸福。看着我好奇的神情，他给我讲述了自己的“蜜蜂姻缘”：从大城市来山里度假的哈萨克族姑娘玛依拉遇上了力大无比的“熊瞎子”，惊慌失措中跑进了努尔登别克的养蜂场。闻讯而来的小伙子急中生智，抱起一箱蜜蜂向狗熊砸去。结果可想而知，狗熊在被激怒的蜂群劈头盖脸地追咬下，嗷嗷狂叫着撒腿而逃。姑娘被小伙子的机智勇敢打动，最终成了甜蜜事业的内当家。

伊犁北东南三面环山、向西敞口的喇叭状地貌，既阻挡了西伯利亚寒流的南下，防止了塔克拉玛干沙漠干风的北上，又最大限度地接纳了大西洋和地中海的暖湿气流，造就了中亚干旱大漠中一座罕见的“湿岛”。伊犁河从中蜿蜒而过，形成了雄伟峻拔的山川、壮美灵秀的草原、浩瀚葱郁的森林、幽深静宜的溪谷、碧蓝清澈的湖泊。由于环境优美、物种繁多，这里被称为“天然的中亚植物基因库”。

这样的环境下，草长莺飞，山花烂漫，“天然蜜库”自然名不虚传。但是因为地处高寒山区，“冬长夏短，春秋相连”成为无法抗拒的自然现实，伊犁独有的黑蜂，每年只有三个月采花期，真可谓时间紧任务重。为了应对这种恶劣气候，它们不断进化，不但个头大、繁殖能力强，而且运送能力也比一般蜜蜂强，据说每只伊犁黑蜂每趟驮回的花蜜比意大利蜂多三分之一，每群蜂的数量也要比一般蜂群多四五千只。伊犁黑蜂也因此跻身世界四大名蜂的行列，自然界的优胜劣汰，真是神奇之极。

蜜蜂的飞行半径通常在两三公里，但是这聪明的小精灵也知道随机应变，根据环境确定自己的劳动强度。如果蜜源丰富，它们也就懒得往远处飞；如果蜜源稀少，它们最远能飞 10 公里左右。伊犁的山区水草茂盛，野花烂漫，伊犁黑蜂自然占尽“近水楼台先得月”的先机，所以伊犁蜂农有“山花酿好蜜，两里不同味”的说法。

俗话说“一山难容二虎”，对于蜜蜂来说，同样是“一群难容二王”。要知道，只有当群内温度为 34.4℃～34.8℃时，蜜蜂才能正常繁衍和生存，而这个恒定温度的首要条件，就是蜂群内的工蜂数量达到 15000 只，少了不行，多了也无益。那么，如何应对自然界的气温变化呢？蜂群有一套完整的应急方案。当外界的气温非常低时，蜂群会立即感应到，并迅速做出部署：一是靠成年蜂不停进食蜂蜜，加速新陈代谢而产生能量；二是靠成年蜂密集结团增加热量；三是靠蜂群内的幼虫和蛹呼吸产生热量。当外界气温大于 34.8℃时，蜂群也会以自身的办法来降低温度：一是靠成年蜂分散，爬到蜂箱壁、箱底和箱外；二是蜜蜂采集水，并把水分涂在巢房、箱壁等地方，使水分蒸发吸收箱内热量，达到降温的目的；三是部分工蜂自动在巢内和巢门口排成几列长队，用翅膀往同一方向高速一致地扇风，从而加强空气流通，散发热量。

这样，新的问题就出现了：蜂群是如何处理数量增长和恒定温度之间的关系呢？那就是自然分群。这也是蜜蜂群体繁衍生息的本能，否则，蜜蜂数量无限制地增长下去，温度超过 40℃，蜂群就会迎来灭顶之灾。所以当蜂群达到一定数量之后，首先培育一些雄蜂筑造王台，培育新蜂王，在王台封盖后 1—2 天新蜂王即将羽化时，一半左右的蜜蜂会簇拥着老蜂王飞离蜂巢，把旧巢留给新蜂王和剩余的蜜蜂。随老蜂王飞走的蜜蜂主要是青壮年蜂，留在原群里的蜜蜂多数是幼蜂。看样子当初我父亲收回来的那一群蜜蜂就是才离家出走尚无归宿的一个团体。

第一分出群飞走后，如果蜜蜂不再有分蜂要求，那么等到第一只新王出房后，蜜蜂就协助新蜂王把其余王台全部毁掉，否则往往在第一只新王出房后，又出现第二分出群，第二分出群的蜂王是未交配的蜂王，它们飞得较远，一般聚集在较高的地方。第二分出群后，还可能出现第三分出群、第四分出群，这样，蜂群愈分愈弱，直到蜂群没有力量再分为止。

这多么像一个计划周密而又冷血无情的王室争夺战！蜜蜂的智慧从何而来，真是匪夷所思。大自然蕴藏的秘密，实在惊人。

当然，大自然的奥妙既然无解，就随它去吧！生在伊犁的我，自然不会放过享受如此美味的大好机会。对于蜂蜜，我最喜欢的吃法是和酥油拌在一起，把刚出笼的馒头掰开了趁热夹了吃，此时手中浸透了奶香、蜜香、麦香，一口下去，从舌尖直达心底的那种滋味，真是难以用语言来形容。后来发觉三哥家的菜园里有一棵红杏年年顾不上采摘，最后都化作了“春泥”，心疼不已，便想出了物尽其用的办法：熬杏酱。红杏本身特有的香甜，加上伊犁蜂蜜锦上添花，真是说不清究竟谁成就了谁！外地的朋友吃了后，到了季节忍不住觍着脸问我：“今年杏酱熬好了吗？”

这样好的蜂蜜，价格自然不菲。可是，有几次我贪图便宜，买了大超市里的特价蜜，是本地知名企业的产品，价格低得超乎想象。吃着心里总感到不踏实，因为凭我多年的经验和对资本市场的了解，“物美”和“价廉”是不能画等号的。经过多方查证，总算弄清楚了个中端倪。原来，为了获得保质期达标的产品，蜂企不得不把从蜂农手里收回来的蜜高温加工，以蒸发水分，达到一定浓度，可这样做的同时，蜂蜜的生物酶等有效成分也被杀死了。记得看到过这样一则报道：“1913年美国考古学家在埃及金字塔内挖掘出3300年前的蜂蜜，一点也没有变质，至今还能食用。”可见，只要保存得当，天然蜂蜜的保质期是无限的。

最后要提醒大家一点：好的蜂蜜遇到低温是会结晶的，切记，切记！

野蘑菇

凌晨5点，天还完全黑着，维吾尔族小伙艾尼瓦就起床了，他穿好雨衣，提着一把坎土曼，向着伊犁河边的杨树林走去。这里有他无意间发现的一个秘密，也有他的期盼。

到了目的地，他冒着雨开始挖蘑菇，一点不错，是挖！在艾尼瓦看来，无意中发现的这个地方，简直就是个取之不尽的“聚宝盆”：一片枯死的杨树林中间寸草不生，土里却埋藏着数量巨大的蘑菇，只要下雨，就能挖出一个个尚未开伞的蘑菇来，连续几天几乎天天如此。那蘑菇，小的拳头大小，大的有巴掌那么大，白白的外衣、粉嫩的孢子，稀罕极了！

这是小长假，我来到这片树林的时候，天已大亮，满树林跑了一圈，只捡了几个瘦小的鸡腿菇，偶尔可以看到被人丢弃的颜色发黑、长满了蛆虫的大蘑菇碎片。出了树林来到景观大道路边才知道，这都是艾尼瓦和另外两个先行者挑出来的。

实在捡不上，只有买一些了。看着艾尼瓦摆在路边的蘑菇，个头大、品相好，忍不住上前询问。

“20块钱一公斤，要得多可以便宜点！”终于等来顾客的艾尼瓦似乎有点激动，也有点语无伦次。

“你们先买他的吧，他急着去医院给老母亲看病。”一旁的回族老汉竟然主动为竞争对手吆喝起来。我的心里不由泛起丝丝敬意。

20 元一公斤，是菜市场人工培育的圆菇的价格，我还能说什么呢？干脆一下把他手里的 10 多公斤蘑菇都包圆了。

毕竟没见过这种蘑菇，回家上网查了一下，青海竟然也出现了这种现象：每年春秋两季，在同一个地方能挖出大量的巨型蘑菇，味美无比，当地人竟然也不知其为何菌菇而发帖求解。这下我放心了，中午和妻子美美吃了顿蘑菇炖土鸡，一下午时间清洗，一半穿串挂到窗外晒蘑菇干，一半开水烫了，冷冻保鲜。

第二天，我专程赶去要了艾尼瓦的手机号，让他捡多了卖不完就给我打电话。

记得小时候我家屋后有一片杨树林，每当下雨时节，我都会跟着母亲去林中捡蘑菇。现在想起来，冒着雨在林中捡蘑菇真是别有一番滋味。那时的杨树林里生长的主要是那种肉质瓷实、味道鲜美的圆菇，大一些的，老远就能看到顶着白伞站在草丛中，那种感觉，真好比小伙子突然遇到亭亭玉立的姑娘一样惊喜。还有些未曾打开伞的，只是在泥土里，或者是腐叶下一点点往上拱，老远看见那么一个小小的隆起，轻轻地用手一拨，一个白嫩嫩、圆嘟嘟的小蘑菇就呈现在眼前。那种感觉，就像捉迷藏一下子出其不意逮住了小伙伴一样开心。那时候蘑菇可真叫多，不一会儿就能捡满一篮子。因为嫌麻烦，我不打伞也不穿雨衣，捡完蘑菇浑身都湿透了，可我一点也不觉得冷。

还有一种蘑菇，长得像是一截茎秆头顶着一个木耳，我们把它叫作木耳菇，后来得知，这种菇的学名叫巴楚菇，因为是新疆巴楚县特有菇种而得名。对此我有些不以为然。因为在我的记忆里，我们连队的杨树林里，早在 20 世纪 80 年代就发现了这种菇，而且最初的发现者就是我和我的小伙伴们。那时候，我家屋后的杨树得了病，树枝上长满了一种丑陋的疙瘩，剖开后里面都是像蚊子一样的小虫子，让人看了头皮发麻，我们把它叫作“杨树的囊肿”。这种病树下，木耳菇就特别多，所以我们认为木耳菇就是“杨树的囊肿”落入泥土中长出来的，一直不敢吃。后来忍不住诱惑，捡了些回去炒肉，没想到另是一种滋味。从此我们连队家家户户的餐桌上又多了一道美味。没想到30多年后的今天我才知道，这种新菌类原产地的标志竟然被巴楚县拿了去，心里有些愤愤然，为我们伊犁抱不平。

当然，爱捡蘑菇，是因为好吃。新鲜的野蘑菇捡回来，无论是炒菜还是炖汤都很鲜美。最让我念念不忘的是用野蘑菇炒的仔鸡，那味道，吃过一次，一辈子也忘不掉！只可惜后来我离开了团场，加上这些年伊犁的雨水越来越少，这些美味渐渐成了记忆。菜市场里的蘑菇种类倒是越来越多，连曾经以稀为贵的阿魏菇、杏鲍菇都已经实现了人工栽培。好在我们伊犁山清水秀，气候湿润，偶遇野生蘑菇也不是什么稀罕事。

前些年我迷上了徒步，几乎走遍了伊犁的山山水水，顺便收获了许多野趣，而野蘑菇，几乎成为每个徒步者必不可少的惊喜。有一次穿越托乎拉苏遇见蘑菇的情形，现在想起来还有些恍若梦中。

“看，野蘑菇！”不知道是谁先发现了躲在草丛中的白色小伞，大家不由自主停下了脚步。不一会儿，我手中的塑料袋就装满了，可是眼前的蘑菇却越来越多，放眼望去，似乎整个山坡都白花花的一片，让人挪不动脚步。这时已经有人和我一样，开始把之前包里发黑的蘑菇挑出来扔了，然后继续寻找品质更好的，我们似乎都是些掰苞谷的猴子。后来我们常常感到遗憾不已：要是车能开上去，就守着那一片蘑菇圈，年年都是一笔不小的财富啊！

山里的哈萨克族人，也因为这天地的馈赠改变了生活。春天的时候，如果看到漫山遍野的摩托车，那一定有牧民在寻找羊肚菌。这时候他们有些像西藏挖虫草的藏民，什么都不干，捡蘑菇才是最大的事。伊犁的山区食用菌品种繁多，而羊肚菌号称菌中之王，生长条件苛刻，市场价格自然不菲，是脱贫致富的好产品。可惜我们不得要领，羊肚菌又不喜群居，而是三三两两散落在松树下，可遇而不可求，所以只能眼睁睁看着哈萨克族牧民骑着摩托，风一样从我们身旁一闪而过。

高山冷凉的气候，给野生菌创造了得天独厚的生长条件，在这里一年四季都有口福，春夏自不必说，即使到了冬天，家家户户都有吃不完的干蘑菇。有一年我们从乌鲁木齐回来，抄近路走了趟独库公路，出山不久，就看见路边的小馆子清一色打着野蘑菇的招牌，随便走进一家，墙上的菌类菜谱令人眼花缭乱，也只有这里，有着伊犁花样最多的野蘑菇拌面和揪片子。这种难得一遇的美食，也使我对野蘑菇的认识增添不少回味。

为了不和艾尼瓦撞车，也为了找寻我记忆中的木耳菌，我们决定换个地方开辟新的“根据地”，很快万能的“朋友圈”就给我带来了惊喜。有朋友给我画了张“寻菇图”，总算找到了一个离市区较远又较为隐秘的杨树林。没想到妻子和我一样，对儿时捡蘑菇的情景记忆犹新，此事自然不谋而合。

5 月 3 日一大早，我俩便冒着绵绵细雨，驱车向 10 多公里外的察布查尔锡伯自治县林场进发。到了地方，心里凉了半截，只见隐秘的杨树林里一片狼藉，厚厚的落叶被人翻得乱七八糟，像是才遭遇过一场打劫。虽然有些失望，但也不能空手而归吧？我们耐着性子在林地里翻找，一遍遍掀起厚厚的腐叶，却只能偶尔见到几个瘦小的木耳菇。怎么办呢？总不能一直这样盲目的大海捞针呀！于是放弃了那一片，开始在偌大的杨树林里转悠，发现了目标再停下来扩大战果。渐渐地发现了规律，蘑菇多的地方有三个特点：一是落叶不能太厚，要有间隙，能透气；二是阳光要能照射进来，利于升温；三是地表一定要湿润。即使如此，也常常半天找不到一朵。可是等你头晕眼花几乎想要放弃的时候，却突然发现脚下赫然站着一朵！于是又停下脚步，继续寻找。有时候，甚至会碰到个别羊肚菌。

如此反复，我们手里的塑料袋渐渐变得沉甸起来。闻着新鲜的木耳菇散发出像蜂蜜又似松花一样馥郁香甜的气味，全然忘记了浑身酸疼，竟然情不自禁地哼起了儿时的歌谣《采蘑菇的小姑娘》。你说这心情该有多么好！

看样子不管做什么，不仅要善于观察和思考，还要有持之以恒的毅力，两者缺一不可。

遇见恰玛古

维吾尔族小贩阿巴斯的手推车上，永远只有那么几样蔬菜，除了白萝卜、胡萝卜、洋芋之外，还有一种皱皱巴巴、带着绿樱子和根须的根茎植物。看着那扎成一小把，还带着泥土的根块，看着阿巴斯几乎皱得和它们一样的眉头，我终于忍住没有去向他打听这貌似袖珍糖萝卜的家伙究竟是个啥。

后来，在一家清真餐厅与它不期而遇，才知道这是维吾尔族人视如珍宝的常备蔬菜——恰玛古。或许是由于相同的生长和生存环境，造就了恰玛古和牛羊肉的某种默契。无论是烹炒还是炖汤，恰玛古只有和牛羊肉在一起，才能产生奇妙的味觉和保健功效。若勉强与其他肉类搭配，则味道苦涩，难以下咽。

有了第一次品尝恰玛古美食的经历，我曾经一度迷恋上了这种食物，成为小区旁的那家维吾尔族餐厅的常客。恰玛古羊肉拌面、恰玛古清炖羊肉、恰玛古红烧牛肉、恰玛古羊肉汤饭……我几乎吃遍了能想象出来的恰玛古佳肴。那种奇异的鲜香，紧紧抓住了我的胃，我甚至怀疑自己的前世和恰玛古有着不解之缘。仔细琢磨，恰玛古的组织结构和白萝卜类似，能够吸收牛羊肉中的脂肪，具有解腻的功能，而其独特的药香味，又能压得住牛羊肉的膻味。反过来呢，牛羊肉的鲜味不断浸润，又调和了恰玛古本身的苦涩，二者相克相生、相辅相成，简直是天下绝配。

从南疆阿克苏柯坪县回来的朋友更是觉得神奇得不得了：在村里看到一个拄着拐杖的老人在追打另一个白发白须的老人，赶紧上前劝阻，一旁的村主任说："嘛达（方言，"问题"的意思）没有，人家的家务事我们管不了。"原来，这是90多岁的父亲闹起了小孩脾气，在对70多岁的儿子发火呢。

打听长寿的秘诀，老人说："啥也没有，天天吃恰玛古！"再一看，乖乖，那里的老人个个红光满面，精神抖擞！据说这一个小县，百岁老人占了全新疆的一半。

盖因我所居住的北疆维吾尔族人相对较少，而我又从小生活在以汉族人口为主的兵团连队，才会造成数载与恰玛古"对面不相识"的结果。难怪阿巴斯的恰玛古老是卖不掉呢。从此对恰玛古刮目相看，甚至留心起它的前世今生。

早在几千年以前，丝绸之路上就有把恰玛古当饭吃、充军粮的做法。而在《本草纲目》和维吾尔族的《大医典》中分别对恰玛古的植物来源、药材性状、药理作用、主治功能等都有详细的记载。其中有这样的记述：恰玛古，无毒，性温归胃经、归肝经、通三焦、益中气、利五脏、解邪毒。润肺止咳、清肝明目、填精壮肾、软肠通便、利尿消肿、治霍乱、瘰疬、乳疬、消渴……内服外用，可升可降、能汗能吐、能下能利、生精、补气、消渴、提神，其功甚伟。

中国农业科学院的科研分析和新疆维吾尔自治区检测中心的检验结果证实：恰玛古中富含多种营养成分和有效元素，其中有维生素 B_1、维生素 B_2、维生素C、维生素P、蛋白质、粗纤维、粗脂肪、多糖、皂苷、亚油酸、类黄酮、芸苔素、多种氨基酸、无机盐、钙、铁等。更为神奇的是，恰玛古是碱性食物，对于体内酸性物质过多的中国人来说，简直是法宝啊！

可是出了新疆，这神奇的植物又是另一种命运。无意中看到介绍，原来我们新疆人视若仙丹的恰玛古学名叫“蔓青”，又叫大头菜，在内地人眼里再平常不过。不由想起“橘生淮南则为橘，生于淮北则为枳”的典故，一方水土养一方人，也同样能养一方物。

前不久看到一篇报道说，阿克苏某保健品厂专门以恰玛古为原料生产出了一种口服液，成为保健品，因为资源稀缺，市场上难觅其踪。我不禁愤愤不平：有啥大不了呢，我们大伊犁多的是，我自己做几瓶，想喝多少，随便喝，看你再吹牛！

第二天一睁眼，果真还记着这誓言，就着才蒙蒙亮的天起了个大早，去江南春城早市买回几把，兴致勃勃地洗净了，用水果榨汁机打碎了，拌上蜂蜜，冰镇后拿出来，果然好味道！几天之后，似乎真的神清气爽，身轻如燕，回家爬楼梯都是一步跨两三个台阶。不过，没过多久，就把这档子事给丢到爪哇国去了。

父亲爱吃的回民油糕

油糕的出场，一般是和凉粉搭伴的，大概是怕凉粉填不饱顾客的肚子吧。一个酸辣，一个香甜，倒也不错，颇有天作之合的感觉。这细节透露出回族人做生意的细致和精明。

好的油糕，表面上堆着一层一层酥软蓬松的油皮，就像凝固的气泡，手一碰就散了，看着这美丽的外表，似乎能想见油糕在油锅里和沸腾的清油亲密接触时，像花儿一样膨大、绽开的情形。刚出油锅的时候，老远处都能闻到那香甜的味道，抓起一个趁热咬一口，入嘴的瞬间就化了，绵甜的糖稀和着酥软的面皮一起滑落胃中，不由自主小心翼翼地一口气吃上几个才能缓过神来。因为馅料以糖为主，所以又叫糖糕。那么，怎样才能炸出起酥皮的油糕呢？据说这里面的窍门在于面里要和食用碱和羊油，可是在家里试了几次，始终得不到美丽的酥皮花儿，看样子每一样民间小吃，都不是轻易就能复制的，那是岁月和人生的积淀，水到才能渠成啊！

小时候，我们连队里住着六七个民族的职工，南腔北调的汉族方言仔细辨别尚能意会，维吾尔语、哈萨克语对我们来说简直是天书。每逢民族地区的古尔邦节，我都盼着父亲带我去给回族人拜年，因为能吃到令人眼花缭乱的点心，什么馓子、油香、糖米果、麻花等，我最喜欢吃的是油糕。虽然，那时的油糕馅不过是用糖萝卜熬出来的糖稀而已。随着日子越来越红火，如今馅料的花样也越来越多，芝麻碎、花生碎甚至椰蓉馅都见怪不怪了，但是万变不离其宗，油糕至今还是保持着甜品的本色，不像月饼之流，极尽包装之能事，馅料变换无章法，已经快变得让老百姓不认识了。

父亲晚年爱吃糖糕，大概和当年的经历有关。加上父亲老早就换了一口假牙，味觉有些迟钝，这样能够慢慢滑入舌根的甜，正适合他。对我而言，这种始终保持着回民传统手艺的美食，除了记忆里的甜，还有种涩涩的苦味，是对岁月流逝的无奈和怀念。知道了父亲的口味，每次回家免不了带些油糕。可惜，团场的小馆子里，却只有汉族人做的死面糖糕，看着没有一点暄活劲，吃进嘴里如同面疙瘩，让人胃口顿失，没办法，我只好从伊宁市给父亲带了回去。每次看着父亲小心翼翼地一小口一小口地抿着已经凉透了的油糕，似乎怕被烫着，不小心掉落一点酥皮渣，也赶紧用手接住，再拢到一起，放进嘴里仔细地品味着，这时的我，心里除了甜蜜，还有一丝丝愧疚。

清明节要回去给父亲上坟，想起他老人家生前的嗜好，一大早去了老伊犁饭店的位置，没想到扑了个空，那家回民饭店早已是人去屋空。铜锣湾的友好天百超市倒是有，可商场还没有开门。最后总算在中医院门口的一家小吃店找到了。趁着热乎刚出锅，小心翼翼地包了，往家赶。虽然明知道父亲已经吃不到嘴里了，可我宁愿迷信一回，也算是给自己一个精神寄托吧。

随风潜入的椒麻鸡

在伊犁，椒麻鸡的始祖应该是夜市上的火烂鸡。

那时候伊犁的夜市是从白天开始的，下午四五点，回族摊主就蹬着三轮车上街了，车后面是一个架着大铁锅的炉子。在花城商场旁，一溜案子和炉灶早早就摆开了。老远望去，总有几家的案子上摆着黄油油的整鸡，鸡身上摆着几块新鲜的红辣椒，在太阳的照射下，生动无比。我每次路过，见了这场景，胃就开始嘀咕着，是不是去吃块鸡肉、喝碗鸡汤呢？不想鸡汤还好，一想到鸡汤口水忍不住就冒了出来，脚也不听使唤了。

吃了很多次，始终没有听明白摊主报出的菜名究竟是哪三个字，贺兰鸡？霍乱鸡？胡兰鸡？几乎问遍了夜市上的摊主，几乎是同样带着韵味的腔调回答："俺们没有文化，反正大家这么些年就这样叫下来了，管他到底咋写呢。"终于在一篇介绍汉人街美食回忆录里看到三个字：火烂鸡。就是它了！这三个字映入眼帘的刹那，顿时有踏破铁鞋、蓦然回首的惊喜。

火烂鸡曾经是我在夜市上必点的美食。鸡的个头一般都不大，摊主说个头小才是正宗的土鸡，我无法辨别真假，不过鸡的味道真的不错，肉质细嫩、紧致，比较有嚼头。这得益于整只鸡煮好之后，要放进冰水里浸泡一会儿，这样能使煮熟的鸡肉迅速紧缩，既确保口感又能锁住营养，还能延长保鲜时间，真可谓一举三得。摊主的脑瓜子很活络，充分考虑了顾客的需求，人多了来一整只鸡，也可以分割出售，鸡头、鸡胸、鸡腿、鸡翅膀，还有一串串的鸡杂，吃的时候用笊篱盛了放在锅里热透，然后用搪瓷盘子端了上来，迫不及待地用手撕着吃，似乎能感觉到一股清香顺着鸡肉的纹理直往外窜。更要命的是，撒了胡椒粉的鸡汤，管饱。为了保证鸡汤的温度，又不烫嘴，盛汤用的是浅底的搪瓷小碗，你边吹边喝，摊主就拿着大勺在一边候着，随时给你添汤顺手捏一小撮香菜和葱花进去。那碗也透着沧桑，偶尔有碗碟碰掉一两块搪瓷，露出黑色的底子，似乎更能证明摊主的资历。这时候，谁还讲究那么多呢，抓紧时间大口大口地喝汤吧！如果再往汤里泡上几片葱花烤饼，连吃带喝，不一会儿鼻尖就开始冒汗，身体里渐渐升起一团热气，即使冬天的寒风，也足以抵挡。

说不清是哪一天，椒麻鸡闯入伊犁的餐饮市场，似乎有些神不知鬼不觉，就像杜甫笔下的春雨“润物细无声，随风潜入夜”，却迅速受到大众的热捧，占据了不少人的胃。

为什么在椒麻鸡之前要说到火烂鸡呢？因为椒麻鸡的上半场就是火烂鸡的制作过程，而下半场，就是一只火烂鸡变成椒麻鸡的过程。这时候要做的就是把鸡肉用手撕成碎片，然后凉拌。这里面有两个讲究，一是必须手撕，千万不能图省事用菜刀剁，那吃起来不是一回事。手撕还要看态度，随便几下撕成大块也是不行的，必须顺着鸡肉的纹理，撕成小拇指大小的细长条，这样味道才能浸进去，这是之所以叫椒麻鸡而不是麻辣鸡块的区别。如果在市场买椒麻鸡，仅仅从鸡块的大小，就能看出店主对顾客的态度。再就是麻辣油，必须选用上好的青花椒和长线辣椒干，这样熬出的辣椒油味厚，麻辣鲜香，回味无穷。那些偷工减料，用了化工辣椒油的，口感单薄，吃下去咽喉会立即有不适感，似乎除了火辣辣，再也找不出其他的形容词来。至于大葱、皮牙子，则是消脂解腻的最好搭档，视个人口味和鸡肉的多寡来确定，而新鲜的青红椒丝，更多考虑的是视觉上的搭配，多少随意。留心观察了一下，伊犁有名的儿子娃娃、老太太等椒麻鸡店，一天仅仅熬制好的麻辣油，足足有几大桶。随着椒麻鸡的兴起，椒麻鸡拌面也应运而生，大盘鸡迎来了强有力的竞争对手。

市场上的椒麻鸡吃多了，总有种不过瘾的感觉，妻子便开始琢磨着自己操练。鸡是父母在团场散养的土鸡，随便抓一只也有三四公斤重，看着刚从锅里捞出来的整鸡，油亮亮、黄澄澄的，忍不住趁热撕一块放进嘴里，那香味简直让人停不下来。

按照妻子的指示，我往往负责手撕鸡肉，这可不是个好干的活，一会儿工夫就感觉手指酸软，没了耐心。想想，一天几百只椒麻鸡卖下来，那些生意火爆的大师傅真是撕鸡肉撕到手抽筋啊！

难忘“老干妈”

那一年去上海旅游，心中写满了期盼和激动。东方明珠的绮丽、外滩的夜景、南京路的繁华……一切都和想象中的一样美好。

可是，几天下来，我的胃却闹起了“革命”，随着那一道道带着甜味的上海菜端上桌，我的胃直冒酸水，看着满桌佳肴，难以下咽。这时候，身旁的一位老人关切地问我：“怎么啦？是吃不惯这大上海的菜吧？”

看着我艰难地点点头。老人笑了：“没关系，我这里有解药，保准‘药到病除’！”说着，老人变戏法似的从手里变出一样东西递到我的眼前。

哦，是一瓶写着“老干妈”的牛肉酱！我将信将疑，拿起小勺舀了一勺放进嘴里，刹那间，一股沁人心脾的香味通过舌尖传遍了我的全身。细细品味，麻、辣、鲜、香、脆，个中滋味，奇妙无比。就着这瓶牛肉酱，很快三个馒头就下了肚，我的鼻尖冒汗，浑身舒坦。

老人在一旁微笑着看着我：“怎么样？我没说假话吧！”

这时候我才想起来感谢老人，并且好奇地问道：“您怎么知道我会喜欢吃‘老干妈’呢？”老人依旧笑着说：“因为我有过和你一样的经历啊！所以这次出门旅游，专门带了几瓶家乡特产

‘老干妈’，有备无患。”

我的鼻子一酸，心头涌起一股热浪，直冲眼眶。因为这一瓶辣椒酱，让我想起了母亲的温暖。我从小生活在一个大山深处、远离团部的小煤矿，更要命的是，这山是黄土山，几乎寸草不生。更何况那个年代什么都缺，我们的饭桌上，最熟悉的面孔就是苞谷面发糕。为了照顾我们直冒酸水的胃，母亲总是想尽办法做些新花样的饭菜来。可是巧妇难为无米之炊，那样的条件下，母亲又能变出多少花样来呢？这时辣椒酱走进了我们的生活。每年夏天，母亲托拉煤的司机买来红辣椒，一剖两半，在大太阳底下晒上两三天，然后剁碎，掺上烧熟的清油和油浇过的生姜、花椒、蒜泥，最后用土陶坛子封了口放在阴凉的墙角。半个月后，一打开坛子，满房子清香惹得人直流口水，用热乎乎的发糕夹了吃，咸香麻辣，胃里再也不发酸了。这在当时算是我们煤矿的一道名菜了，很多年后我们迁回团里，汽车排的老司机见了父母还念叨着我们家的辣椒酱呢！只是，随着父母的年纪越来越大，加上食品越来越丰富，母亲的辣椒酱渐渐淡出了我们的生活，成为一个执拗的记忆，远远地藏在我的心里。

因为有了老人送的这一瓶“老干妈”，随后的几天里，我的旅途充满了快乐和温暖。回到伊犁后，我做的第一件事就是冲到超市里买了几瓶不同配料的“老干妈”香辣酱。

事实证明，“老干妈”真的是无微不至地呵护着我们的生活。可以是一种调料，炒菜时放一两勺，炒出来的菜百味皆生，妙不可言；也可以是一种主菜，就着馒头、面条或者米饭，一瓶香辣酥脆的老干妈顷刻间能让你的味蕾醉倒。其间也试着买过几瓶别的品牌，却总觉得缺少点什么。因为我爱吃，妻子试着按老干妈的配方做了几次牛肉酱，味道也很攒劲，但是毕竟费工夫，大多数时间还是买“老干妈”居多。

“老干妈”在很短的时间内成为中国名牌，企业规模10年扩大了15倍，当家人陶华碧没上过一天学，却创造了一个资产达10多亿的饮食企业，这奇迹靠什么支撑？她被视为企业界的传奇——不打广告，不做促销，不上市，不贷款，也不融资，产品却始终火到要用现款进货。最大的秘诀就是：货真价实，味道独特，不断创新。“金杯银杯不如老百姓的口碑”，这话是真理。

2012年7月，“老干妈”还奢侈了一把，入了美国奢侈品电商Gilt的法眼。Gilt把“老干妈”奉为尊贵调味品，在一次类似于“双十一”这样的打折季中，“老干妈”限时抢购价也要11.95美元两瓶。

于是我不由得多了份好奇，在海外淘网站上去浏览老干妈的销售记录，看到了很多令人捧腹的评价。现把它们原文摘录给大家：

> 味道怪怪的，吃的时候一定要小心，因为一不小心一会儿就把一瓶吃完了。
>
> 香脆可口的辣椒在你的口腔中绽放，感觉太美妙了！我的朋友向我推荐了“老干妈”，我会一直吃下去的。这东西吃起来真是不错，还有很多脆脆的颗粒物，花生嚼起来太棒了！美妙的“老干妈”，美妙的鲜辣口感！
>
> 这东西能成瘾！小心！我警告过你！
>
> 我不知道这是不是中国来的，不过尝起来确实很“中国”。我简直停不下来，干脆直接从瓶子里舀着吃。真的好吃！

感谢老外的幽默，他们让我再次在啼笑皆非中感受到了“老干妈”的魅力。

如今，“老干妈”成了我生活中不可或缺的佐餐上品。每每想起旅途中的那一个温暖的微笑，想起母亲当年的辣椒酱，我就在想：如果我们每个人都多一份友善，生活会多么美好；如果所有的产品，都能像“老干妈”香辣酱一样货真价实，筑牢诚信意识，那必将推动市场经济健康、可持续发展。

懒人美食心得

我对吃食既讲究又凑合，有时候为了二者兼顾，竟弄出些让儿子怀念不已的美食来，我称之为创新。

讲究是因为好吃，所以对味道颇为挑剔。凑合是因为偷懒，抓到篮子里都是菜随意性很大。偶尔妻子不在家，我只好重操旧业，下一回厨房。儿子爱吃皮蛋瘦肉粥，没办法，下班接了儿子，让他半道上下车，去买几个皮蛋。回到家一看，瘦肉冻得硬邦邦，刚好有前一天才卤出来的猪蹄子，剁吧剁吧，和皮蛋碎一锅熬了。冰箱里只有白菜，也行，把菜叶剁碎，放少许葱花，再撒点胡椒粉，没想到出锅后儿子吃得津津有味：这皮蛋蹄髈粥比皮蛋瘦肉粥有味道多了！

有一回，突然想起多年前在一家叫作麦浪小吃的餐厅吃过的炒凉皮，顿觉胃里翻滚起一种迫切的欲望。记得麦浪小吃最早是在伊宁市秦疆大厦的东面拐角处，很小的一家店，小得只能摆下三张细长条的桌子，主打排骨刀削面和炒凉皮。每天中午，食客们都排着队。我去吃过一回以后，就成了常客。秦疆大厦离四师机关有一段距离，即使如此，我仍然乐此不疲。后来，这家店搬到王府大厦附近的巷子里，离我近了，店面也扩大了，去吃了几次，却没有了先前的感觉。

干脆趁在学校门口等儿子的时候买了份凉皮，听说我不要辣椒油，小老板又给我多抓了把面皮。回家按照记忆中的配方炒出来，儿子直喊过瘾。没想到这家名不见经传的小店，竟能做出如此地道的凉皮——厚实而柔韧，吃到嘴里有种肉嘟嘟的感觉，真是一点也不比伊犁最有名的“矮桌子”差。再下次，家里却只有中午剩下的莲花白炒肉片，得，加点西红柿沙拉，一锅烩了，汤鲜味浓，不禁胃口大开，呼呼啦啦吃了个精光。

从此一发而不可收，逮住啥是啥：黄瓜炒凉皮、土豆丝炒凉皮、过油肉炒凉皮……久而久之，卖凉皮的小伙子记住了我们父子俩，有一次终于忍不住向我求教：凉皮子怎样炒最好吃？

终于相信，这世上大部分发明创造都出自懒人之手。

折戟“懒汉鹅”

一

写下这个标题，仿佛又置身于食客盈门、生意火爆的“懒汉鹅”餐厅。

那是2014年前的一个春天，我和好友远瀚、高敏、冉晓军一次小聚。远瀚是我学生时代就结交的文友，10多年惺惺相惜，互为知己，高敏和冉晓军则是他的发小，年少时血气方刚，效仿刘关张，虽未歃血，却也结为异姓兄弟。虽然高、冉二人和我生活交集不多，也算是性情相投、相见恨晚。彼时，刚好高敏对干了10多年的建筑业潜规则厌恶无比，想要寻找一片净土，凭自身努力打拼一片新天地，自忖曾经在重庆专门拜师学艺，对火锅有着独门秘籍的冉小军也不甘于给人打工，跃跃欲试渴望卷土重来。而我和远瀚，干着记者的职业，也自以为见多识广，早就不愿囿于单调枯燥的生活，伺机往平静的水面投上一块石头。

对美好未来的共同憧憬和向往，使4只酒杯碰出了灵感的火花，不知哪位大咖的名言“餐饮是永远的朝阳产业”使我们不约而同对经营餐厅产生了浓厚的兴趣和莫名的乐观。

说干就干，立即成立了所谓的“董事会”，我们4人共同担任董事，股份按最终确定数额均摊。好在那时国家对政府机关和事业单位的干部投资经商尚无明令禁止，但是为了不影响工作，我和远瀚只能作为投资人入股，不参与具体经营，高敏和冉晓军一个是总经理，一个是后堂经理，打理日常事务。听多了合作伙伴不欢而散的故事，我们决定先小人后君子，不仅制定了严格的管理章程，而且约法三章：第一，任何股东不许签单，个人请客必须现金结算；第二，如有朋友签单，谁同意谁担保，月底结清；第三，店内500元以内的现金支出总经理签字生效，超出金额必须由董事会表决。

接下来，具体选什么餐饮项目成了首要问题。伊犁人好吃，造就了餐饮界的不少奇迹，但是经营不善，满天打广告转让甚至倒闭的也不乏其人，怎样才能不重蹈失败者的覆辙，在激烈的市场竞争中异军突起呢？我们达成共识：在人们越来越注重健康饮食的时代，首先要考虑食材的绿色健康，其次才是味道好坏。这使我想起了小时候的一次经历——连队有一家人养的鹅突然大批死亡，最后的调查结果令人啼笑皆非，原来是这群鹅经过麦地的时候正好碰上打农药，结果从上风头飘来的农药味熏倒了它们。可见，鹅是对自然环境非常敏感的家禽，也是以放养为主的绿色食材原料。再一次查阅资料，什么低脂肪、高蛋白，具有人类相似的氨基酸等内容更加坚定了我们打出伊犁第一家主营鹅系列餐饮招牌的决心。

经常到乌鲁木齐出差，台长曾治和我一样属于吃货，有一段时间几乎每次都要拐到米泉（现为乌鲁木齐市米东区）吃一顿当地有名的建国大盘鹅。那家餐厅的火爆给我留下了深刻的印象，其做法类似我们新疆最有名的柴窝堡辣子鸡——大块的红烧鹅肉被埋在厚厚的朝天椒里。一群又一群被辣得泪流满面的人，一次又一次成为回头客。再就是在乌鲁木齐吃过的一家鹅翅汤锅，其味美汤鲜，让我回味不已。能不能把二者整合到一起，让顾客各取所需呢？这个建议立即得到了大家的高度认可。

为了取得鹅翅汤锅的加盟权，高敏和冉晓军前往乌鲁木齐考察。真是不问不知道，一问吓一跳，一家鹅翅汤锅的连锁加盟费竟然高达每年 15 万元，这笔费用出乎我们的意料，也是我们无法承受的。于是我们临时作出决定：请二位经理在这家汤锅店认真品尝，直到品出汤锅的配方为止。豪爽热情的高敏立马打电话约来一群三教九流的朋友觥筹交错，一顿好吃喝。这成本，自然是算到我们未来的餐饮公司了。我和远瀚哭笑不得，怎么办呢？疑人不用，用人不疑，既然大局已定，就由着他的性子整去吧！好在冉晓军不负众望，几天下来，总算琢磨出了鹅翅汤锅的配料，凯旋伊犁。经过董事会成员几次集体品尝，一致认为：我们的汤锅味道，完全可以和乌鲁木齐的那一家媲美。

这时候该考虑招牌和门面的问题了。想到颇有传奇的民间美食“叫花鸡”，我突然灵光一闪脱口而出：“懒汉鹅餐厅，行不？”

“好，朗朗上口，别具特色！”大家拍手叫好，就这样一锤定音。

二

平时看着人家的餐厅，个个门庭若市，生意兴隆，轮到自己要开店了，才发觉想要找一个合适的店面可真不是件简单的事。一家餐厅生意好不好，菜品的味道固然重要，但是位置、环境、人气等，环环相扣，忽略了哪一项都不行，真可谓“天时地利人和”，一样都不能少。

那些天，我的注意力一度集中在各类报纸的转让信息上，一有空就和高敏开着车按图索骥，几乎转遍了伊宁市的大街小巷。先是看中了开发区黄河菜市场一家待转让的川菜馆，近两百平方米的面积，有现成的包厢和后堂，剩余租期加上后堂及空调等全部装修和设备不过8万元，我认为这是个很不错的选择——投资小、风险低，适合试水。

“这咋行，要干就干得大一些，再说这里人流量太少，火不起来！”高敏永远都是这样，对未来充满了憧憬和激情。

纠结半天，想想毕竟要尊重总经理的选择，我只好让步。

最终在繁华的解放路看中了一家临街的铺面，房东是维吾尔族人，在自家的宅基地上筹资盖起了这栋四层小楼，一楼数间门面已被五金行业占领，我们只能选择二楼。签订合同时又遇到了瓶颈：按我的思路，尽量要把我们的风险降到最低，所以要考虑好退路——一旦我们经营不下去，续租者必须按折旧部分负担我们的装修费用。房东连续打了数月广告，早已心灰意冷，几乎失去了信心，好不容易等来我们这样诚心的合作者，自然是喜出望外，一切好商量。

好事多磨，这话一点不假。正当我们即将签约之际，半路杀出个程咬金，据说是房东的亲戚提出了异议：按我们的合同，如果续租者不愿意承担装修费用，房东岂不是被我们绑架，永远也无法租出自己的门面？对方说得没错，但是于我们而言，自然也要再三权衡利弊，不肯让步。谈判陷入僵局。

“那就先把他们晾在一边，我们再看看能否找到更合适的地方。”尽最大努力，做最坏打算。这是我的处事原则，所以宁愿在谈不拢的情况下选择放弃。谁知道高敏却像犯了魔怔，非这家不可。“怎么可能失败呢？就这位置，旁边是沙林饭店，对面是全聚香，都是红火了10多年的老字号，咱们的定位又是大众消费，和他们没有冲突。我相信‘懒汉鹅’一定会火起来的。咱哥们几个就等着换车换房吧！”

看着他满怀信心的样子，远瀚对我说：“那就听他一回吧！”

三

一把付清了 10 万元的年租金后，正式拉开了店面装修的序幕。想想高敏是“老建筑”了，我在写好了“懒汉鹅”的宣传文案之后，就疏于关注其他事宜了。过了几天突然想起来不知餐厅装修得如何了，便约了远瀚趁下班一起去看看。走上二楼转角，迎面的门厅古香古色，关于鹅美食的文化渊源图文并茂，我们不禁暗暗点头：还不错。

“这一溜门能不能拆掉呢？”按房东的原意，是计划把整个二楼隔成一个个独立的小间，所以每间房的位置预留了钢化玻璃门，门外是敞开的走廊，把空间隔成了里外两个世界。我建议全部打通，连成一个方正的大厅。这样，靠里设计一溜包厢，靠外部分还是一个完整的大厅，多好。

“这怎么能打掉呢？门柱都是承重墙！”

既然“老建筑”这样说了，我只好带着遗憾，悻悻而归。

后来想想，还是不甘心。为了有效利用面积，我们花了两万多元直接把那一溜门和阳台之间的露天走廊用钢化玻璃给封闭了，摆上一排小木桌，这样比较有情调，适合吃情侣餐的顾客。大厅里面勉勉强强凑出一个包厢和几个卡座。

该置办空调和桌椅、餐具一应物品了，刚好曾经风光一时的“老地方国中会”因不堪签单消费债务拖欠而倒闭，在低价处理所有家活什。我说：“去看看吧，他们的东西够档次，我们拿回来也不掉价，即使有一天餐厅开不下去了，也可以降低损失。”

“说啥呢，咱们怎么可能失败？这个不用考虑，要买就买全新的！”高敏斩钉截铁地打断了我。我只好摇摇头悉听尊便。

经过一个月的紧张施工，2004 年六一儿童节前我们的“懒汉鹅”餐厅总算开张了。熙熙攘攘的嘉宾中，有一位特殊的客人，那就是这幢楼的承建商。兴冲冲和大家推杯换盏应酬一番之后，高敏来到了我们几位东家的桌上，满脸歉意地端起一杯酒请求自罚：“我也是才知道，那几个门柱原来不是承重柱，是可以拆除的！”

那一瞬间，我简直不敢相信自己的耳朵。唉，到底是让我为你的坦诚举杯，还是为你的粗心抓狂呢？我的朋友。

四

为了确保开门红，我们可谓下足了功夫。

上下班高峰期，小二们拿着印有“懒汉鹅”简介的餐巾纸免费派送，报纸上、广播里关于鹅的饮食文化和“懒汉鹅”餐厅的软文铺天盖地，加上我们的招牌菜独树一帜——除了冉晓军的鹅翅汤锅吊人胃口，红烧鹅大师傅小马也毫不含糊，他结合伊犁人的胃口不断创新，把主配菜土豆改成了红薯，风味更胜米泉原创版一筹——赢得无数饕餮客慕名而来。

一时间，“懒汉鹅”红遍伊犁，门庭若市。

可是问题也随之而来。由于生意太好，上菜速度跟不上，几乎天天有顾客等不及摔门而去。细究下来，竟然是因为管理后堂的冉晓军为了追求完美保证口感，硬是坚持要现做红烧鹅而导致的“肠梗阻”。苦口婆心地晓之以理动之以情，总算做通了这位“大爷”的工作，答应每天提前预备一定数量的半成品，提高工作效率。接着又因为服务员人手不够，收拾餐桌不及时，造成大厅局面混乱，顾客骂声不断。于是立即决定增加服务员，没想到应聘者寥寥。一打听，原来大多跑到附近团场打工去了，据说工资日结，收入可观。

开张不久，又因为后堂下水道堵塞，淹了楼下的五金店。没过多久，整栋楼的下水道都被厨余垃圾给糊住了，一楼租户的卫生间臭水横流。面对蜂拥而至的责骂声，高敏只能满脸堆笑、连连赔罪，迅速请来管道疏通公司，并连夜整改，后堂危机总算侥幸度过。

开张第一个月就这样在忙乱中一晃而过，月底盘点，营业额14.6万元，利润1.6万元。董事会成员集体蒙圈：按餐饮业的经营规律，百分之四十的利润哪里去了？一丝不安划过我的心头。

高敏依旧被乐观的情绪包裹着，在美好的憧憬中指点江山。给了他无穷信心的，自然是蜂拥而至的“鹅粉”们。一位驻地某部的“长官”有一段时间几乎天天雷打不动，到了饭点准时来此“报到”，他的“坐骑”——一辆威武的丰田4500越野车，几乎成了高敏向我们展示美好未来的样板：“你们看，人家一个堂堂的上校团长，不去星级酒店，就爱吃我们的红烧鹅。这样下去我们的生意会有多好啊！”

还有四师当时的一把手也频频光顾，虽然偏爱坐大厅，吓得很多客人望而却步，但这同样成为“懒汉鹅”颇为自得的资本——这么大的官都叫好，谁还敢说我们的菜品不行？

只是，团长的部下抱怨我们的菜品不够丰富，包厢仅有一间，常常让领导失望而归。于是乎，高敏大动干戈，重金挖来了一家知名酒店的凉菜师傅，千方百计增添菜系，什么川、鲁、粤、湘五花八门，在我们的菜谱里都可见一斑。包厢不够，干脆又租下四楼，除了增加包厢，顺便装出员工宿舍和炖鹅翅专用后堂各一间。

一次去四师看守所对面的农家乐吃饭，对方根据客人的数量配菜，既省却了客人点菜的纠结，也为后堂节省了时间和精力。我不禁为老板化繁为简的做法叫好。回去后，旁敲侧击提醒高敏别忘了我们的初衷：大众消费，主打特色。甚至多次津津乐道同行按客人人数配菜的成功经验，可是高总却是王八吃秤砣——铁了心，非要整出个“高大上”来，我们只有摇摇头苦笑着默许了。谁让人家是总经理呢？唉，这下才明白为什么会有那么多单位的制度总是高挂在墙上无法走下来。

结果，一晃三个月过去，我们翘首以盼的月分红一次次成了泡影，“懒汉鹅”的规模倒是在不断改造中扩大了许多。

五

麻雀虽小，五脏俱全。别看仅仅是一家小小的餐厅，管理起来，其复杂程度不亚于一家国有单位。这一点，高敏同志很快就有了深刻体会。

员工的吃喝拉撒睡不是小事。餐厅招聘员工有条不成文的规矩，那就是管吃管住。由于打着“清真餐厅”的招牌，除了我们几个合伙经营者，从后堂的大厨到大堂的服务员，清一色的民族同胞，有回族、哈萨克族、维吾尔族，还有一位乌孜别克族。高敏是个热心肠，为了照顾好这些“宝贝疙瘩”，每天早晨，他会早早买回热乎乎的馕和新鲜的牛奶送到店里，让大家吃一顿热气腾腾的早饭。

人员管理也是件伤脑筋的事。红烧鹅主厨马师傅要求把自己的女朋友聘来当大堂领班，看在他劳苦功高的分上，明知有违行规，高敏还是咬咬牙点头同意了。一个没有管理经验的姑娘，其能力可想而知。员工之间磕磕碰碰和细节上的失误不免增多，万般无奈，我们又请来了一位酒店管理专业毕业、曾经的伊力特大酒店餐饮部经理来负责我们的大堂管理。后堂经理冉晓军同志性情难改，遇见老朋友来捧场，一高兴就忍不住去碰几杯，结果自然要受到高敏的数落。两人难免要争个脸红脖子粗。这时候我和远瀚不得不出马，冉晓军违反餐厅制度当然不能纵容，当然，最后还是以肯定和鼓励收场。此后我常常打趣说：“也只有远瀚，才能把你们这两头犟驴拴在一个槽子上。”

还有迎来送往，人情世故，都不可少。开业不久，乌鲁木齐那家鹅翅汤锅店的老板来伊犁旅游，高敏立即热情相迎。不仅安排好下榻的酒店，而且每天好吃好喝好玩地伺候，最后人家拍拍屁股走了，一算账，四五千元的开支自然记到了“懒汉鹅”的账上。还能说啥？我忍不住调侃高敏：“你这哪里是个体业主，分明是当政府接待处处长的材料啊！”高敏则一脸委屈：“我还不是为了店里的生意，想以情动人，从他手里讨要鹅翅汤锅的配方嘛！”唉，天真善良的高总啊，真是让我哭笑不得。

成本管理更是成败之关键。连续几个月红红火火之后，我们发觉了一个无法回避的现实：店里的利润始终在营业额的百分之十五徘徊不前。究竟是什么原因呢？绞尽脑汁之后，高敏拿出了一系列整改措施：先是辞退了两位专门负责拔鹅毛的大嫂，严把进货质量，对供货商提供的净鹅一只只验收，凡是发现有明显毛茬的，一律退回；接着精简大厅服务员和打荷工；然后在价格不变的前提下，减少了汤锅鹅翅的分量，增添鹅腿肉，这也算符合伊犁吃客胃口的双赢之举吧。还有后堂的米、面、油，都做了细致的核算。

这样下来，仅成本一项，每月就降低了五六千元。不禁为高敏的尽心尽力、尽职尽责暗暗点赞。

可是突然有一天，我们发现不仅走廊里的情侣座依然空荡荡，就连大厅也失去了往日的喧嚣，变得冷清起来。

六

商场如战场，兵败如山倒。颓势一显，餐厅就如王小二过年—— 一天不如一天。

屋漏偏逢连夜雨。餐厅门前又突然被挖了一条深沟，说是安装暖气管道。我们真是欲哭无泪。熬到最后，甚至一天连一桌完整的客人都没有。

怎么办？权衡再三，2004 年 11 月 20 日即将出差之际，我召集大家提出了转让餐厅的建议。

“再给我们两个月时间吧，如果还是撑不下去，就过店。”不喝酒的冉晓军没了红着脸时的冲天豪气，高敏也耷拉着脑袋闷声不响。

“那就再干两个月看吧！”还是远瀚一锤定音。

两个月似乎一晃而过，餐厅毫无起色，其间唯一的变化就是顾客一天比一天少，和开张时的辉煌相比，“懒汉鹅”的情形，用门可罗雀来形容一点也不为过。

我们只好打出了“此店转让”的招牌。接下来一次又一次满怀希望地等待我们的“接盘侠”，虽然我们“懒汉鹅”的大名曾经如雷贯耳，可最终大家都毫无悬念地决绝而去。说到根本，那就是对餐厅的布局不满意——浪费面积太大，改造得不偿失。

最终的结局可想而知，硬撑了几个月之后，我们不得不面对现实，承认失败。算来算去，我们东凑西借、陆续投入的 24 万元打了水漂不说，还欠各路供应商 8 万多元食材款，“懒汉鹅”山穷水尽，只剩下唯一的一条路：那就是宣布倒闭，关门走人。

于是，在清理完账目，倾囊发完所有员工的工资之后，哥们四个请来所有的债主，一一对应认领，履行了欠款手续，然后各负其责，倒排日期，做好还款计划，按现在的官话说，那该叫“挂图还款”了。

直到两年之后，我们才陆续还清了这笔债务。

多年之后的一次小聚，我和远瀚不由得谈起那一次刻骨铭心的人生“折戟”，便有了以下一段对话。

“知道我们最大的失败之处在哪里吗？”远瀚问我。

“当然是成本控制环节出了问题。”

“对，但是不全对！”

“那么，究竟是哪里出了问题呢？”

“我们最大的失败在于用人的问题。高敏是个好人，性情中人，做朋友一点问题都没有，但他同时又是个粗枝大叶的人，让他负责餐厅经营管理显然不合适。”

“啊？那你为什么当时不告诉我？”

“告诉你干吗？我看高敏那么渴望开启新生活，你又那么看好他，只好赌一把了。”

……

这就是远瀚，明知前方是刀山火海、万丈深渊，也要陪着朋友一起跳下去！我还能说什么呢？只能为这次失败的投资感到庆幸，它让我看到了什么是真正的兄弟情谊，也使我更加敬重我的朋友们。因为事实证明，我对他们的品格判断完全正确。

如今，高敏和冉晓军远在乌鲁木齐，远瀚去了更远的哈密，可是我常常想起那段难忘的日子，远瀚快意人生、杀伐果决的性格，高敏率真善良、充满阳光的笑容，冉晓军闷头喝酒、长吁短叹的惆怅，至今还印在我的脑海里，盘旋往复，无法抹去。

逢年过节偶尔聚到一起，说起伊宁专做鹅美食的后起之秀荷花池红烧鹅和鹅掌门川菜馆，我们一脸的不屑：论味道，比我们“懒汉鹅”差远了，凭什么这么红火！

凭什么？自然是细节决定成败啊！于是我们几经对比之后，找到了差距，依旧意气风发，笑着约定：等退休了再相聚，到那时，哥们几个重整旗鼓，收拾旧山河！

后记：此文完稿时间为2017年底，未曾想3年后远瀚从哈密调回中华财险新疆分公司机关，我也因为一个偶然的机会加盟中华财险，来到了乌鲁木齐。受我们的影响，高敏放弃了年薪10多万元的职位，也一头扎进了中华财险大家庭的怀抱，就任一家子公司经理。

至此，当年伊犁“懒汉鹅”的4位股东又齐聚乌鲁木齐，偶尔把酒言欢，感慨人生。

粽子里的乡情

“你个小鳖孙，精得很！”关凤莲阿姨带着浓重的中原口音笑着对我说。

鳖？那不就是乌龟、王八的同宗同族吗？反应过来，我心里很不服气，小声嘟囔道：“你才是鳖孙呢！”母亲赶紧将我喝住，连声道歉。

30 多年过去了，想起第一次见到阿姨的情景，恍若昨天。关凤莲阿姨是我二嫂的母亲，她老人家的小儿子聂卫阳也是我最好的发小。每次想起阿姨，我不由自主想起那一盆一盆的粽子。

和很多团场人的家庭组合一样，男主人和女主人来自不同的省份，我的父母一个是四川人一个是陕西人，这是兵团“五湖四海”的最好证明。这也使兵团的文化极具包容性，而最直接的体现恐怕非饮食文化莫属。在我的记忆里，家里开始吃粽子，大概是 20 世纪 80 年代初，在这之前，究竟是因为父母都不会包粽子，还是因为贫困的年代物资匮乏，不得而知。

二嫂家是从三连调到园林二连来的。记得刚搬来的第一年秋天，大人们都在地里收打瓜，我们小孩子也过去凑热闹。想不起来当时是说起什么话题，就发生了文章开头的一幕。后来慢慢熟悉了，我才渐渐回过味来：阿姨这是在夸我啊！

其时改革开放不久，团场正逐步实行联产承包责任制。父亲由原来的副矿长改任副连长，二嫂的父亲聂成甲调任政治指导员，由于工作关系，两家的走动自然多了起来。

关凤莲阿姨人缘很好，每逢端午她不仅自己包粽子，三连老邻居还会让孩子把煮熟的粽子大老远送到园林二连来，老人家必定会给我们家端一盆过来，这时候我就能美美吃上几天。品粽子的过程，我们还挑三拣四，都爱吃花狗家的粽子，这时候阿姨又会笑着骂我们："小鳖孙，有的吃就不错了，你们还这么挑！"后来才知道，因为花狗的妈妈是江苏人，是连队包粽子的高手，所以她包的粽子不仅好看，味道也更胜一筹。因为粽子，我和老人家的干儿子小蛋蛋、小蛋蛋的哥哥大蛋蛋，以及老邻居家的黄狗、花狗两兄弟都成了朋友。一转眼，我离开六十一团快30年了，当年的小朋友也都应该是两鬓斑白了，他们儿时的模样，还时时浮现在眼前。

可以说，华夏大地，没有哪一种美食和文化无关，粽子则更具代表性。据说端午节吃粽子最早缘起于荆楚大地，是为了纪念爱国诗人屈原，随后慢慢演变成一个节日，赛龙舟、点雄黄、折艾叶、戴香囊、悬菖蒲成为江南水乡的习俗，无一不透露出美好的祈愿。后来想想，粽子是水稻文化圈的产物，新疆远离海洋，早年是小麦、玉米的天下，本地人不会包粽子也情有可原。后来，来自五湖四海的兵团人，为了改良伊犁河边的盐碱滩，把内地的水稻种植技术"嫁接"到了塞外江南，造就了西部边陲的"鱼米之乡"，粽子也就越来越频繁地出现在人们的餐桌上。如今每逢传统节日，很多幼儿园和学校都会举办相应的国学知识讲座和趣味活动，对传承和弘扬中华传统文化颇有影响。

父母退休后有了时间，也慢慢学会了包粽子，虽然手法不似来自江南水乡的老职工那么娴熟，能够灵巧地把芦苇叶穿过粽身一次成型。父亲和母亲包的粽子，都是用做缝纫的白线绳扎捆，虽不美观，内里却很扎实——圆滚滚的身子里装了满满的大米和红枣。20世纪80年代初，生活刚有起色，大家手头都不宽裕，刚从“新三年，旧三年，缝缝补补又三年”的日子里走出来的人们，依旧保持着节俭的本色。就拿包粽子来说，连队人家通用的做法大多是一半大米兑一半糯米，因为大米的价格比糯米便宜些。吃红枣粽子要蘸白砂糖，可是那时候谁家有闲钱买这样精贵的佐料呢？刚好市里新建了霍尔果斯糖厂，每年秋冬季节，马路上一车一车的甜菜（我们叫作糖萝卜）源源不断地送往那里，由于路况不好，运输车在坑坑洼洼的马路上扭秧歌似地前行，免不了会有一些糖萝卜颠落路边，这时候我们是最高兴的。作为一个新建的园林连队，我们的父辈只能在戈壁滩见缝插针开垦土地栽植果树，糖萝卜是拥有大片土地的农业连队才能种植的新作物，我们自然只有眼馋的份。因为离学校远，冬天我们大多是头顶着星星和月亮出门，偶尔发现几个白白胖胖的糖萝卜躺在路边，我们会大喜过望，立即捡起来藏在路边的隐蔽处，等下午放学回来时再带回家。大人们则把糖萝卜切成条，放在水里煮熟，然后用慢火熬成黑红色的糖浆（我们俗称为糖稀）。无论是吃粽子，还是蘸馒头，都别有风味，我感觉比正宗的白砂糖还要好吃。水煮过的糖萝卜条，不仅能当水果吃，而且还顶饿，也很受我们的欢迎。

记得父母第一次包粽子，包了满满一大盆，外形大小参差不齐。出锅后，我迫不及待地剥开一个就想下咽，却迅速吐了出来，原来粽子竟然没有煮熟，还是夹生的。向南方人求教，才知道是因为泡米和水煮的时间都不够，这个经历让我们开心说笑了好些年。由于父母爱吃粽子，工作后为了让两位老人省些事，我常常买了包装精美的粽子送回去。这些粽子虽然花式繁多，但总觉得缺了点什么。

有一次我回到家，父母已买回新鲜的糯米，包了一盆粽子，这时候母亲已经不再兑普通大米了，剥开苇叶，一股清香扑鼻而来，一口下去，更是从味蕾到心灵的满足。这才明白超市的粽子究竟缺了什么。从此，我不再买超市的粽子带回家，而是给父母买当季的糯米和红枣，而且一定按母亲的嘱咐，买那种圆圆胖胖的糯米，这种糯米比外形细长的糯米更适合包粽子。

岳父岳母都是浙江人，对包粽子颇有心得，这也让我对粽子有了新的认识：原来除了糯米、红枣，粽子还有这么多吃法，有鲜肉、酱肉、板栗、火腿、蛋黄、豆沙、莲子……凡可入菜者，皆可包粽子，咸甜酸辣随心所欲。而粽子的形状，除了我之前常见的三角形，还有正四角的、五角的、方形的、长条形的等，这真是令我大开眼界。据说当年连队的温州知青把包好的粽子浸在稻草灰调和汤水中浸泡十数小时，再用灰汤水将粽子煮烂，粽子不仅吃起来满口稻草的清香味，而且在自然条件下存放半个月不变质，成为特殊年代的美味干粮。

由于这种渊源，这些年出差江浙，我对粽子情有独钟，即使在高速路的休息站，我也忍不住会买几个用电饭煲热着的粽子大快朵颐。游览乌镇，看到一所所民居虽已成为景点，但是几乎家家的院门上都不忘挂一串菖蒲或者几片艾叶，不禁为传统文化的延续感到欣慰。前年休假去嘉兴拜谒红色革命的发源地，我专程去品味赫赫有名的五芳斋粽子，算是对粽子文化的尊重。顺道去景德镇看望妻姐，吃了一种类似炒年糕的碱水粑——入口筋道，回味无穷，追溯历史竟然也是从一种类似粽子的碱水果演变而来。粽子真是无处不在。

工作后在伊宁市居住了 20 多年。20 世纪 90 年代，常见回族妇女的手推车上，煮熟的粽子配以黄色的佐料，最初以为是蜂蜜，吃着又感觉风味独特，和蜂蜜略有区别。这个疑惑在心里盘旋了很久，直到前几年看到一篇介绍伊宁市汉人街的文章，才知道这种佐料是回族手艺人的独创：选用上等黄小米、黄萝卜为主料，精心熬制的糖稀。难怪当年品味时感觉似蜂蜜而又比蜂蜜跌宕回转，甜中带着酸，让味蕾多了些体验。只是可惜，随着城市建设和管理的日益规范，街边摊渐渐淡出了人们的视线，当年随处可见的街头美食也杳如黄鹤，高档的酒店、宾馆虽有价格不菲的各式粽子，却吃不出岁月的味道。

转眼又要到端午节了，我却离开了伊犁，离开了亲人，独自面对新的环境、新的挑战，这时候多想再听一声关凤莲阿姨的中原腔，多想再能回家美美地睡一觉，然后大口吃着母亲刚从锅里捞出来的热气腾腾的红枣粽子啊！

这是母亲离去的第一个端午节，想着她的音容笑貌，稻米的清香似乎从心中蔓延开来，眼角渐渐湿润起来。

苏浙面在伊犁

这次从江南回到伊犁，没有像往常一样去找家拌面馆或烤肉店解馋，而是巴巴地直奔天马转盘路口的苏浙味面馆，要了一碗面筋面和一份毛豆雪菜，甚至忘了妻子最难容忍的坏毛病，吃得先声夺人，酣畅淋漓，很快汤光面尽，心满意足。

第一次光临这家面馆纯属偶然，看着门口的花篮，便走了进去。吃什么好呢？看着眼花缭乱的浇头菜单，才知道一种面有这么多种配菜。收银台的姑娘热情地给我介绍店里最拿手的面筋面，我便抱着将信将疑的态度点了一份。

站在透明玻璃幕墙外看着大师傅烹饪是一种享受。只见他手提盛满面的笊篱浸入翻滚的开水里，也就几十秒的工夫，手一提一翻，笊篱里的面就整个码入了碗里，整整齐齐，纹丝不乱，如此娴熟潇洒的动作，没有个十年八年是练不出来的。

更令我惊奇的是，面筋面里的面筋并不是我理解的凉皮子擀面皮里的那种整块面筋，而是用一层纸一般薄的面筋裹了肉圆子煮熟加入汤中，也叫面筋塞肉，堪称改版的狮子头或者镇江肴肉。一口下去，微甜而柔韧的面筋和咸香适中的肉丸子一起入口，无论口感还是味道，都胜过很多大酒店的狮子头。即使那一碟最普通不过的雪菜毛豆，似乎也带着田野的清香，让人感觉到这家小店的食材新鲜和选料讲究。而汤头，咸中带鲜，绝不是那种甜腻腻的纯江南味道，很合我的口味，我禁不住喝了个底朝天。

这才知道，原来南方人也吃面食。但是，真正了解南方的面食文化，是去了趟江苏之后。由于第一站是苏州，去之前自然要做美食攻略，没想到苏州人对面食的热爱，比我们新疆人有过之而无不及。

据说老苏州人的一天是从早上的第一碗面开始的。20 世纪 80 年代陆文夫的小说《美食家》写到一位老饕，早上睁眼想起的第一件事就是去附近有名的老字号面馆吃一碗头汤面，真是货真价实的面食铁粉。苏州人爱吃细而圆的龙须面，而且面不能煮太熟，据说这样的面易于吸收汤中的味道和营养，也更有嚼劲。

苏州汤面的浇头，也就是配菜，最能体现苏州人对美食的执着和挑剔，常见的有炒肉、香菇、焖肉、爆鱼、辣酱、素浇、虾仁、爆鳝、大排、卤鸭……为了吸引食客，家家面馆几乎都会有自己的秘制招牌面，所以要想列出一个完整的苏州面食目录，是一件很难的事。

但是万变不离其宗，一些最有代表性的浇头几乎家家必备。比如焖肉，选择猪五花肉，用特制的卤料焖煮，肉皮筋道而不韧，肥肉油而不腻，整块焖肉香糯酥烂。爆鱼，用的是甜甜的熏鱼。鱼通常选用的是新鲜的草鱼，现杀现炸，炸得不老不嫩，炸好的酥鱼浸泡在卤汁当中，吃起来既有嚼头又透着鲜甜。

随着人们生活水平的提高，过去只有皇亲国戚、达官贵人才能品味的一些特殊食材配制的浇头，也逐渐走入寻常面馆。比如三虾面，是用虾仁、虾籽和虾脑炒制，秃黄油则是纯蟹黄、蟹膏炒制。这种浇头不仅食材昂贵（据说一碗秃黄油需要几只大闸蟹的蟹黄和蟹膏，不说原料的本身价值，仅仅是剥去蟹黄、蟹膏就颇费工夫，几百元一碗自然不足为怪），而且季节性较强——初夏三虾面，秋季秃黄油，过了季节，只有等来年再见，故而成为食客向往的美食。

本打算到了苏州，第一件事就是按图索骥，去寻找美食攻略里的小吃，可是曾经在伊犁挂职的苏州科技大学邵斌教授早早就预订了酒店，为我们接风洗尘，盛情难却，我们只好恭敬不如从命。

抵达的当夜在一家颇负盛名的苏州本帮菜馆，什么松鼠鳜鱼、响油鳝糊、清炒虾仁、藏书羊肉……传统的苏州名菜几乎都上全了，我们吃得不亦乐乎。可是，第二天一大早我们的胃就闹起了情绪——由于苏州本帮菜偏甜，天一亮我们一家三口竟然无一例外开始怀念伊犁的酸辣味。怎么办？在下榻的观前街附近，很快找到了名曰“和府捞面”的面馆，张望一番，终于被案头展示的各式小菜和点心抓住了胃口，忍不住走了进去。店里的装修很有特色，餐桌的背后是摆满了书的书架，在这样的书香中品味美食，倒是头一回体验。

第二天中午，我们又不约而同想去吃面，可是想想和府捞面一碗 28 元的价格，禁不住有点心疼钱袋子。突然想起手机的功能，一搜索，果然在不远处有一家奥灶面馆，每人份 16 元，当即循着导航一路找了过去。

那是一家很小的店，只有 4 张桌子，老板兼任大师傅。面端上来，我们颇感意外：大大的海碗里，龙须面上卧着一大块熏鱼和一只卤制的鸭边腿，汤是用柜台上特制的酱油和熬制的骨汤调出来的，无论是浇头还是汤汁，都很美味，可谓物超所值。

接着是杭州、绍兴、湖州、嘉兴、镇江，惊奇地发现，原来江浙的每一座城市，都少不了一碗面。就这样一路旅行一路品味江浙面食，吃着吃着总觉得缺了点什么，所以回到家就出现了本文开头的一幕。

这也使我很纳闷，为什么很多外地的美食到了伊犁，反倒比原产地更能留住我的胃口？比如吃了鼎鼎有名的西安老孙家羊肉泡馍，我反而更惦记伊犁地税招待所的那一口吃食。品尝了正宗的南京小笼包和上海城隍庙灌汤包，我倒觉得伊宁市六中对面的那家小店更合我胃口。还有镇江锅盖面、岐山臊子面、上海生煎、驴肉火烧等，莫不如此。

经历得多了，终于想明白，这不仅是因为伊犁大草原的绿色原料美味可口，更是因为大师傅根据新疆人的喜好，加入了本地元素。其实说到底，还是一方水土养一方人，我的心里，有着对这片土地的热爱和眷恋。

夜市风云

子夜一点多尚无睡意，腰间的寻呼机突然欢叫起来，心里不由一怔：这么晚了，不会有紧急采访任务吧？

摁亮显示屏一看，不由得笑了，是好朋友樊忠。“睡了没？下楼到夜市上坐坐？”真是不谋而合，也正犹豫是不是给他发一条同样的信息呢！

那时我们刚调进四师机关不久，家还没有搬过来，大家都过着“单干户”的生活，楼下的花城夜市就成了我们碰头的好去处。直到今天说起 20 多年前的这一幕，我们还能不约而同地想起某个细节。这就是生活赋予我们的友情——平淡而真实。

我们这个年龄的人，谁没有一些在岁月里沉淀的激情和记忆呢？夜市，常常会不由自主成为一个时代的背景。说起吃来，伊犁几乎找不出一家百年老店，掰着指头算，似乎再也找不到一家 50 年以上的老店，能开个 10 来年就算不错了。常听老伊宁人说起汉人街的老字号，什么“大馆子”新华楼、高家卤鸡、宋家点心……津腔十足，如数家珍。原来这都是新中国成立前天津杨柳青人创下的品牌和产业，我等后来者早已失去了瞻仰风采的福分。

记得刚工作时红旗大楼旁有一家叫金顶阁的回民饭庄，二层的木楼、金碧辉煌的雕花和气势不凡的飞檐，后来为了给人民广场腾地方给拆了，我为此心疼了好久。不为别的，就因为曾经在那里吃过一回油糕，放进嘴里还没回过神就在舌尖上化开了，那种酥软、香甜，现在想起来似乎还能品出味来。从那以后，每次吃油糕，我就不由自主要和金顶阁的暗暗对比一番，遗憾的是，再也没有哪家的油糕能从我的心里把它赶出去。多年以后，才知道金顶阁还是一座颇有历史的古建筑，更是愤愤不平、悻悻不已。

21 世纪之初，伊宁出现过一阵餐饮倒闭潮，红火一时的“老地方国中会”“南海鱼村”“金海湾酒家”……纷纷关门，据说是被欠账给拖垮了。近几年又有一批二三十年屹立不倒的品牌倒下了，“北京餐厅”“沙林饭店”“全聚香”……这些曾经活跃在人们脑海里的招牌转眼成为历史。这也使我忍不住陷入沉思：伊犁没有百年老店，和我们的体制、政策、观念变化息息相关，春江水暖鸭先知，市场的晴雨表谁也无法遮掩。

可老百姓的需求是永恒不变的，无论朝代怎样更替、社会如何发展，夜市始终紧紧抓住了老百姓的胃口，成为街市里一道永远充满活力的风景。伊宁想必也不甘落后。翻开伊宁的历史，汉人街无疑是浓墨重彩的一笔。凭什么呢？就凭火爆的人气、丰富的美食、繁荣的贸易，可以说，汉人街是伊犁最早有文字记载的夜市。20 世纪 90 年代初，国家鼓励下岗工人二次创业，并辅以政策上的扶持，一时间，全国上下，夜市如雨后春笋，迅速占据了街道两旁的人行道、停车场。几张桌子、一个炒瓢，一桩买卖就开张了。几百副桌椅，成百上千的顾客，那场面多么宏大，夜市把新疆人的粗犷表现得淋漓尽致。

这一场变革，是给不少吃得了苦的手艺人带来了商机。那时候我们常去的花城夜市，有一位漂亮泼辣的年轻女人，推着一辆三轮车站在一群餐厅门口招呼着来来往往的行人，她的麻辣串很受欢迎。慢慢熟悉了，我们才知道，她有一个患病的女儿和爱喝酒的丈夫。时间就在灯火通明的夜市中一天天波澜不惊地过去了，我们闲暇之余依旧爱去夜市上喝两杯。在这里，东家的烤腰子、西家的火烂鸡、散装的格瓦奇、精装的伊力特，摆在同一张桌子上，是如此和谐、自然，甚至卖猪肘子的和烤羊肉串的每天会相互微笑着点个头，然后吆喝着自己的生意。好心情真的是一味融合剂，再狭窄的心胸在这里都变得宽容起来。在飘着雪花的夜晚，站在炉火边，听着嗞嗞啦啦的油烟蹿起来的声音，守着这美好的人间，心里暖融融的。

夜市也常常给人带来出其不意的消息。有一天忽然听说那位漂亮的小媳妇盘下了“一群餐厅”。乖乖！这么大的店面，房租和装修全部下来，没有百八十万是搞不定的，我们不禁为夜市创造的奇迹感叹，为吃苦耐劳的人点赞，这个话题作为正面宣传的励志典范在我嘴边挂了好久。可是也就一年多的光景，却见“一群餐厅”的牌子被摘了下来，装修工人又忙碌着往外清理垃圾，饭店再次易主了。我的心又沉了下去，不由为这一家人的命运担心起来。

夜市又是一个乱世的江湖。吃着喝着，突然就会被一阵混乱打断了饭局，一定是两帮血气方刚的年轻人掐起来了。这时候顾客表现出来的淡定令人敬佩。不一会儿，警察来了，人群散了，坐下来接着吃。一次在上海城夜市，和远道而来的同学相见甚欢，觥筹交错间，却听到身后人声鼎沸、群情激昂，不一会儿拉着警报的警车来了，市公安局的领导举着电喇叭喊着话。原来是开着一辆豪车的老板酒后惹了众怒，食客们路见不平一声吼，纷纷变作了侠客，要掀翻那腌臜的豪车。

我们常去吃饭的那家摊位生意火爆，老板某一天凌晨收摊后实在瞌睡得不行，就在临时拼起来的桌子上睡着了，没想到却在睡梦中被人拍了砖，头破血流，好在没有伤及性命。看样子夜市的江湖也很险恶啊！

乌鲁木齐“七五”事件之后，暴恐分子恶毒的眼睛盯上了公众聚集场所。为保障老百姓的安全，政府不得已关闭了所有夜市。可是终究要考虑消费者的需求，一批改造后的夜市以崭新的面孔出现在市民的面前。汉人街、军垦路、开发区，一些大型的露天场所封闭后加盖了玻璃钢的顶棚，重新开门迎客。看着热闹的维吾尔族歌舞表演，吃着热气腾腾的饭菜，还有什么烦恼不能放下呢？我想：这是市场的智慧和政府的调节形成共振的结果。

夜市又像个大熔炉，锤炼着我们的人生。

一碗伊香米粥

看着妻子打开保温桶，一股熟悉的香味立刻飘了过来，我使劲吸了吸鼻子，忍不住咽起了口水。“别急，医生说第一次不能多吃！”看着我的馋样，妻子急忙叮嘱我。

我来不及回话，迫不及待地接过碗，轻轻地舀起米汤上的那一层米油，送进口中细细地品味着，随着胃里升起一股暖意，似乎瞬间浑身都是力量。

小心翼翼而又迫不及待地吃完一小碗米粥，看着憔悴的妻子，我禁不住流下了两行热泪：“活着，真好啊！”

这是几年前的一个秋天，突发胆囊炎和胆结石的我，半夜紧急入院。因为高烧不止，为了做术前准备，插着胃管的我整整五天滴水未进，只能靠挂点滴做抗感染治疗。后来，为了我的生命安全，医院的专家团队在高烧不退、感染未消的情况下，为我做了胆囊摘除手术。术后的第三天，医生终于说可以吃点流食了，妻子便早早为我熬了一锅稀饭。

这米，便是我们新疆生产建设兵团第四师六十八团生产的伊香牌粥米。

作为一名新闻工作者，我多次深入伊香大米的生产基地采访，对它的前世今生了如指掌。据史料记载，1762 年，为加强对西域的统治和管理，清政府设置伊犁将军府，并从盛京所属各城调遣锡伯官兵1020名，眷属共计3275人，历经1年零3个月，行程万余里，到达了新疆伊犁察布查尔锡伯自治县境内。这些历尽千难万险的锡伯官兵，从此扎根伊犁河边，戍边造田，发展生产，开创了伊犁的水稻栽培史。

1954年，完成了解放新疆历史使命的10万解放军官兵，在毛主席的号召下，就地转业，一手拿枪，一手拿镐，开始了新中国的屯垦戍边事业。驻扎在察布查尔锡伯自治县的六十八团，又为新疆的水稻产业创造了新的辉煌。这便是伊香大米的光荣历史。

三面环山、气候温润、四季分明的伊犁河谷，是一片没有被污染的水稻种植净土。伊犁河甘甜凛冽的纯净雪水，腐殖质极其丰富的有机土壤，长达150多天的生长周期，鸭稻共栖、蟹稻共生的生产种植方式，又为伊香大米的优良品质提供了保证。经过60多年的发展，伊香品牌已成为新疆著名商标。2008年，伊香牌大米被国家农业部农垦局认定为首批中国农垦农产品质量追溯产品。2011年，六十八团（伊香大米）被农业部认定为全国一村一品专业示范村镇。同年8月，伊香大米被农业部认定为国家农产品地理标志保护产品。

可以说，在新疆说起伊香大米，用家喻户晓来形容一点也不为过。而我，常常只要有一碗清香四溢的伊香米粥或者白米饭，就心满意足了。

成吉思汗的果园

当成吉思汗的大军一路西征，金戈铁马的洪流席卷了沿途的村庄和生灵。狼烟滚滚，哀号声声，世界为之震颤。

鞍马的劳顿和残酷的杀戮使威猛的勇士为之疲惫，马头琴的悠扬也掩不住思乡的叹息。当战车越过果子沟，西征的队伍站在高高的山梁上，立即被满眼的绿色震撼了。微风吹过，一个个缀在枝头的红色果实随风摇曳，漫山遍野此起彼伏的牛羊叫声，像是在唱着家乡的歌谣。这温暖的景象，让钢铁一样冰冷的汉子们心中荡漾着一丝丝柔情。他们欢呼起来，高举的双手汇聚成一片欢乐的海洋。

君临天下的一代天骄也为之动容了。他放下马鞭，暂时停下了征战的脚步。于是，便有了闻名于世的察合台汗国，便有了这古丝绸之路上的重镇——阿力麻里（突厥语“苹果城”）。

这不是我的文学杜撰，是公认的事实。据历史考证，1225年，成吉思汗大军西征后，二王子察合台被分封至东起今伊犁河谷，西南到阿姆河以东、以北，北到巴尔喀什湖和额敏河以南的地区，建立起了察合台汗国，首都为阿力麻里城。阿力麻里城极盛时期，是历史上有名的繁华城市，被誉为“中亚乐园”，欧洲人称其为“中央帝国都城”。长春真人丘处机和著名的意大利旅行家马可·波罗的父亲、兄弟都曾慕名而来。元人刘郁的《西使记》说："市井皆流水交贯，有诸果，唯瓜、葡萄、石榴最佳。回纥与汉民杂居，其俗渐染，颇似中国。"耶律楚材的《西游录》则云："西人目林擒曰阿里马，附郭皆林檎园，由此名焉"（"林擒"即古时中原对苹果的称呼）真可谓言之凿凿啊！这些记载不仅证实了伊犁栽种苹果的历史至少可以追溯到700多年前，而且再现了当时各族人民和睦相处、其乐融融的实况。阿力麻里城既是丝绸之路的交通枢纽，也是东西方文化的汇聚之地。阿力麻里城就是今天的新疆生产建设兵团第四师六十一团所在地，人们又把它称为"成吉思汗的果园"。

据说在天山深处的高海拔地带，有一条野果树分布带，从伊犁一路蔓延到哈萨克斯坦，足有几千平方千米。这一点我相信，因为这段文字让我想起了腐败的晚清政府给祖国带来的耻辱，想起了本该是一个完整版图的大伊犁。在我的目光里，除了阿力麻里，霍城县的果子沟、巩留县的库尔德宁、新源县的野果林农场都遍布着大片的野果树，面积之大、品种之多、历史之久，足以证明伊犁作为世界苹果的发源地之一是当之无愧的。"吐鲁番的葡萄哈密的瓜，伊犁的苹果人人夸"，常挂在新疆人嘴边的这句顺口溜也足以为证。

记得小时候，我家住在六十一团七连，麻扎包是我们嬉戏的"好战场"，黑暗而狭窄的甬道是我们进攻"敌人"的秘密通道，每一间穹顶的小房子都是我们攻占的对象。而和麻扎包一墙之隔的苹果园，却是高墙壁垒、戒备森严，我们便常常做了《水浒传》里的"鼓上蚤"之流，虽不能飞檐走壁，也得搭着"马架"（人梯之意），翻墙入园，犒劳犒劳心中的馋虫。我胆子小，基本属于二线，执行趴在墙头望风的任务。记得有一次，看园人发现了我们，一个个连拉带扯，落荒而逃，背心里装的苹果，掉了一地。那时候温饱已经解决，水果成了人们茶余饭后新的向往。而苹果，是当时伊犁相对亲民的水果。好不容易盼到连队收完了苹果后罢园，大人、孩子一窝蜂地拥向果园，先是擦亮了眼睛瞅枝头上的“漏网之鱼”，来晚了的只好扒拉着树叶里的落地果，先是捡完好的，最后带点稍差的回去削削挑挑拣拣照吃不误。后来长大了才知道，我们儿时来去自由、如履平地的麻扎包的全称竟然叫作吐虎鲁克·铁木尔汗陵，里面埋着一代天骄的第七世孙——声名显赫的“中亚之王”。

早年的时候，伊犁本地的苹果“一统天下”。每年6月开始，最早成熟的是门派斯，这种果子皮薄，颜色微黄，味道纯甜。推着手推车的维吾尔族小贩常常沿街高声吆喝着：“冰糖果子，冰糖果子，不甜不要钱！”紧接着是斯特洛维和夏柠檬——斯特洛维通体粉红，辅以鲜艳的条纹，就像穿着艾德莱斯丝绸的维吾尔族小姑娘；夏柠檬果肉坚硬，含糖量高，味道鲜美。还有青绿色的塔赫勒、果肉松软的洋芋果子、果肉为红色的缸缸果子，接着是秋天成熟的秋柠檬、冬柠檬，以及体形小巧、味道酸甜的海棠果等。这些品种有一个共同的劣势，那就是树龄高、产量低。

毕业于北京农业大学的知青尤光华永远忘不了1965年刚到十三团（六十一团的前身）时的一幕：师长在大会上拿着两个红彤彤的苹果说：“大家看看人家山东的苹果，个又大，味道又甜，我们有这么好的土地，难道就种不出来吗？”就因为师长的这句话，尤光华把一辈子的心血都倾注到了伊犁的苹果事业。一个个团场的园林连，就像星星之火，让伊犁的苹果迎来了第二个春天，一大批新品种走进了人们的生活。最受欢迎的是红星苹果——红艳艳的色泽，果实的头部有5个规则的凸起，连接起来就是一个标准的五星图案，这是多么神奇的事。当然，它本身的品质也是独占鳌头的资本。记得1979年，母亲带着我回了老家。在火车上，切开一个红星苹果，那浓郁的果香刹那间传遍了车厢，周围的人忍不住吸了吸鼻子：“这是什么苹果啊？味道这么香！”可想而知，那时我挺着小胸膛有多么骄傲！

还有黄元帅，又名金冠，成熟后浑身金黄，味道酸甜适中，很受欢迎。大珊瑚，个头大，色泽鲜艳，果肉酥脆且水分足，又很耐放，埋到菜窖的沙土里，开春了拿出来味道新鲜如初。最经得起风霜的是国光，所有的水果都摘完了，它们还高高站在枝头享受最后一缕阳光的照射，直到深秋的第一场寒霜打下来，人们才开始不紧不慢地进行最后一场收获。这果子是特立独行的性格，只有打过霜，糖分才完成最后的积累和转化，否则，吃着寡淡无味不说，还经不住时光的检验，放不了几天就蔫巴了。国光下完，整个果园才算罢园，果农一年的辛苦可以画个句号了。由于耐寒、皮厚，果农又把国光叫作“铁皮果子”，多么形象。

可惜好景不长，有一年春天倒春寒，几乎冻死了阿力麻里的所有果树。怎么办？是继续栽种果树，还是就此改弦易辙，走老路种粮食？几位留在团里的技术骨干——当年来疆的老知青认真“会诊”，确认这属于逆温带气候，冬暖夏凉，日照又长，最适合种果树。这下团领导吃了“定心丸”，迅速组织全团大会战，漫山遍野都种上了苹果树，这算是伊犁苹果产业的开路先锋。

一转眼 30 多年过去了，当年的红星、黄元帅早已被市场淘汰，取而代之的是更适合本地栽种的红富士、乔纳金等新品种。农业博览会金奖、国家农产品地理标志、有机果品认证等一大波接踵而来的荣誉给老百姓带来了底气。如今，除了兵团四师的几个团场，林果业也成为伊犁哈萨克自治州富民强州的支柱产业，除了苹果，伊犁的桃、杏、李、西瓜、甜瓜、葡萄等水果也渐成气候，不断攻城略地，走向市场。随着“一带一路”倡议的付诸实施，作为丝绸之路经济带核心区，伊犁的水果通过亚欧大陆重要的陆路口岸——霍尔果斯走向欧洲，并以此为契机向世界揭开了伊犁的神秘面纱。

伊犁人常说："伊犁的苹果，是收集了天山阳光的味道，是浇灌了伊犁河水的味道。"而我要说，这是浸透了多民族心血的味道。你看，因为这火红的苹果，艾尔肯大哥放下了牧鞭，精心管理着一棵棵长满希望的幼苗。阿娜尔古丽走出了毡房，在整洁优美的果品加工厂中创造着甜蜜的生活。被贫穷困扰多年的吐鲁汗大叔，脸上也露出了幸福的笑容。

伴随着改革的春风，伊犁的花香、果香，一定会飘得更远。

网红美食“兵团绿农”

我几乎不敢相信自己的眼睛：一包不起眼的玉米糁子，才200多克，竟然要卖28元？

仔细一看，更是大吃一惊，这竟然是我们新疆生产建设兵团第四师七十一团生产的“兵团绿农”牌有机糯玉米糁子。

看着产品简介，想起了曾经在我台《四师新闻联播》里发过的一条新闻：七十一团职工吕宴兵大力发展有机农产品。我记得很多年前采访过他，没想到如今真的做成了有机农产品事业。

自然，当晚的晚餐就成了这价格昂贵的玉米粥。熟练地烧开水，把搅拌均匀的玉米糁倒进锅里，不一会儿，一股玉米的清香扑面而来，我仿佛回到了当年连队的青纱帐。舀一碗，细品：香、浓、甜，像小时候的味道，又比小时候更浓稠。我忍不住就着咸菜一口气喝了两大碗，就差像小时候一样恋恋不舍地去舔碗底子了。

剩下半碗，舍不得倒掉，盛在碗里，打算第二天早上接着喝。没想到第二天端起碗一看，哪里还有玉米粥，简直是一碗果冻嘛！扣过来倒在案板上，真真一块玉米凉粉！用刀切开，弹性十足，蘸着佐料吃起来别有风味。这使我想起小时候母亲给我们做陕西“搅团”的情景，那得撒多少玉米粉才能搅成一锅“搅团”来啊！可是想想昨晚，我并没有放多少糯玉米糁子啊。看样子，这糯玉米真是名不虚传！

记得七十一团从21世纪之初就开始了有机玉米、有机黄豆的种植，那时团里把九连的约22万平方米土地交给了吕宴兵，让他带着几名职工一起探索有机农产品的种植之路。普通的土地转种有机农作物，最初3年要养地，排除土壤中的农药化肥残留，然后种一茬小麦。接下来3年轮作，坚持使用农家肥，让土壤更疏松、更有弹性，减少了病虫害，增加了土壤中的有机质，最终达到改良土壤的目的。

可是，经过6年的努力，产品种出来却没有销路，连续3年亏损200多万元，很多人打了退堂鼓。吕宴兵却不服输："我就不相信这么好的东西没人认！"他多方奔走，有机玉米终于获得兵团环境保护科学研究所有机产品认证中心颁发的有机证书，产品通过182项国家农残检测及5项重金属检测。这为他的有机食品事业带来了转机。

2013年，吕宴兵牵头成立了七十一团宴兵绿农种植专业合作社，注册了"兵团绿农"商标。当年，合作社生产的100多吨产品销售一空，纯收入近40万元。如今，合作社有社员120多人，土地面积80多万平方米，有机玉米的单产稳定在500公斤左右。"兵团绿农"有机农产品的直销店很快现身乌鲁木齐和内地沿海城市，线上线下同步销售，全面开花。

小试牛刀之后，吕宴兵接下来要考虑的是如何做大做强，让更多的消费者吃得上自己生产的绿色健康食品。2016年，七十一团宴宾绿农种植专业合作社与伊犁哈萨克自治州林业科学研究院达成合作意向，由合作社牵头承包位于新源县野果林资源圃约120万平方米山林地经营权25年，以发展无公害有机产品及中草药、食用菌、蔬菜生产加工、野菜速冻包装等多种经营项目。去年，该合作社签订了约667万平方米大田玉米种植合同，实现了订单种植，惠及所有合作社社员。

为了了解合作社的销售情况，我上网一查，“兵团绿农”的销售代理网点铺天盖地，那价格，更是让人咋舌。

我算了一下，即使500公斤的单产，有机玉米每平方米的产值在万元以上啊！如果我们的农民都能有吕宴兵一样的经营理念，何愁土里不能生金，何愁不能高质量发展呢？

红烧肉

“今天有红烧肉吃。”“真的?!”我们从大会战工地拖着疲惫的身躯回到连队仓库改造的集体宿舍，听到这个消息真是半信半疑，又惊又喜。开饭的时候，真的端上来一盘红烧肉，按人头，每人一块。我小心翼翼地用筷子夹起属于自己的那块，放进嘴里一抿，情不自禁地闭上眼细细品味：真香啊!

这是我的启蒙老师、上海知青陈顺祥和我聊起当年在六十一团支边时第一次吃红烧肉的情形，虽然时过境迁，退休后回到上海颐养天年的陈老师对那段艰苦岁月依旧怀念不已。

何止陈老师，即使我这样出生于20世纪70年代的兵团二代，对于红烧肉的记忆，同样弥足珍贵，难得品尝。在那个缺吃少穿的年代，普通老百姓对红烧肉的奢望，绝不亚于今天吃一顿生猛海鲜。我的印象回到了20世纪80年代初，连队职工买肉还要抓阄排队。那时没有配方饲料，别说小家小户，即使团里的养猪场，也都是用磨面分离出来的麸皮和饲草煮了喂猪。那时候猪长得都很慢，一般从仔猪入栏到杀年猪，最少也得养八九个月。因为生长周期长，猪也很争气，个个膘肥体壮，个头硕大。杀了猪，大人们会并拢了四指，去量五花肉的厚度，三指厚度的不算啥，四指甚至五指的比比皆是。因为人们肚里缺油水，那时最吃香的是肥肉，可以用它来炼哨子，炼出的油脂贮存起来，可以吃大半年，油渣和白糖和到一起包包子，别提有多香了！当然，最奢侈的吃法，是做红烧肉。有人分到了四指膘的五花肉，禁不住喜气洋洋，满意而归。而分到了槽头肉和精瘦肉（当时俗称屁股墩子）的则垂头丧气，满脸的不愉快。

一年难得几次沾荤腥的机会，大部人家都格外珍惜，恨不得一块肉能分成几块吃，也只有上海知青才有那种把分来的肉一锅烩了的气魄。连里有个上海知青，属于“一人吃饱，全家不饿”那种，平日里不好好劳动，游手好闲，老职工便给他送了个称呼——“二流子”。每次分到肉后，“二流子”都会用他那蹩脚的厨艺做一锅红烧肉，外加一瓶伊犁大曲，吃饱喝足之后宛若神仙附体，见谁都不屑一顾。可是等他弹尽粮绝，邻居家的厨房连绵不断地飘出香味时，他又会觍着脸蹭过去讨杯酒喝。

受童年的影响，工作后我常常试着自己做红烧肉，却总是不得要领，比不上记忆中的味道。后来吃了妻子做的红烧肉，真是惊喜不已——这是我吃过最美味的红烧肉，没有之一！讨教之后才明白，除了掌握不好上糖色的火候，我最大的问题是炖肉的时间不到，人家要文火慢炖两小时以上，而我，仅仅半个小时就出锅了。妻子哭笑不得：“你啊，就是个急性子！”这时想起苏东坡作诗介绍烹调红烧肉的经验：“慢著火，少著水，火候足时它自美。”不禁为自己的粗心懊恼不已。

父母在世的最后几年，红烧肉成了他们的最爱。因为年龄大了，又不愿意给儿女添麻烦，父母一直是单独居住，我们想了很多办法，都因为父母的执拗不了了之。一对耄耋老人，做饭自然成了件很困难的事，尤其是父亲走后的6年里，母亲一人更是能凑合就凑合，常常做一顿饭吃几天。无奈之下，每次回家的时候，妻子会提前烧上一锅红烧肉，然后分成若干小碗，给父母冻在冰箱里，想吃的时候，加点配菜烩一烩，味道基本不打折扣。

这也是我每每想起父母心里稍感安慰的地方。

和妻子探讨不久，恰巧看到上海东方卫视纪录频道隆重推出一家私房菜馆的红烧肉，店主兼主厨介绍说，其最大的秘籍在于用红曲米上色，这样烧出来的肉，色泽红亮，肉酥味美，又不含糖，属于健康美食。于是在网上买了来，却不是那么回事，烧出来的肉总感觉有股怪味，只好弃之不用，剩下的红曲米最终成了满屋飞蛾的源头。再上网查，却发觉对这家店的质疑、声讨者甚众，真不知道该相信谁。

有一年去乌镇，在游记美食攻略里见到一道川菜——红烧肉，禁不住心向往之。到了旅游景点，果然见家家菜馆的门口都支着一口大锅，锅里是巴掌大的红烧肉，一块块用草绳扎捆着，色如玛瑙，香味四溢，真是令人垂涎。这让我想起丰子恺先生对美食的感悟："我想念松江胡桃云片，是为了想看。至少，半是为了想看，半是为了想吃。若要说吃，我吃这种糕是并用了眼睛和嘴巴的。"是啊，我们对美食的欣赏，应该不止于味蕾的满足，眼睛和心灵的共振更加美妙。这大概就是美食家们追求"色香味形俱佳"的根本所在吧。迫不及待要了一份。端上桌来，解了草绳用筷子一划，大块的肉便被分成几块，放入口中轻轻一抿，随即化为脂浆，滑落喉中。把肉夹碎了伴着白米饭一起咽下，油脂裹着米粒，米粒清香筋道，更是令人回味。

所以川菜、浙菜菜谱里，都有东坡肉。但是想想，一代伟人毛泽东最好红烧肉，可见，湘菜里也是少不了红烧肉的。那么，红烧肉究竟算是哪个菜系呢？估计百家争鸣，难有定论。我大中华的美食文化，真是博大精深，百花齐放。

对我来说，做红烧肉一直难以攻克的是上糖色关，不是火候未到上色效果不佳，就是火太大把糖烧焦了。妻子说得没错，我失败的根本原因就是急躁，没把握好最关键的那几秒钟。于是我一再告诫自己，不要急，慢慢来。

锅里倒少许油，控制好火力，然后把糖倒进锅里，开始心无旁骛地用铁勺底不停地按顺时针搅动，直到白砂糖在高温中冒出气泡且覆盖整个锅底之时，迅速把焯过水的五花肉块倒入锅中翻炒，不一会儿，每块五花肉上就裹满了红润的糖色，这时再添水，慢火焖炖，两个小时后，一锅酥软可口的红烧肉就可以出锅了。至于配菜，完全可以根据个人口味添加，我最喜欢的是土豆，妻子则爱放笋干。后来根据网上的分享，试着用冰糖和蜂蜜，上色的效果和味道更佳。

美味的鸭蛋

按理说家鸭是南方的禽类，怎么到了北方，无法考证。不过也不足为奇，兵团人来自五湖四海，天南海北的好东西都有可能被带到新疆生产建设兵团来。时人云“上海鸭子呱呱叫”便是最好的佐证。

我对咸鸭蛋的痴迷，源于一篇文章。20 世纪 90 年代初，朋友顾焱要离开伊犁了，她送我几本自己的藏书，其中有一本作家吴泰昌的散文集《梦的记忆》，多写故乡山水、往事追忆，作者文笔自然，不事雕琢，很有些汪曾祺先生的味道。这么多年过去了，很多篇章早已如烟云消散，但是作者的名字我时常想起。其中有篇文章写到咸鸭蛋，写到松花蛋，写到和咸鸭蛋、松花蛋有关的人和事。故事中的主人公竟然是一位经历了战火的红二代，是在红军保育院长大的孩子。尤其不能忘的是，在艰苦岁月里和作者情同手足，最后被疟疾夺去生命的红二代刘胖。这使我想起儿时看的一部电影《啊！摇篮》，仿佛那熟悉的歌声在耳边响起：爷爷是个老红军呀，爷爷对我亲又亲啊……这部电影讲述的是保育院的革命后代在战火中成长的故事。二者的共同之处，让我对这篇文章尤为共鸣。作者对刘胖给他让咸鸭蛋的情景和咸鸭蛋美味的描述，时常出现在我的脑海里。不禁感慨：刘胖一定是哪位革命将领的后代，他如果活着，该有多好！我们今天的幸福生活，是多少仁人志士用自己的鲜血，甚至是后代的生命换来的，若不珍惜，情何以堪！

幼年我在一个矿区生活，四面皆是荒山：光秃秃的山体，除了石子，便是一些紧贴着地面的杂草，连灌木都算不上！喝的水都靠车拉人挑，鸭子自然是见不到的。后来煤矿整建制搬迁，来到了天山脚下，引来冰雪融水，开荒种树改良生态，很快戈壁荒滩变成了花果园，家家靠种苹果、种蟠桃致了富。有了水，就有了呱呱戏水的鸭子，有了吃不完的鸭蛋。

20 世纪 80 年代初，家家户户分了责任田和自留地。“前有院，后有圈，中间夹个小宫殿”，这是当时兵团盛行的一种宅基地布局，极大激发了团场职工家禽养殖的热情，几乎家家户户都有满院的鸡、鸭、鹅。那时我家院落后面是密密匝匝的白杨林，每次给林带浇水后都会有漫出渠埂的水流到父母打围墙时挖土形成的坑里，久而久之，那里就成了鸭和鹅的乐园。我也是在这个时候，才有机会品尝味道鲜美的鸭蛋。

新疆人最初对吃鸭蛋是持有怀疑态度的，因为有人说鸭蛋腥，不适合炒着吃，所以鸭蛋的命运大多是被放进盐水里腌制。腌好的鸭蛋，寻常日子也舍不得吃，家里来了客人，煮熟了切成月牙状，盛在盘子里端上桌，成为一道色香味俱全的家常美食。记得当年大哥和大嫂谈恋爱时，大嫂的父母来我家做客，母亲腌制的咸鸭蛋，让两位老人赞不绝口。

鸭蛋好吃，但腌制起来却不容易，腌的时间短或者盐放少了，蛋黄不出油，没有香味，反之则容易过了头，蛋清咸得齁嗓子。后来，母亲不知从哪里学了一招，解决了这个难题。至今记得当年母亲第一次尝试的情形：小心翼翼地端出积攒下来的鸭蛋，洗干净了，端一小碗白酒，挨个放进去浸泡一下，然后拿出来在细盐粒里打个滚，再放进塑料袋，扎口，在阳光下暴晒两天，最后放置阴凉处20天左右，随吃随拿，简单易学。还有一种更美味的做法：开水煮了八角、花椒、茴香等香料，放凉后盛入坛中，这样腌制的咸鸭蛋，味道更加丰富，至今想起来，那奇异的香味犹在舌尖。

后来读到汪曾祺的《端午的咸鸭蛋》，颇有共鸣，又得知清代文人袁枚对高邮咸鸭蛋颇为推崇，不禁对江苏高邮向往不已，在我心里，高邮咸鸭蛋成了咸鸭蛋的天花板。如今商品极大丰富，才知道还有海鸭蛋。咸鸭蛋的品种也让人眼花缭乱，烤鸭蛋、麻酱鸭蛋，如此种种，数不胜数。

房后面的那一个小水池，成了鸭和鹅的天堂，也藏了我心中的一个小秘密。有一次，我百无聊赖在树林边玩耍，无意中捡起一个石子抛向水池打水漂，却发现石子过处，水中露出一个白色的圆点。是什么呢？我好奇地捞起来：呵，一个鸭蛋！从此这个小水池成了我的聚宝盆，我会隔三岔五下到水池里寻宝，靠这些鸭蛋卖的钱，换来不少喜欢的小人书。只可惜，后来被其他小伙伴发现了我的秘密，我的收获越来越少，常常空手而归。

受小水池的启发，我想：连里家家都养鸡，会不会也有鸡把蛋下在外面呢？有一段时间，我便经常低着头在树林的草丛里寻觅，收获却甚微。我感到很奇怪，为什么鸭总爱把蛋丢在小河沟、小水塘里？难道是出了院门天大地大，玩得太兴奋，忘了自己的职责，管它蛋下到哪里，开心就好？这样看来，鸡的组织纪律性比鸭强得多。

鸡和鸭最大的区别在于，鸡总是把蛋下在窝里，偶尔有一只鸡把蛋下在外面，就会被主人一脸嫌弃地送上“丢蛋鸡”的称呼，而鸭把蛋下在外面似乎是天经地义的事，所以主人从来不奢望自家养的鸭每天能贡献一只蛋。结果鸭总是默默地下蛋，而母鸡下了蛋，恨不得全世界都知道：个个大，个个大！一脸骄傲地四处宣扬。

想想身边的人和事，似乎莫不如此，往往期望值越大，失望也会越大。

岳父和岳母是浙江人，腌咸鸭蛋自然有一手。知道我爱吃咸鸭蛋，专门养了鸭子，我们每次回去探望，回家时咸鸭蛋成了后备厢里必不可少的礼物。煮熟了轻轻敲开蛋壳，赭红色的蛋黄流沙般油润，入口即化，果然非同一般。

有一次，带回来的新鲜鸭蛋来不及腌制，我抱着试试看的心态，炒了一盘香葱鸭蛋，没想到不仅没有腥味，而且滑嫩鲜美，别有风味。真后悔这么多年没有早点尝试！

与馕相遇

一

凌晨三点，大多数人还在梦乡的时候，阿曼吐却已经开始忙活起来，他每天的任务是把一袋25公斤的面粉打成馕。他开始添水和面，一袋面粉得分几次，加上水，揉成团，然后放在盆子里醒上。揉面是个技术活，更是个体力活，馕要好吃，首先要把好第一关，那就是发面。一袋面，人工揉，要分四五次，等全部醒上，两个小时过去了。凌晨五点，和好的面在盆子里慢慢发酵，似乎可以感觉到那一个个酵母分子和面粉结合后不停地膨大。这时候，阿曼吐把馕坑里的炭火引着，给馕坑加温。趁这个空当，可以制作馕坯子了。

把醒好的大块面团再次糅合，然后搓成长条，用刀切成一个个拳头大小的面剂子，然后一个个再揉一遍，别小看揉面，这可是个力气活，每个面团揉几十下，一袋面揉下来，又是一两个小时过去了，阿曼吐的头上、身上都开始冒汗，冬天的时候，甚至可以看到他被包裹在从自己身上散发的雾气里。

阿曼吐把揉好的面团随手往一旁的面扑上一丢，妻子肉孜古丽·依明则负责把面团压成圆饼，用手沿着边捏出带花纹的镶边，然后用馕戳在中间薄薄的面饼上戳出一个个太阳形状的图案，这时一个中间薄周边厚的馕坯子就做好了。

在这期间，大块的煤已经烧得通红，馕坑的内壁温度也不断上升，一滴水洒上去瞬间就变成一团白雾，这说明馕坑里的温度足够了，用火钳子把大块的炭火撤出来放在一边备用，只留下少许燃烧充分的在馕坑底部，以保持馕坑里的温度。

等肉孜古丽做好的馕坯到了一定数量，阿曼吐就会跪在馕坑边上，给馕坯撒上一些盐水和皮牙子或者芝麻，把有图案的一面朝里贴在一个厚厚的馕托上，然后俯下身子贴近馕坑的内壁上，这时候动作一定要快，否则灼热的高温会把头发和眉毛烧焦，手臂也有烫伤的危险。每当看到这个动作，我就会想到为什么把烤馕叫作“打馕”，大概和这个动作有关，这也是维吾尔语言的生动之处。内壁贴满馕后，要把馕坑的口用一块铁板盖上，这样有利于保持温度和均匀受热。当馕坑里飘出麦香味，阿曼吐拿起一把铁钩子，动作娴熟地从馕坑里一个个勾出来，取下随手丢在铺了红色平绒布的摊位上，然后用他那高亢的嗓音吆喝道：“热乎乎、香喷喷的馕，不好吃不要钱啦！”

这时候太阳慢慢升起，周边的居民和赶着上班的人们自觉地排队，拿起馕把钱放进旁边的木头匣子里。一天下来，三四百元的毛收入，让阿曼吐和肉孜古丽很满足。

在我们新疆，如果谁要是说没吃过馕，一定会被人家看作是外星人，无论你是汉族同胞还是民族兄弟。可见，馕在新疆人的日常生活中占据着多么重要的地位。这也是我之所以这样不厌其烦地描述一只馕从面袋里到出馕坑的经过。在新疆有着成千上万和阿曼吐、肉孜古丽夫妇一样的打馕人，正是他们的坚守和执着，让新疆的馕不仅满足了各族人民的胃口，而且让这种非物质文化遗产得到了传承和发扬，作为一种标志、一种文化走向世界。所以我的内心，无论对一只馕，还是对艰辛的打馕人，都充满了敬畏和尊重。

二

说起馕的历史，不可谓不悠久。1972年，新疆的文物考古工作者在吐鲁番的阿斯塔纳古墓中发现了残馕，经专家鉴定，这些残馕是公元640年的葬品。这些和现代馕“长相”别无二致的馕，如今静静地躺在新疆博物馆里，向人们展示着那一段历史。

白居易在《寄胡饼与杨万州》一诗中写道：“胡麻饼样学京都，面脆油香新出炉。寄与饥馋杨大使，尝看得似辅兴无。”“胡”是古代中原人对西域的别称。赵武灵王“胡服骑射”的故事，也正源于此。

其实“胡食”自汉魏以来，就在中国风行，到唐代最盛。安史之乱时，玄宗西幸，走到咸阳集贤宫，没有东西吃，只好用“胡饼”充饥。《资治通鉴》玄宗纪说：“日向中，上犹未食，杨国忠自市胡饼以献。”胡三省注说：“胡饼今之蒸饼。”高似孔说：“胡饼言以胡麻著之也。”看来高似孔说得更确切一些，胡饼即是麻饼，亦即烧饼。崔鸿的《前赵录》说：“石虎忌讳‘胡’字，所以改‘胡饼’为‘麻饼’。”《湘素杂诗》又记：“有卖胡饼者，不晓得胡饼原名，就改个名字‘炉饼’。”所以“胡饼”又可叫“麻饼”，也叫“炉饼”。这就和今天四川、陕西的锅盔差不多了。《清异录》记述说，汤悦在驿舍遇见一位士人，招待他吃饭。其中有一种“炉饼”，各有五种，仔细品味，五种馅味各不相同。于是请教士人，被告知这是“五福饼”啊！看样子今天的肉馕、玫瑰花酱馕并非新创。当年唐代长安十分盛行此饼。日本僧人圆仁在《入唐求法巡礼行记》中写道：“开成六年（公元八四一年）正月六日立春。命赐胡饼寺粥。时行胡饼，俗家皆然。”在此之前，北魏贾思勰的著作《齐民要术》中即有烧饼的做法，与唐代烧饼做法相去不远。

毫无疑问，馕的历史最早可追溯到两千多年前。我想：这离不开张骞的功劳，正是他的“凿空”之行，造就了古丝绸之路的繁荣。馕也应该是这个时候和诸多的新鲜事物一起，走进了中原人的餐桌，走上了历史的舞台。

三

记得20世纪80年代初，父母省吃俭用买了辆小四轮拖拉机，夏天二哥开着它在伊宁市的建筑工地上拉运材料，冬天则顶着寒风冰霜从煤矿往团里拉煤，因为车头没有封闭的驾驶室，他只能全副武装：头戴棉军帽，身穿军大衣，脚蹬着毡筒，和寒冷博弈。至今我还能记着二哥开车到家的情形，他那满身坚硬雪白的霜花似一夜奔波了近百公里的写照。遥远的路程、颠簸的路况、寒冷的冬夜、简陋的车况，现在想想，那得有多么坚强的意志才敢去挑战啊！当然，无论冬夏，二哥每次回来都会带着一摞馕，这也是令我难以忘却的记忆，因为那馕的外形奇特，口感也很特别。听二哥说这叫油馕，是和面时加了牛奶和清油的，所以打出来特别香酥可口，价格比一般的馕贵一倍，在那个年代堪称“贵族馕”。为了和普通馕区分开来，摊主专门把馕坯做成了椭圆形，看着像个拖鞋，我们又把它叫作“拖鞋馕”。

当然，现在“拖鞋馕”已经不再稀罕，随着人们生活水平的提高，馕的品种也越来越多，除了老百姓最常见的芝麻馕、皮牙子馕、窝窝馕之外，带肉馅的肉馕、夹心的玫瑰花酱馕、圆鼓鼓装满了葡萄干和核桃仁的手把馕、用纯牛奶发酵的袖珍牛奶馕……真是应有尽有，数不胜数。其中，有一些千层饼模样的馕令我感慨不已，看着那薄薄的，一圈一圈的褶皱里透着葱花的笑脸，我想：这是不是应该算文化融合的产物呢？正是品种空前丰富，让人们看到了商机，如今馕已经成为一个具有新疆特色的产业。越来越多的商家看好这个产业，几乎南北疆各个县、市都建起了馕产业园，而交通和物流的发达，更是给馕走向世界提供了千载难逢的机遇，也让越来越多的外地人大饱口福，足不出户就可以品尝到这些充满神奇故事的美味。

记忆中在牧区乡村的维吾尔族和哈萨克族家庭的庭院门口，总有一个外形像大型腌菜坛子似的馕坑，据说是用羊毛毡和着泥巴手工堆砌而成，一般为圆形，高度在一米左右，像一道永恒的风景，默默陪伴着主人。在山区牧场，哈萨克族主妇为了方便，干脆就在帐篷附近选一个地势高的位置，直接从地面往下挖一个圆坑，略做改造，一个天然的馕坑就形成了。后来，随着市场经济的大潮席卷每一个角落，馕逐步从民族家庭的餐桌走向井市，用窑一次烧制成型的土陶馕坑应运而生。这种馕坑一般固定在方形的架子中，四周用铁皮包裹，美观又实用。在寸土寸金的城市里，馕店一般都很小，使用面积也就几平方米而已，很多馕坑就固定在狭小的店铺里，到了夏天，打馕师傅所经受的酷热可想而知。

维吾尔族和哈萨克族打的馕风格略有不同。维吾尔族的馕品种多，最早闯市场以皮牙子馕和芝麻馕为主。皮牙子是新疆人对洋葱的爱称，皮牙子馕和芝麻馕外形大致相同，馕坯的面饼很薄，不同之处是皮牙子馕是在用囊戳戳出图案的一面撒上盐水和剁碎的皮牙子，芝麻馕不加盐水，只撒芝麻。这样的馕饼圈外酥里软，饼芯酥脆可口，即使没有任何菜肴相佐，也一样令人胃口大开。哈萨克族打的馕品种相对单一，以窝窝馕为主，这种馕非常厚实，适合泡在奶茶或者肉汤里吃。当然，夏天掰碎了泡在西瓜里，也是很多新疆人的最爱。

父亲曾经在畜牧连工作过，结交了不少牧工朋友，小时候逢年过节我经常跟随父亲去民族同胞家拜年，有一次看到哈萨克族牧工家的馕坑，父亲触景生情，给我讲述了一个与馕有关的故事。新疆解放初期，父亲是六军骑兵团的一名战士，在一次奉命追击土匪吾斯曼的战斗中，部队遭到了敌人的伏击，父亲从马背坠落山谷，后来幸亏遇到了一家哈萨克族牧民，靠着牧民赠送的一个苞谷面窝窝馕，父亲一路跋涉，三天后追上了部队。这让本以为父亲牺牲了的战友们喜出望外。

父亲当年因为一个馕而获得重生，如今我身边也不停上演着和馕有关的故事。

2008 年的五一长假，在伊犁探路者户外用品专卖店的领队组织下，我们一行 10 人开启了从特克斯县琼库什台翻越冰大坂到阿克苏黑鹰山乡的乌孙古道的探险之旅，这一路，馕是我们最好的食物储备。哈萨克族向导别克 · 吐尔逊长年往返于乌孙古道之间，有着丰富的山区生存经验，他让我真正见识了牧民在山区生活的艰辛和智慧。我们从琼库什台牧业村顺着阔克苏河畔逆流而上，艰辛之余，领略了天山腹地的季节变换之美。每当大家中午打尖的时候，别克 · 吐尔逊就会选一个水势较缓的岸边，把厚实的哈萨克馕掰开一分为二，其中一半向前方水中抛去，然后双手捧起水来洗把脸，脸洗好馕也顺水漂到了跟前，随手捞起来就可以吃了。

相比而言，我更喜欢吃那种薄脆的维吾尔馕，皮牙子馕和芝麻馕各有千秋，吸引我味蕾的，是那刚出馕坑的麦香。在伊宁市生活了 20 多年，对城市的记忆却和馕紧密相连。伊宁六中对面的利群小区门口，有一家馕店，店里的面积最多不过三四平方米，却撑起了一家人的生活。最初的时候，馕坑在店门口，店里一边是揉面的案板，一边是紧靠着墙边呈L形的条桌，是为吃烤包子和奶茶的顾客准备的。后来，由于城市管理的要求，店主人把馕坑搬进了店里，只好撤了条桌子，窗口支起一张案子，摆打好的馕，门口摆个铁皮箱子，装满了香喷喷的烤包子。上下班路过，我常常会买一个刚出馕坑的芝麻馕，这时候会不由自主地边走边揪下一块馕品尝，不知不觉，到家时只剩下一个“月牙”。后来从师机关大院搬到开发区住，经常坐1路车上下班，伊犁师范大学公交站成了一段带着馕香味的记忆。因为这个站台跟前有两家馕店，靠东面的一家常常挤满了顾客，害得我又多次在1路车上禁不住诱惑不顾旁人的注目重复创造“月牙”的过程。有时候也觉得奇怪，为什么同样的流程，打出来的馕味道却不一样呢？看样子不管干哪一行，工匠精神是必须提倡的。

四

从事新闻工作30多年，记忆中馕和民族团结的故事也越来越多。

在六十六团，年逾九旬的离休干部闫欣秋早已成为民族团结和兵团精神的一面旗帜。说起他帮助过的人，有多少自己也记不清了，但是维吾尔族“亲戚”达吾提江说起闫老，内心充满了激动和感动。达吾提江家住伊宁市英也尔乡，曾经靠打零工支撑着一家人的日子，常常是吃了上顿愁下顿。在闫老的帮助下，他来到六十六团金梁子镇开了家打馕店，生活逐渐有了起色。一晃10多年过去了，他已经被兵团人的热情和真诚深深打动了。“我们，一家人一样，这里的人好得很！我嘛，就在这里打一辈子馕！”他用并不熟练的汉语向我们表达着自己的愿景。

在新疆民族团结一家亲的活动中，越来越多的民族群众感受到了汉族亲戚给自己家庭带来的美好变化。六十二团居民吐鲁汗江，曾经种植了约1.33万平方米葡萄，却始终不得要领，按他的话说是“我认识葡萄，葡萄不认识我”，最后欠了一屁股债。与他家结亲的王建宇了解他们家的情况后，动员他发挥特长开一家馕铺子。选店址，办执照，买馕坑，在王建宇的张罗下，很快一切安排妥当，小店顺利开张，吐鲁汗江家的小日子像馕坑里烧熟的炭，越来越红火。

居住在祖国最西端的六十二团居民艾合拜却以馕为媒，认下了一位家住祖国最东部的汉族姐姐。原来，家住黑龙江的常淑杰女士来霍尔果斯旅游，品尝了艾合拜的馕之后，对这酥脆可口的美食念念不忘，干脆拜艾合拜为师，住进了艾合拜家学习打馕技术。每天一大家子坐在一起边做馕边拉家常，常淑杰给大家说东北的人情风俗，艾合拜一家则不遗余力倾囊传艺，小院里充满了欢乐的笑声。一个月过去了，已经能够熟练掌握打馕技术的常淑杰要返程了，艾合拜一家依依不舍，专门为她定制了一个馕坑，希望她能把新疆馕的手艺带回老家，让东北人不出门就能品尝新疆的美味。相信这跨越千山万水的友谊，一定能把霍尔果斯的温暖传递给远方的亲朋好友。

远古时代西域自然环境恶劣，生产力低下，人们对食物有着无可比拟的珍惜和尊重。馕的外形是圆的，代表着人们对团圆、幸福的祈愿，而表面上的花纹也是圆的，象征着太阳，是远古时期民族地区先民的图腾。所以，馕的正确展示方法永远是把有图案的一面朝上，否则表示不恭。家来了客人，先把馕用“皮夹克”折叠刀削成小块，作为第一道佐餐的美食，也是表示对粮食的尊重和对团结和睦的期望。逢年过节，维吾尔族女性也会带着自家新打的馕去走亲访友，这和陕西农村逢年过节走亲戚送大花馍或者肉夹馍的风俗类似。民以食为天，粮食是最好的礼物，这是人类在实践中得出的真理。

正因为怀着对馕的无比敬畏，在2008年汶川大地震和2021年河南水灾发生时，新疆的维吾尔族打馕人都送去了日夜加班打出的馕，一次次演绎着中华民族血浓于水的真情。

耳闻目睹了越来越多和馕有关的故事，我突然心中一动：在新疆，一个个火红的馕坑和一个个金黄色的馕，不正像一个个七彩的太阳，照亮了各族人民的生活，见证着一段历史，陪伴人们一起走向美好的明天吗？

烧烤的味道

著名诗人沈苇说过，孜然的味道，就是新疆的味道。那么，我是不是可以引申一下，烤肉的味道，就是新疆的味道。因为，只有和牛羊肉混合在一起滋滋冒着白烟散发出来的，才是孜然在人间最灿烂、最真实的状态。

20 世纪八九十年代，在新疆的街市上，最常见的是这样的场景：老远就见一个烟熏火燎的烤肉摊前站着一个维吾尔族摊主，他一边拿着一块硬纸壳扇着炭火，一边大声吆喝着："烤羊肉，烤羊肉，小姑娘一样的烤羊肉！"旁边一边擦着汗一边大快朵颐的食客禁不住会心一笑，路过的行人也忍不住被这热闹吸引，不由自主停下了脚步，加入品味美食的行列。在这样的日子里熏陶久了，我也无师自通，学会了烤羊肉串。

在连队生活的时候，没有专业的烤肉器具，因陋就简，因地制宜，几块砖立起来一摆，就是简易的烤炉，剪几段铁丝或者用废旧自行车轮上的辐条，用榔头敲巴敲巴就是串肉的签子。没有羊肉的时候，猪肉一样可以替代，甚至感觉添加了小茴香籽的五花肉烤出来味道比羊肉更胜一筹。由于简易的炉灶通风不畅，要不停地用硬纸壳扇风，油脂滴到火炭上，立即腾起一股油烟，手忙脚乱地把肉串挪开，用水浇灭火苗，稍等片刻再接着烤。如此周而复始，免不得弄得一脸油灰，狼狈不堪。大家却因此找到了新的乐趣，互相看着对方，嬉笑不已。

从新疆的烤肉风格，可以看出新疆人的豪爽：夜市上宽大的铁笼子串满了大块的牛羊肉和下水，分门别类、整整齐齐地码在手推车上。除了千篇一律的牛羊肉串，羊肝、羊心、羊肠子、牛板筋也是常见品种。一些维吾尔族的摊主别出心裁发明了假腰子，也就是把羊的脾脏用刀割一个口子，把拌满了羊油的皮牙子或者羊肉馅塞进去，然后缝了口，外形看确实像一个硕大的羊腰子，但是价格却要比羊腰子实惠得多，吃起来也是别有风味。而真正的羊腰子，则是烧烤摊上的贵族，记得20世纪90年代初，一串羊肉1元钱的时候，一个烤腰子5元左右，现在基本在15元左右。烤腰子也有讲究，想吃嫩一点的，就把腰子上斜划几道口子，整个串起来烤，看着血水流出来，撒点佐料再略微烤一会儿就可以吃了，按专业的叫法，这是见血的。如果觉得这种吃法不放心，可以把羊腰子从中间划开分成两片，这样容易烤熟烤透，更加入味。无论假腰子还是真羊腰，都得用两根铁签穿串，堪称新疆烧烤的大哥大。

当然，随着时代的进步，人口流动给经济社会发展带来了冲击和活力。这一点，从新疆的夜市上也可见一斑：过去由维吾尔族摊贩一统天下的烤肉摊不知不觉融入了其他民族，其中回族和汉族成为一支劲旅。随着他们的加入，夜市烧烤的内容有了新变化，除了传统的牛羊肉，鸡、鸭、鱼和菜蔬极大丰富了人们的视觉和胃口。在伊宁市，开发区黄河路菜市场的眼镜烧烤、军垦路夜市的邹老三烧烤，都拥有大量的粉丝。这两位摊主都是四川人，随着他们的生意火爆，远在天府之国的七大姑八大姨都慕名前来投奔，摊位的规模也随之壮大，可以说一个人的成功成就了一个家族的兴旺。

作为一座历史悠久的城市，边陲小城伊宁自然有不少老牌餐厅，维吾尔族烤肉店是其中一道美丽的风景。一次在朋友的力荐下，慕名去汉人街一家维吾尔族风味的餐厅，果然见到了食客摩肩接踵的火爆场面。但是一块烤肉入口，却大失所望，肉是牛肉，勾了粉芡，因为肉块太厚实，烤的时间又短，很多都没烤熟，给人“萝卜快了不洗泥”的感觉，终于知道“盛名之下其实难副”是怎么回事了。

后来就自己琢磨着烤肉。有一次到朋友家做客，品尝了女主人的手艺，大家一致对她的烤肉赞不绝口。女主人便向我们传授了其中秘诀：用剁碎的皮牙子、西红柿和着食盐腌制一晚，串肉前再打一两个鸡蛋拌匀，然后在小麦粉上滚一下，经过菜蔬汁和蛋液的浸润，加上小麦粉裹住水分，每一串羊肉都成了有灵魂的美味，鲜嫩无比。这是比较讲究的烤肉法。还有一种比较省事的做法：现场切肉，然后倒入一定比例的啤酒拌匀，稍微腌制一会儿即可上炉，撒上辣椒粉、孜然粉和盐巴，这样烤出来的肉串焦香，有着新疆烤肉最原始的味道，似乎更加真实。串肉的时候，三四块瘦肉间隔一块肥肉似乎是新疆烤肉的标准。当然，直接选用肥瘦相间的优质腩肉，就大可不必如此大费周章。这样的烤肉是我的最爱，咬一口冒着油的肉串，别提有多惬意了。这时候再用一块撒了孜然和辣椒面烤过的薄馕裹着烤肉，更是别有一番风味。

女儿考上了辽宁锦州的大学，我和妻子送她去学校，没想到锦州的大街小巷，随处可见烧烤店，恍若回到了伊犁。晚饭的时候，我们迫不及待地走进了一家烧烤店，按照菜单点了几样烤串，没想到换来了老板娘惊奇的眼神：“你们不是本地人吧？”

怎么了？我感到很奇怪。

“我们本地人都是几十串地点，你这点菜法，一看就是外地人。”老板娘笑着说。

不一会儿，香喷喷的烤串端上来了，这才明白老板娘的意思。只见一串串豆角、韭菜、金针菇用两根绣花针一样纤细的签子串着，整整齐齐，排列得那么小巧而精致，羊肉串也是袖珍可爱。这样的分量，每样几串自然不能尽兴。不过不可否认的是，这烧烤的味道着实不错。相比之下，我们新疆的烤串是彪形大汉，这锦州烧烤自然是小家碧玉了。

最后自然是一顿猛加，吃得不亦乐乎。看着我们吃得开心，结账时老板娘自豪地说："我们锦州烧烤鼎鼎有名，是非物质文化遗产，我们家在沈阳、大连都有分店呢！"上网一查，竟然是真的！那么，我们大新疆的烧烤算什么呢？这让我的自尊心深深地受到了伤害，也因此对"夜郎自大"这个成语有了更为深刻的理解。

还有一次到昆明旅游，去宾馆附近的沃尔玛超市购物。老远就闻到一股熟悉的孜然烧烤味，循着味道找到了烟火缭绕的烤肉摊，一聊，戴着白帽的摊主竟然是伊宁县墩巴扎人。当听说我是兵团四师人，摊主也感到亲切不已，和我聊起了七十团，聊起了兵团，真有种他乡遇故人的感觉。这中间，连接我们的桥梁竟然是一串烤肉——多么美好的相遇。

走出团场多年，我始终没有改变常回家看看的习惯，尤其是有了私家车以后，回家看父母的频率比以前更高了。因为腿脚不便，父母已经住进了团部的楼房，我每次回家便把他们拉到我们原来的连队，陪着他们看看自己当年用汗水浇灌出来的"花果园"，然后在哥哥住着的老院子里烧烤。每次回家之前，我都要去西大桥菜市场采购一番，半只羊是少不了的，腿把子上的肉旋下来串烤肉，肋巴和剩下的骨头清炖，哥哥早就宰好了院子里放养的土鸡，炒个大盘鸡，菜园里随手采摘的西红柿、黄瓜、辣椒凉拌了健康又可口，简单而不失丰盛。当然，最为重要的是，每次回家烧烤前，我都会打一圈电话，与每个亲人相约，尽可能多地组团而返。

醉翁之意不在酒。其实更多的时候，人们相聚并不是仅仅为了满足味蕾的需求，而是为了感情的交流。改革开放带来了社会高速发展，人们的生活方式发生了翻天覆地的变化，却也忽视了内心深处的精神需求。随着望子成龙、望女成凤的梦想实现，农耕时期最常态的四世同堂又成了新的梦想，空巢老人成了时代的痛点。无奈之中，我们唯有以这种方式让父母感受儿女的关心、享受大家族的繁荣。这时候我们是在品味亲情，品味人间烟火带来的真实而热烈的生活。

爱上面肺子

那时我还未走出校园，一次暑假去伊宁市，下了车路过工人俱乐部，大概就是现在花城商场北面的马路边，只见高大的白杨树下，一溜小吃摊一字摆开，清一色改装的手拉车，车上有自制的炊具，旁边是小方桌，几乎每个桌上都坐满了捧着碗吃得津津有味的食客。

凑近一看，一位戴着白帽子的回族大叔小碗里盛着些白色的面疙瘩，我不由好奇地问道："请问您吃的是什么啊？"

"面肺子。"

"好吃吗？"

"当然好吃啦！"

于是我挨着他坐下，冲老板喊："来一碗面肺子！"

面肺子端上来后，我迫不及待地夹起一块塞进嘴里，立即吐了出来—— 一股说不出的怪味！当我在桌子上放下五毛钱默默离开后，面肺子的阴影在我的心中笼罩了很久。

没想到工作之后，一次偶然的机会，让我改变了对面肺子的认识。那是一个三九寒天，结束了一天的采访，从牧区回到团部小镇，已经是夜里 11 点了。在忽闪忽闪的路灯下一路找去，好不容易见到一家门口的喷塑牌子还亮着的小店，掀开门帘进去，一股热浪迎面而来，瞬间感觉僵硬的身体变得柔软起来。一个戴着头巾的回族小媳妇麻利地从火红的炉子上提起咕嘟咕嘟冒着热气的陶瓷壶，给我们每人倒了一碗金黄色的茯茶。一杯热茶下肚，感觉每个毛孔都透着惬意。这时候，老板娘已经熟门熟路地端上了美食——热气腾腾的面肺子。

“怎么，吃不惯这玩意儿？”看着我愁眉苦脸的神情，同行的团场新闻干事好奇地问道。

“没啥，没啥，吃得惯。”这么晚了，店里也没有别的可吃，我还有什么选择呢。

“放心吧，我家的面肺子还没有人说不好吃的！”老板娘满脸的自信。

话音未落，大家已经呼啦呼啦地往嘴里扒拉了。我小心翼翼地夹起一块面肺子塞进嘴里：咦，怎么没有了记忆中的怪味？我也和大家一样，几分钟，一碗面肺子就下肚了，舔舔嘴唇，回味面肺子的油润清香和汤料的酸辣可口，还有些意犹未尽。

现在想想，作为一个土生土长的团场娃，平日里盛惯了五花肉、猪肘子的胃，乍一遇见民族地区的美食不适应也是正常的事。后来当了记者，和社会的接触也由浅入深，对各民族的美食自然也是兼收并蓄、来者不拒了。从第一次品尝弃之而去到心心念念难以忘却，一碗小小的面肺子，常常让我感慨不已。就像和人相处，第一印象或许并不好，但是随着时间的推移、了解的加深、阅历的增长，最终变成挚友也未尝不可。所以对一个人或者一件事，不要过早地下结论，时间自然会给出最终的答案。

其实理论起来，面肺子对我来说也不算陌生。小时候，在那个物资匮乏的年代，缺吃少喝是常态，所以大人们总是想着法子开发资源，改善伙食。这时候，父亲做的猪肺成了我们常吃的美味。因为猪肺结构复杂，看着很脏，所以在处理猪下水时，常常是被扔掉的垃圾，即使在那个贫穷的年代。父亲就把人家不要的猪肺拿回来，不停地从气管往里灌水，还用嘴对着气管口用劲吹，把脸憋得通红。如此周而复始，直到灌进去的水从肺泡里流出来不带一点污色，这时候原本黑红色的肺泡变成了白色。父亲把猪肺切成片，和其他杂碎掺在一起，或者做成酸辣汤，或者爆炒。这时候的猪肺没有一点异味，口感筋道细腻，竟然比猪肠、猪肚还受欢迎。

相比而言，面肺子是用羊肺加工而成，能有多大区别？当然，面肺子的加工程序比父亲做的猪肺更复杂、更讲究，我想这也是它能够吸引越来越多的食客，在伊犁特色美食中占有一席之地的原因所在吧。

面肺子品质好坏，首先要看原料。带病体的羊肺坚决不能要，否则任你怎么清洗，吃了也会有致病的可能，而且口感也不会好。当然，如果有条件能选择3岁以内的羊，那是最好不过的，这样的羊肺看着鲜活，有弹性，吃着放心。羊肺洗好之后，就要往里面灌面浆了，须把面粉里的面筋先洗掉，否则无法完全渗入肺叶里，灌出来的面肺子不饱满。同样的道理，原料第一。所用的面粉、调料和清油，品质直接关系到口感。面粉要用伊犁河谷的冬麦粉，大米最好是六十八团的伊香大米，清油呢，当然是昭苏的菜籽油，这是伊犁面肺子界公开的秘密。最后把灌好的面肺子放到水里煮熟，就可以出锅了。想当初我吃的面肺子怪味大，应该就是在清洗和选料上没有把好关。

说是面肺子，其实这道美食里不单单有面肺子，传统的吃法，还有一个黄金搭档——米肠子。米肠子一般选用羊小肠，反复翻洗好之后，把泡好的大米和剁碎的羊油、羊肝、羊心、胡萝卜、皮牙子等辅料拌上食用盐、孜然、辣子面等，然后灌进肠体，每隔30厘米用绳子扎一下，为了防止在煮的过程中胀气爆裂，要用铁签子扎一些小孔。

当然，洗出的面筋也不会浪费，会随着面肺子和羊肠子一起下锅，最后成就一碗美食。

到这个时候，这道美食也只成功了一半。一碗好吃的面肺子，还得有与之相配的调料，这是画龙点睛的灵魂之作。红艳艳的辣子面、让人又爱又恨的蒜泥、剁碎的香菜和小葱，再加上一大勺热气腾腾的原汤，这才算大功告成。最让我感到奇怪的是，伊犁的面肺子调料里所用的辣子面和蒜泥，是不用油炝的，就那样原汁原味，竟然和面肺子搭配得如此和谐。我想：这或许就是原生态的魅力吧。

记得我刚到伊宁市工作的时候，满大街的夜市成为一个奇特的景观，春夏秋冬，一年四季从不打烊。而最红火的，非农四师所辖的老绿洲影剧院和花城商场夜市莫属，以至于最后几乎蔓延到整个解放路和军垦路。说是夜市，其实每天六七点就陆续出摊了，每天这个时候，就能看见摊主们骑着特制的三轮车前呼后拥奔向自己的领地，车上无外乎都是冒着热气的火炉和大锅，那阵势，颇为壮观。夜市上以面肺子、火烂鸡、羊杂碎、牛骨头棒子、烤肉串挑大梁，后来品种越来越多，什么麻辣烫、麻辣串、关东煮都加入了这个阵营。当然，最醒目的是面肺子，路过夜市，老远就能看见小摊上摆着黄灿灿的面肺子，旁边是盘了一圈的米肠子，一口大锅冒着热气，摊主一边招呼顾客，一边手脚麻利地切下一块块面肺子、米肠子和面筋，用笊篱放进滚烫的大锅里热一会儿，然后倒进碗里浇上调料，再舀一勺热汤，端上桌来，趁热就着辣酱大快朵颐，别提有多美了。

也有些小摊，不屑加入夜市大军，而是单打独斗，闯出一片天地。记得那时候在老八中对面的一家琴行门口，有一个专门白天出摊的小吃摊。我久闻大名，三顾茅庐，终于碰上了一回，老远看着色泽金黄的面肺子就勾起了我的食欲，走近一看，整个面肺子表面光滑油润，无半点黑点，这是选料优质健康的保证。入口一嚼，混合着香辣味的美食弹牙筋道，最令人回味的是那沁人心脾的一股清香，令我至今想起来还流口水。只可惜随着时间的流逝，这小摊也被岁月淹没，消失在井市中，我再也没有口福品尝摊主的手艺了。

好在夜市藏龙卧虎，总能遇到令人惊艳的高手。后来在花场夜市找到一家，因为来得晚，只能排到夜市的尾巴，从东往西第二家，摊车上却挂着个牌子：第一家面肺子！究竟是夜市第一家，还是伊犁第一家？全凭顾客心中去评价。可见摊主有多么自信，也有多么睿智。抱着将信将疑的态度坐下来，没想到真的大饱口福，同行者也都赞不绝口。

让人始料不及的是，由于一些特殊原因和城市环境治理的需要，露天夜市在2009年的某一天一夜间退出了新疆的历史舞台，告别得那样迅速和决绝，让我等饕餮客失去了不少乐趣，城市也少了些烟火气。好在有经营头脑的人们总能发现市场的需求，近几年有商家想出金点子，改造了一批带有玻璃钢顶棚的半封闭式夜市，弥补了食客们的遗憾。当然，随着夜市的衰落，也成就了一批网红店的崛起。在伊宁市就有伊犁河路的“一绝面肺子”、光明巷的“祖名面肺子”、六星街的“蓝墙面肺子”等，我想这也是社会进步的表现吧。

前不久我回伊犁陪着外地来的亲戚去逛伊宁市六星街，正走着，突然有人停下车和我打招呼，一看是原来的同事。

“这么一大早干吗呢？”我很好奇。

“带儿子吃了个面肺子，他一大早就闹着要吃。”

这可真是吃面肺子从娃娃抓起啊！有了这样的铁杆粉丝，伊犁的面肺子延续还愁什么呢！

打月饼

在物质生活极大丰富的今天，却越来越怀念儿时的味道，除了对美食的偏爱，更多是对美好时光的留恋，是对依稀往事的追忆。于是在网上买了套做月饼的模具，开始了圆梦行动。

我和妻子不约而同选择了最有挑战性，也最能煽动味蕾和情绪的五仁月饼。试想一下，作为20世纪70年代出生的人，谁会对五仁月饼没有香甜的记忆呢？

俗话说“樱桃好吃树难栽”，五仁月饼受到追捧，自然离不开货真价实的馅料。椰蓉、蛋黄、豆沙等新派月饼虽然有着改革和时尚的元素在里面，但是和五仁月饼相比，内容和味道都略显单调，就像时下股市里的一些股票，炒来炒去无非是些虚无的概念，真到年底揭开盖子的时候，免不了“金玉其外败絮其中”的结局，就像皇帝的新装，最终落得个贻笑大方。我喜欢五仁月饼，是因为它有着丰富的食材：花生、芝麻、核桃仁、冰糖，最难忘是酸酸甜甜的青红丝。在那个年代，一口咬开，除了沁人心脾的香甜，还有红红绿绿的色彩，就如素颜年代里披红挂绿的佳人，多么喜气！我想：这种大融合，是经历了多少代手艺人的磨合才大功告成。我们吃的，何止是一个月饼呢？月饼里包裹的，是文化，更是传承！

对于我等从无做月饼经验的人来说，上网学习成了不二的选择。配方自然手到擒来，可又有新的难题摆在了面前。配料中两个陌生的名词难住了我们。继续搜寻之后才恍然大悟：原来转化糖浆是白糖加水加柠檬汁熬制而成，枧水不过是寻常的食用碱面按比例兑水而成，作用是使面皮酥软可口。

解除了心中的疑惑，这才算万事俱备。虽说号称“五仁”，实际却需要10多种原料，由于没有专门卖月饼原料的地方，我们只能不厌其烦地一遍遍在超市和菜市场之间奔波，花生、芝麻、腰果、冰糖很快备齐，曾经随处可见的瓜子仁却杳无踪迹。放弃吧，心有不甘。万般无奈，我和妻子只得买回炒瓜子，一颗一颗用手剥，前前后后花了几个小时才剥出一小碗完整的瓜子仁。杏仁、核桃和花生，市场上总该有了吧？可是老婆大人非要让把以前家里吃剩下带壳的敲开，说是物尽其用，彻底粉碎了我直接买成品的美梦。刚嘀咕了两句，她的脸立马就黑了下来，弄得我心里也是阴云翻滚。转念一想，算了，咱做月饼不就是图个开心吗？就难得糊涂一回，任她摆布吧！可是家里的工具不趁手，夹核桃嫌小，夹杏核又嫌大，真是颇费工夫。当我用嘴吸着被夹子夹疼的手时，真恨不得扇自己两耳光——干吗要提出做月饼的馊主意呢？简直是自作自受啊！接着用平日里捣蒜的木臼子把腰果、杏仁、核桃、花生米一一捣碎。你说这五仁月饼，算不算名副其实的手工月饼？所幸几经周折总算备好了大部分原料。我念念不忘的青红丝，市场上已无觅处，最后只好留下一点遗憾，用猕猴桃果脯和葡萄干取代。

全部忙乎完一算，足足用了10种馅料：核桃、腰果、花生、瓜子仁、冰糖、黑芝麻、白芝麻、葡萄干、猕猴桃果脯、果丹皮。这叫什么“五仁”啊，我看给它起个名叫作“十全十美”月饼，一点也不夸张！

为了保证足够新鲜，直到中秋节近在眼前，我们才开始动手。炒馅料，和面皮，烘烤，每一道工序都按照“师傅”的教导一丝不苟。可没想到还是出了差池，第一炉烤出来，黑乎乎一片，惨不忍睹。心疼之余，我不由感叹：这世上万事万物都是一个理，任由你再努力，关键的一步一不小心，就会功亏一篑。真是失之毫厘，谬以千里啊！有了这次惨痛的教训，第二炉我们略微调低了温度，延长了烘焙时间。果然奏效！当我目不转睛地看着烤箱里的月饼一点点变黄，心中的快乐，真是言语难以表达。

看着一只只黄灿灿、香喷喷的五仁月饼新鲜出炉，耳边似乎响起儿时看过的电影《啊！摇篮》中的歌谣：八月十五月儿圆，爷爷为我打月饼……虽然时代不同了，但是我相信面对新鲜出炉的月饼，我们心中的喜悦是相同的，对团圆的期盼是相同的。

开心之余，不由得想起南宋大诗人陆游的那句诗：“纸上得来终觉浅，绝知此事要躬行。”一只小小的月饼，从选料到出炉，费尽多少周章和心血，又得到了多少快乐和收获。若非亲力亲为，怎知个中百味？

火锅里煮出的温暖

可以说，有人的地方就有火锅，麻辣风味的霸主地位自不必说，这些年又多了些名曰“豆捞”之类的港式打边炉，以高大上的形象悄然在边城餐饮界占领了一席之地。不可否认，火锅是群众基础最好的美食之一。

火锅，古称“古董羹”，因食物投入沸水时发出的“咕咚”声而得名，它是中国独创的美食，历史悠久。据考证，东汉时期即有火锅，可见其历史在1700年以上。唐代白居易的《问刘十九》诗曰：“绿蚁新醅酒，红泥小火炉。晚来天欲雪，能饮一杯无？”就惟妙惟肖地描述了当时吃火锅的情景。到宋代，火锅的吃法在民间已十分常见，南宋林洪的《山家清供》食谱中，便有同友人吃火锅的介绍。火锅在广东称为“边炉”，在宁夏称为“锅子”，在四川叫“火锅”。三者之中，四川的火锅无疑是历史最悠久，影响力也是最大的。

人民群众是历史的创造者。这句话用在四川火锅身上，同样毋庸置疑。四川盆地雾多、阴天多，湿气重，沿着江河拉纤或者在码头搬运货物的挑夫辛苦了一天之后，为了方便，就着江水，用麻辣鲜香的郫县豆瓣做底料，你一碗毛肚，我一碗肉片，还有竹笋、海带等，凡是能入口之物，通通放进锅里，煮在一起就成了一锅百家饭。大家围成一团，既吃得浑身冒汗，排湿解乏，又吃出了欢乐，吃出了感情。如今为了顾客拿取方便，又出现了风靡全国的串串香新吃法，其创新精神真是令人赞叹。我想这也是火锅赖以生存并生生不息不断发扬光大的原因之一。

记得最初吃火锅，是那种中间烧炭的土火锅。这就是东北《奉天通志》记录“野意火锅”的吃法：“以锡为之，分上下层，高不及尺，中以红铜为火筒着炭。汤沸时，煮一切肉脯、鸡、鱼，其味无不鲜美。冬令居家宴客常餐，多喜用之……富者兼备参、筋，佐以猪、羊、牛、鱼、鸡、鸭、山雉、虾、蟹子肉，或饺，或食火锅，供客亦成席，其丰啬又视贫富侈俭而不同。”天寒地冻，一群人围着热气腾腾的火锅大快朵颐，这是一件多么幸福的事！因为火锅，再冷的冬天又有什么可怕的呢？这一点，新疆和东北何其相似？所以在我的记忆里，伊犁的国庄土火锅、郁香土火锅、食为天土火锅都曾留下了我们汗流浃背的吃相。但是对吃客来说，最大的问题是，土火锅因为炭火燃烧不充分，会有安全隐患。记得10多年前，伊宁市就有一家土火锅店因为顾客在吃火锅时一氧化碳中毒，好在有惊无险，几名顾客最终经过抢救安然无恙，但是这样冒着生命危险吃火锅，还是让人心有余悸。

好在随着时代的进步，土火锅很快被煤气火锅、电磁炉火锅取代，安全性是越来越高了。随着空调的普及，火锅也由过去冬天的独特风景变成一年四季常吃不厌的大众美食。记得有一年，为了给父母减轻负担，我建议大年三十吃火锅，得到了全家人的响应。大家围着老式的“八仙桌”，一桌菜随吃随放，吃得不亦乐乎，而父母也过了一个轻松的春节。从那以后，我们一大家团圆的时候，会常常用火锅取代炒菜，别有一番风味。

记得当年我们一群单身汉也对火锅颇为受用。周末的晚上，买一堆蔬菜回来，没有正宗的火锅炊具，就用钢精锅取代。大家围着简易的小桌，你一言我一语，捞着锅中美食，几杯白酒下肚，气氛更为热烈。多年之后，当年一起吃过火锅的朋友见了面，那种亲切和亲热溢于言表。

有一次回四川旅游，老同学请客，火锅端上来，我很好奇，那锅盖了盖子，留有一个烟囱状的窗口。这是干什么用的呢？同学挤挤眼，给我卖了个关子："一会儿你就明白了。"等服务员端着一盘叫黄辣丁的野生小鱼上来做了介绍我才明白，原来这种鱼味道鲜美，但是生命力极强，剖开洗净，下锅之后还会在锅中跳跃翻腾，难免使汤料四溅。好吃的四川人便想出了这个方法，发明了专用的火锅盖，把鱼从"烟囱"里倒进去，等彻底煮熟了再打开盖子取食。如今，黄辣丁也随着火锅来到了新疆，一些先行引种黄辣丁的养殖户赚钱赚得一天到晚合不拢嘴。川菜的魅力可想而知。

火锅最大的好处在于不挑，底料用麻辣为主的红汤不错，用骨头熬制的清汤亦可，用多种菌类配制同样大受欢迎，饮食清淡者直接用白开水也无不可。锅中所下之菜，荤腥时蔬不限，海鲜面食同煮。琢磨一下，其中是不是有着"道法自然，万物共生"的哲学在里面？

这就是火锅，它的饮食文化里，最大限度地体现了"海纳百川，有容乃大"的中华文明之胸怀。

好吃不过饺子

中国人的伟大之处，不仅仅在于发现美食，烹制美食，更在于为美食注入了文化，使其从物质上升到精神层面，从而生命力更加旺盛，源远流长，传承不息。

饺子就是其中最具代表性的美食之一。

在我的印象里，饺子最初是和团圆紧紧联系在一起的，因为小时候，国家穷，小家也穷，平日里难沾荤腥，一年到头，只有春节才能吃上饺子，算是补偿一年的辛苦。大年三十吃罢团圆饭，一家人热热闹闹围坐在一起，开始动手包饺子。这时候，包饺子不仅仅是为了满足对吃的需求，更是一家人唠家常、话亲情的最好形式，也成了我们熬夜守岁的重要内容之一。大家开开心心边聊边动手，不一会儿饺子就摆满了高粱秆编制的蒸箅上。

大年初一天不亮母亲就煮好了热气腾腾的饺子，挨个喊我们起床吃饭。为了讨个吉利，大部分人家都会在包饺子时选几个分币包在饺子里，预示吃到硬币的人有福。吃饺子时，不时响起的惊喜声，为家里平添了几分喜气。当然，这是北方人的习俗，据说南方人大年初一早上是吃汤圆的，寓意和北方人吃饺子一样，有祝福团圆幸福的意思。

团圆要吃饺子，离别同样少不了饺子。“出门的饺子回家的面”，这曾经是每次出差父母为我举行的必不可少的一道“仪式”。如今，孩子在外求学，我远赴乌鲁木齐工作，每次离别，一盘饺子又成了妻子对我们无言的叮嘱和祝福。古人有词云：“莫道离别愁几许，一饺此中揽。来年早归喜几多，吃饺话团圆。”饺子在中国人心中的分量可见一斑。

小时候吃饺子，基本以大白菜肉馅为主，因为早年兵团人家里屯得最多的是“老三样”：白菜、萝卜、土豆，萝卜吸油，油少了不好吃，土豆煮熟就面了，口感也不好。最适合包饺子的，无疑是白菜。而饺子皮，是母亲卷起袖子，手握长长的擀面杖，用尽了力气擀出一张大大的面皮，然后对折几下，用不远万里从宝鸡老家背回的那把大菜刀，切出一摞摞一边宽一边窄的梯形面皮。随着年龄的增长，我才知道原来我吃了这么多年的饺子，是人们叫作“馄饨”或者“抄手”的食物，只不过不同的是，我家的饺子皮大馅多，有些“巨无霸”的样子。一次到外地出差，遇见一家上海大馄饨，大碗端上来后令我惊喜不已——这不是年幼时常吃的饺子吗？后来父母也慢慢和大家一样，包起了圆皮的饺子。现在想想，可能是那时父母都在煤矿工作，家里孩子多，每天忙得像打仗，没有那么多“绣花功夫”，所以只好将就着。

刚工作那几年，每次到伊犁出差，吃得最多的是“老刘家水饺”，后来定居伊宁，依旧忘不了这一口，从解放路七巷，一路追到斯大林街三巷，不管它搬到哪里，我们一群单身汉总能找得到，那份专一，不亚于痴情女子对偶像的热爱。按当下时髦的话来说，我们可真算得上是老刘家水饺的“铁粉”了。那饺子馆火得，每次去都要排队等候。最特别的是，老刘家只卖一种饺子：纯牛肉馅水饺——圆滚滚的饺子，满满的牛肉馅，一口下去，满嘴流油。就这样，老刘家凭一个个小小的饺子供出了几个大学生。现在想想，生意这么好，无他，不过油水大尔！还有“水饺王国”“大连水饺”“刘姐水饺”，老伊犁人说起饺子馆，一脸满满的回忆，一脸满满的骄傲。要申明一下，这里我说的“伊犁”，其实是指伊犁哈萨克自治州的首府伊宁，老伊犁人的习惯，把“伊宁”叫作“伊犁”，可见伊宁市在伊犁人心中的地位多么显赫。

好在老百姓的日子越来越红火，食材越来越丰富，除了常见的饺子馅，有些小众的食材，更是令人难忘。记得10多年前在乌鲁木齐一家东北饺子馆，竟然吃到了西红柿鸡蛋饺子，多少年过去，当时的惊奇恍若昨天。还有地皮菜鸡蛋饺子、鲅鱼肉饺子，偶尔在伊宁市斯大林街三巷吃了一次，我便成了常客，可惜后来老板家里有事关门回老家，我只能怅然地回忆这两种美味了。还有一次在乌鲁木齐出差，路过北京路一家饺子馆，吃了一款三丁馅饺子，也是惊艳不已，别有风味。所谓“三丁”，笋干丁、豆腐丁、鸡肉丁也。记得有一次，大冬天一帮“驴友”去果子沟徒步，约好了返城后来我家吃饺子。吃什么馅呢？到菜市场买肉时看到水灵灵的大白萝卜，灵机一动，就选它了！当热气腾腾的白萝卜肉馅饺子端上桌，大家都觉得不可思议——只吃过萝卜肉馅的包子，第一次见白萝卜肉馅的饺子！没想到一筷子下去，换来一片“啧啧”声！还有酸菜肉馅饺子、豆角肉馅饺子、茄子肉馅饺子、红苋菜肉馅饺子、土豆肉馅饺子……凡是能想到的搭配，几乎都包进了饺子皮里。咱中国人对美食的热爱和创造力，真是令人叹为观止。

更值得高兴的是，吃饺子也不再是逢年过节的专利，寻常日子里想吃了随时可以端上桌来。有一天读到易中天先生的一篇文章，是写自己当年从石河子返回武汉途中饥肠辘辘之际在玉门火车站吃到一盘饺子的经过，读着读着，那狼吞虎咽的细节，竟然立刻勾起了我的食欲，当即去黄河路菜市场买回了肉和菜，撸起袖子、系上围裙，以最快的速度满足了自己的胃口。

包饺子次数多了，渐渐掌握了诀窍。首先是选食材，北方常见的不过是老三样：猪肉、牛肉、羊肉。猪肉用前胛肉，肥瘦相间刚刚好；羊肉用腿肉，肉质劲道、鲜美；牛肉最好用里脊，柔嫩多汁，回味无穷。纯肉吃着太腻，最好荤素搭配，无论从营养学还是口感来说，都比纯肉馅更胜一筹。我的体验是，猪肉搭配最宽泛，无论什么菜蔬，都可融为一体，相得益彰。牛羊肉相对讲究，新疆人多与皮牙子为伍，白菜、韭菜、芹菜也是不错的选择。随着物流的便捷，新疆人吃海鲜再也不是梦想，还有很多本地鱼塘养起了虾、蟹，有时候虾多了吃不了，试着包饺子，竟然成了“点睛之笔”，和韭菜搭配到一起，其鲜美程度非常见的纯肉馅饺子可比。于是乎，猪肉（或者羊肉）韭菜虾仁三鲜馅的饺子就成了我和儿子的最爱，没有之一。

加工饺子馅也是一门学问，绞肉机过于工业化，破坏了肉品的纹路，也破坏了味道，最好的选择还是手工剁馅。无论是猪肉还是牛羊肉，最好是顺着肌肉的纹理，先切成片，再切成丝，最后切成肉丁，拿起菜刀叮叮当当剁将起来，颇有些酣畅淋漓的快乐。这使我想起当年在菜市场看到的那个河南小伙子，凭着两把菜刀、一个菜墩，几乎带着妻儿走遍了大江南北。可见只要有一双智慧的眼睛，处处都有商机。

肉馅剁好后，调馅子也是一门技术活，有些“独家秘籍”常常有神奇功效。为了使饺子馅鲜嫩可口，打一个鸡蛋，和肉馅掺拌一起，生姜剁碎，炸花椒油，炸过了花椒的热油浇在肉馅和调料上，嗞嗞啦啦冒出一股油烟，多了份人间烟火的热闹。至于酱酒、料酒、蚝油、鸡精，它们似乎是短视频里大厨的必备神药。我更崇尚食材本真的味道，鸡精绝对不用，如果说郫县豆瓣是川菜的灵魂，那么小葱就是饺子的灵魂。我的习惯，无论用哪种肉做馅料，香葱都是必不可少的配角，有了这配角，主角的味道才能得以提升，可见红花、绿叶，一个都不能少。

如今中国人的节假日越来越多，消费在“三驾马车”里的分量也越来越重。刺激消费就成了各级政府拉动经济的重要手段之一，政府鼓励大家花钱，这样的好事何乐而不为呢？于是老百姓就可着劲过好日子。这时候，不仅仅是节日，节气也成了消费的引爆点。冬至，就是在这样的背景下以几千年来最隆重的方式走进人们的日常。每年的冬至，幼儿园、养老院、单位食堂、社区，很多单位都会组织以传承中华文化为主题的包饺子活动，汉族、维吾尔族、哈萨克族、回族……大家欢聚一堂，其乐融融，用最日常的生活场景，把中华民族共同体这个伟大的命题演绎成一种行动自觉。饺子馆，则迎来了一年一度的高光时刻，别说那些名气大的网红店，就是平日里门可罗雀的冷清门面，这一天也是一座难求。

冰箱的出现使饺子的生命力更加旺盛。那些年我曾经一个人带着儿子过，周末或者夜深人静的时候，我常常一个人包饺子，一次包几板，然后放进冰箱里冻起来，下班回家不想动手的时候，就直接把冻饺子下锅煮了吃。有朋友开玩笑说：“你一个人包饺子不觉得乏味吗？”我开玩笑说：“记得曾经看过一个故事是说秦始皇时期很多青壮年被抓去修长城或者守边关，有一个年轻的妇人，长年一个人在家，为了度过漫长而孤独的夜晚，就在油灯下数黄豆，一颗一颗地数，数完了倒在桌子上，然后再一颗一颗地捡起来装进罐子里。我现在包饺子不就是和那个数黄豆的妇人一样吗？”朋友们大笑不已。

没承想年过半百，我竟然远离伊犁，一个人在首府打拼，周末的时候，包饺子又成了我消磨时间的方式之一。当我系上围裙开始剁馅子，听着菜刀和菜板叮叮当当奏响生活的乐章时，眼前不由浮现出一个个亲人和朋友们的音容笑貌，日子便一天天连接成长长的思念……

馒头是味药

一

太阳的余晖洒在高大的白杨树上，老远望去像是身披金甲的勇士，守护着我家的院落，呈现一派祥和美好的景象。我不由得加快了脚步，吆喝着羊群往家走。

“前有园，后有圈，中间夹个小宫殿。”这是当时兵团连队职工家庭的统一布局。我牵着黑哞，赶着羊群往屋后的羊圈走去。说是羊圈，其实牛羊混杂，圈里长年积累的粪便虽然被勤劳的父母整齐码在墙边，可那熏天臭气和满天苍蝇仍然让我嫌弃不已。

父母似乎并不觉着，他们满口都是对兵团实行责任制分了自留地的感恩，每天脸上堆满了富足的笑容。当然，我也能感觉到饭菜里的油水慢慢多了起来，所以每天放学回家会很积极地去给父母搭把手，放牧自家的牛羊。黑哞就是父亲赶巴扎时买回来不久的一头小母牛，据说是什么荷斯坦奶牛，因为满身黑白花色，我家这头可能血统不够纯正以黑色居多，我就给它起了个名叫“黑哞”。母亲说，等它长大下牛娃子了，我就能喝上又香又浓的牛奶了。于是我满心欢喜，对黑哞格外照顾，每天都会给它找最好的草吃，回家也不忘加一把苞谷豆给它。

可是这天出了意外，进院门的瞬间，看似驯服的黑哞突然从我手中挣脱，扭头就朝不远处的树林跑去，我一边大喊着，一边去追它。父亲听到喊声，立即抄近路朝树林尽头的干渠跑去，我明白了他的意思：是想在黑哞跳过干渠前拦住它，不然再往前就是开根河和一马平川的戈壁滩，想抓住它就更难了。

果然不出所料，父亲赶在黑哞的前面拦住了它，可是黑哞并不服输，一看此路不通，立即顺着干渠朝下游跑去。我和父亲一个在前，一个在后，一个朝南，一个朝北，气喘吁吁地对黑哞围追堵截。

可是黑哞依然突围，撒丫子朝第二道天堑开根河跑去。反反复复折腾一番，结果照旧。我和父亲不甘心，只能一路追赶，寻找一切机会进行拦截。看着父亲老当益壮的身影，我禁不住更加崇拜——别看老爸当年是骑兵出身，这脚上功夫一点也没丢！

一路上和黑哞斗智斗勇，不停打着拉锯战，我们父子俩始终没能如愿。当我们停停跑跑，一路大汗淋漓地跟着它来到一个村庄时，已是半夜时分。听到有生人进村，村口的看门狗立刻喊叫起来，像是在给全村的狗报信。这下村子里热闹起来，几乎全村的狗都聚集到一起，追赶着我和父亲，愤怒地声讨我们打扰了它们的好梦。

就这样在狗们的一路纠缠中我们来到一个高高的农家大院。黑哞已经在深情地呼唤了，听到黑哞的叫声，农家后院也很快有了回应，是一声更比一声高的牛哞声，那声音一听就知道是黑哞的母亲。原来黑哞是想家了。

于是此起彼伏的牛哞声就在寂寞的村庄拖长了调子。母女俩的二重唱和狗们的大合唱很快惊醒了主人。当老两口提着煤油灯看到在院门口急切地用蹄子刨着门的黑哞，随后又看到坐在石墩上喘着粗气的我们爷俩，简直惊呆了。

主人赶紧打开圈门先把黑哞放了进去。黑哞立即跑到一头闪着油亮毛色的黑白花母牛跟前，迫不及待地跪下大口吞咽着香甜的乳汁。母牛则开心地甩着尾巴，低下头亲热地舔着黑哞。

“走，先让这小牛犊子吃个饱，让它们娘俩好好亲热亲热，你们父子俩也跑累了吧？到家里休息一会儿，喝点热水！”主人用浓浓的山东口音对我们说。

听说我们还没有吃饭，男主人立即叫老伴拉起了风箱，不一会儿就端出了一大盘白花花热腾腾的杠子馍，还有一大盘白菜粉条肉。我和父亲早已饥肠辘辘，再三谢过就狼吞虎咽地大口吃起来，一路的疲惫似乎一扫而光。

返回的路上，清冷而皎洁的月光照在大地上，为了抄近路，我和父亲深一脚浅一脚地走在刚收获过的秋翻地上，但我的兴致空前高涨，一路上在心里起草了一句又一句描写月亮的文字。无疑是那香喷喷热乎乎的大白馒头给我带来了好心情，从而激发了创作的灵感。

可以毫不夸张地说，这是我一生中记忆最深刻、最香甜的一顿白面馒头，现在想起来，满嘴的麦香还在舌尖萦绕。

二

多年以后，我看到文友的一篇文章《小麦是一味药》。这个标题紧紧地抓住了我的心，我迫不及待地一气读完，有种醍醐灌顶之感。

查阅医典，不禁为自己孤陋寡闻汗颜不已：原来我们熟视无睹的小麦不仅是味中药，而且疗效竟然如此宽泛。小麦，中药材名。本品为禾本科植物小麦的种子或其面粉。功能主治：养心，益肾，除热，止渴。治脏躁，烦热，消渴，泄利，痈肿，外伤出血，烫伤。

唐朝的《本草拾遗》中说："小麦面，补虚，实人肤体，厚肠胃，强气力。"《广群芳谱》言，小麦"生青熟黄，秋种夏熟"，才"具四时中和之气，兼寒热温凉之性"，从而"继绝续乏，为利甚普"。

我无法得知，作为人类最早种植的粮食作物，原产于北非或西亚的小麦是怎样来到华夏大地。但是我能清楚地记得，当初考古学家在我们新疆的孔雀河流域楼兰古国的小河墓地发现了4000年前的炭化小麦时惊喜的情景。据考证，最早人们种植的是春小麦，后来发觉它的营养价值和口感都差强人意，遂不断摸索，终于在春秋时期普及了冬小麦的种植技术。

内地很多省份，受自然条件限制，只能种植春小麦，新疆却是春小麦和冬小麦并存的区域。春季播种，仲夏收获的，称之为春小麦；上一年，10月播种，第二年初夏收获的，称之为冬小麦。算起来，春小麦生长周期不过百天左右，冬小麦则长达200天以上，且经过了漫长的冬季，可谓饱经风霜。春小麦和冬小麦，就好比如今快速育肥和自然放养的禽畜，其营养价值和口感孰高孰低，自然一目了然。欲速则不达，在自然界，时间往往是最公平公正的。

其实人类又何尝不是如此呢？经历了苦难和挫折，会变得更加坚忍和顽强。难怪古人云"天将降大任于是人也，必先苦其心志，劳其筋骨，饿其体肤，空乏其身……"

可是，为什么几千年后的今天，春小麦依然没有绝迹呢？自然环境的因素不可回避。新疆有着丰富的地形地貌，其中高寒山区占了很大比例。很多山地"冬长无夏，春秋相连"，无霜期不过百天，可以生存的农作物少之又少，于是在曾经"以粮为纲"的年代，种植春小麦成了不二的选择。

由于小麦对气候的适应性宽泛，其栽培发展速度明显高于其他农作物。尤其新中国成立后小麦的品质和单产提升速度超过了几千年的总和。记得我刚工作的20世纪90年代初，农业种植技术领先全国的四师驻伊犁河谷团场，冬小麦“千斤田”是一个值得骄傲的数据和奋斗的目标。而如今，单产800公斤的捷报已经成为常态。

新中国成立之初的新疆，粮食匮乏，生产工具落后，著名的开国将军王震奉命率领驻疆部队在石河子附近的玛纳斯河流域，开展了大规模的生产运动。

时任美国副领事的马克南，在仓皇逃离乌鲁木齐时曾断言：共产党的军队将会饿死在新疆！

但是事实狠狠打了马克南的脸——王震将军及其麾下的11万军垦大军，在每天口粮只有200克、夏季蚊虫成群、冬季滴水成冰的极端恶劣条件下，艰苦奋斗，自力更生，仅用了一年时间，就开垦出了533平方千米土地，产粮6000多万斤。大片的麦浪覆盖了整个玛纳斯河流域的荒原，如同一首盛开的赞歌！如今石河子广场上人拉肩扛的那幅军垦第一犁雕像，真实而生动地再现了那个艰苦岁月里最寻常的场景，向世界证明了一个真理：幸福是奋斗出来的。

小时候，每年的麦收时节也成了孩子们的节日。兵团的连队都有统一的晒场，我们叫“大场”，也就是把寻常泥土地夯实了，再打个围墙围起来，专门晒粮食用。小麦割下来，摊开晾晒，晒干了得用石头轱辘碾压，最早是人推马拉，后来改成小四轮拖拉机拉石头碾子。麦穗碾碎了，大人们用木锨迎风扬起，麦粒和麦糠自然分离，我们称之为“打场”。

大人们没日没夜争分夺秒地颗粒归仓。到了晚上，200瓦的大灯泡像个太阳，把大场照得白昼一般。孩子们呢，成了脱缰的野马，满院子大呼小叫你追我赶，玩累了，躺在清香的麦粒上，或者钻进个麦草垛子里就睡着了。

记得20世纪八九十年代，伊犁昭苏的春小麦成了当地政府和农民心头一块无法抹去的阴影。因为海拔高，只能种植春小麦，可是问题随之而来：一是没有水源浇灌，只能靠天吃饭，收多收少，只能看雨水多少，农业工作者形象地称其为“雨养农业”。即使雨水多、小麦长势好，冰雹又成了人们的心头大患，眼看就要收获了，一场冰雹袭来，颗粒无收是常有的事。

随着科学新技术的普及，开渠引水，高炮防雹，年年大丰收终于不再是梦想，可随之而来的销售难又成了令人头疼的事。

20世纪90年代初，跑记者的我最怕的就是去昭苏垦区，最怕看到大场上小山一样堆积的麻袋，最怕看到风里雨里长出的麦芽，最怕看到团场领导和职工的满脸愁容。那几年，昭苏人民吃着用发霉的、发芽的麦子磨出的面粉蒸的馒头，又黑又硬，难以下咽。为此，每一年为昭苏麦农呼吁解决“卖粮难”似乎成了我们的固定功课。

好在，最终找到了破解的办法，那就是种植业结构调整，当地政府因地制宜，逐步削减春小麦种植面积，引进适应高原种植的高芥酸油菜，扩大马铃薯种植面积，还有香紫苏等香料作物，有效规避了自然灾害和市场带来的风险。

与此同时，人们一直在探索着小麦优质高产的秘籍。

小时候，常听连队职工喊一个戴着深度近视镜的叔叔为“地老虎”，长大了才知道，这位名叫邓世雄的农业技术员一辈子坚守在连队，痴迷研究冬小麦新品种，因为年轻时他没日没夜守在麦地里，为了确保小麦种子安全，他经常深翻土地抓一种叫作“地老虎”的害虫，所以得了这么个代号。

参加工作后，作为团场的新闻干事，对兵团事业有了更加直观的认识，这时说起“地老虎”叔叔，我的心里充满了敬畏。走出团场多年，常常回想起他那厚厚的眼镜片和粗糙的双手。2009年，当我得知凝聚邓老一生心血的伊农—61小麦新品种夺得了单产867公斤的高产，打破了四师纪录、伊犁纪录，立即带着记者前往他的试验田，采写了新闻《邓世雄：伊犁垦区的“袁隆平”》，向人们展示这位基层高级农艺师的丰硕成果。

第二年，邓世雄获得新疆生产建设兵团第四师第二届“感动四师”十大人物称号。

其实，何止邓世雄呢？在兵团，每个团场、每个连队都有一群和邓世雄一样穷尽一生研究农作物的基层技术员，他们是真正把论文写在大地上的践行者。有了这样一群和小麦一样朴实、执着的人，我们才能实现“中国人的饭碗要端在自己手里”的誓言。

三

在中国，馒头应该是以小麦为主要原料制成的最大众化也是最具代表性的食品，没有之一。无论大江南北，哪个人敢说自己没有吃过馒头呢？更何况没吃过猪肉，谁还没见过猪跑？尤其在北方人的心中，馒头是小麦的化身，也是生活里最常见的伙伴。

在路遥的长篇小说《平凡的世界》里，陕北革命老区的共产党员田福军最大的心愿就是让老百姓都吃上白面馍，孙少安拉砖挣了钱，最好的回报也是让全家人吃一顿白面馍。30多年后这部经典之作终于被搬上荧屏，剧中少安父亲让馍的情景，戳中了我的泪点，在我的记忆里，父母何尝不是如此。

小麦是味药，由此引申开来，是不是同样可以说馒头是味药呢？小麦是草药，馒头应该是中成药。

据说馒头之名得之于三国时期。蜀汉建兴三年（公元225

年），诸葛亮统兵南征，过泸水，忽然阴云密布，狂风大作，巨浪滔天。他忙问孟获何故。孟获说："此地多有战争，官兵战死无数，每遇军队，客死异乡的冤魂就兴风作浪，故凡渡水者，必用蛮头祭奠与供奉。"在1700年以前，北方人称南方人为"南蛮"或"蛮夷"，所以简称南方人的头为"蛮头"或"蛮首"，总之是南方人的脑袋。砍"蛮头"祭河显见是一种极端的野蛮行径。诸葛亮灵机一动，命人和面粉包羊肉，做成一个个"蛮头"之状，代之祭河。不知河神是否被诸葛亮糊弄过去，但终究救人一命，胜造七级浮屠。从这个角度说，馒头一出世，就救了人命。

从那以后，叫作"蛮头""蛮首"的面制食品就得以广泛流传，"蛮"字亦演化为"馒"，多为发面蒸制，南方人称之为"馒头"，北方人习惯称之为"馍"或"蒸馍"。逢年过节，祭拜祖先，走亲访友，各色馒头依旧是必备之物。

馒头是味药，原料很重要。新疆人买面粉，上来第一句话就是："冬麦还是春麦？""当然是冬麦，我们的面粉都是冬麦磨下的！"对方一定会拍着胸腔子说。

为何？最直观的感受是，冬小麦的面筋度高，不管是蒸馒头还是拉拉条子，吃着口感好，顶饿。这让我想起有家中药厂的广告语："药材好，药才好！"

年少时，由于我家所在的连队小，没有开办当时兵团团场最普遍的"子女学校"或"简校"，我只能到相邻三四公里的七连子校走读。每天中午是我们一帮走读孩子最快乐的时候，大家围着火炉拿出从家里带来的午饭，一起烤着吃。看看炉盘上，红薯、土豆等杂粮五花八门应有尽有，但最多的还是馒头，随着炉火慢慢烘焙，教室里弥漫着粮食的清香，烤得微黄的馒头放进嘴里，发出咔吧咔吧的脆响，把我们简单而又丰富的午餐烘托得有声有色。虽然这时小麦粉还不是很富余，但是每个父母，总是把最好的留给孩子。

后来到团子校上中学，每天上午最后一节课咕噜咕噜叫得肚子成了盼着下课的催命符。

紧赶慢赶到了食堂，门口早已排满了队。没有窗口，门口摆个长条桌，上面摆个大铁盆，里面盛着满满的白菜粉条或者土豆丝，旁边巨大的蒸笼里热气腾腾，整个伙房笼罩在迷雾里。

“菜夹馍，快接住！”食堂大妈趁热抓起个大馒头，用菜刀一剖为二，夹一大铁勺白菜粉条或者土豆丝，很豪气地大喊一声递过来。接的时候很有讲究，须用双手抓紧，否则菜就漏了出去。

每天中午，食堂外一群群小心翼翼地捧着个菜夹馍狼吞虎咽的中学生成了最寻常的风景。200克的大馒头，我们竟然能一口气吃下去两个。“半大小子，吃穷老子”，这话一点不假。

现在想起来，那粗糙发黄的大馒头，似乎有种特别的味道，是今天白得晃眼的净白粉面馒头比不了的。也难怪有人又想着法子，把面粉厂好不容易才分离出来的麸皮和特一粉掺和到一起蒸馒头，美其名曰“全麦馒头”。

当初搬到伊宁市开发区居住，每次去黄河路菜市场，总会看见一家没有招牌的店门口有三三两两的人排着队，店门口横着一根细细的木条，算是闲人免进的提示。经过的次数多了，才知道是一家手工馒头店。人到中年的夫妻俩，就靠这常见的食物营生。每天光顾的大多数都是老顾客，习惯了他家的规矩，见门口横了木条，就自觉排队。馒头出笼，男人挪开木条，按顺序招呼顾客。要想提前预留，对不起，顾客多，太忙，记不住！

怀着半信半疑的态度，耐着性子排队买了几个，还真别说，这馒头看着不起眼，甚至有些丑，但它让我想起了小时候的滋味，想起了母亲的味道！看样子这小小的馒头，充满了传承，蕴含着一丝不苟的态度和精益求精的技巧。

说到馒头的药用价值，我是见过真实病例的。大姐夫得了胃病，整天抱着肚子皱着眉头。后来得了个偏方，把馒头切成片，放到炉子上烤成馍片，吃了一段时间，眉头竟然真的舒展了。前不久有个同事被胃酸折磨得不厌其烦，我告诉他这个方子，当即去零食店买了几大包烤馍片，每天嚼得嘎巴响，满脸的期待和享受。

这么多年，从没有自己发面蒸馒头，于是也想尝试一下。好在现在信息发达，通过互联网做足了功课。

同学分享发面秘籍：用白酒和白糖发酵，绿色健康老味道，蒸出来的馒头又大又暄！

我满怀信心，却几次三番失败，蒸出来的馒头硬得像个石头蛋子，扔出去可以砸死人！

舍不得扔，切成丁，连吃了几顿炒馒头。

妻子听了说："你就是作，现成的发酵粉不用，偏要弄些稀奇古怪！"

这分明是返璞归真，怎么能叫稀奇古怪呢？好吧，那就用发酵粉吧，可还是不行，再一次失败，真是怪事！

一咬牙，干脆来个"博取众家所长"，发酵粉、白砂糖、白酒一起上，然后把面盆放在阳台上，白糖和白酒成了催化剂，加速了酵母的分解。不到一个小时，面盆里就溢出蓬松松的面团，用手指一按一个大坑。终于成功啦！我惊喜不已。

别急！这只是第一步，还要把蓬松的面揉成有韧性的面团，再醒一会儿，然后搓成长条，用刀切成一个个面剂子，撒上面粉，以防粘连。接下来，把面剂子揉成面团，每个面团至少要揉100下，然后再放到蒸笼里醒半个小时，最后开火蒸半个小时。

考虑我的耐心有限，妻子给我的指标是70下。干脆揉81下吧，就当是《西游记》唐僧师徒历经九九八十一难，最终修成正果，我想。

当我揭开热气腾腾的蒸笼，看着那一个个白白胖胖的馒头真是可爱极了，这时的心情，比完成了一篇自以为得意的作品还要开心。

当晚，我的微信朋友圈被一盆面、一笼馒头霸屏。

实践出真知，做馒头的次数多了，得出一点心得：面发得稀软，揉起来轻松，蒸出的馒头蓬松，可吃着总觉得缺点什么。面发得干硬，揉起来费劲，但是蒸出的馒头吃着有嚼劲，口感更好。看样子，不管做什么，一分付出一分收获，一点不假。

如今，我们终于不必再考虑能不能吃上白面馍，可随着人心变得精细，小麦粉也越来越精细，还有些馒头甚至被“化了妆”，白得让人忘了它的本来面目。

每一碗美食里都盛满了对父母的思念

有人说，一个人对故乡的思念，首先是从胃开始。而我以为，胃的记忆莫过于父母给我们的最初启蒙。如今，父亲和母亲都已过了百年，在这个世上，我成了没有来处的人。可是我的记忆，宁愿永远停留在过去，儿童，少年，青年，中年，那些和父母在一起的日子，多么温暖。而其中，父亲和母亲为了一家人付出的操劳，那个艰苦岁月里的美食记忆，更是足以陪伴我一生。

小时候，最盼望出差或是回老家探亲的父母回来，想念是一回事，惦记那一口好吃的，也是心底里的“小九九”。父亲祖籍四川，10 多岁就被国民党抓了壮丁，新中国成立前参加“9 · 25”松山起义，成为解放新疆大军中的一员。按理说，父亲是没有机会学习厨艺的，但是很奇怪，父亲做饭就是好吃，我想这可能是四川人的天赋。正因为如此，我们家兄弟姐妹 8 个，我和哥哥们都是受到父亲的影响，很早就学会了做饭。

每当操持厨艺时，我总会想起父亲，因为父亲是我的启蒙老师。比如杀鸡，我总杀不好，每次都会把现场弄得鸡飞狗跳、一片狼藉。这时我就想，要是爸爸在多好啊！他总是那样干净利落，游刃有余。记得成家后有次朋友给送了只老母鸡，我便兴致勃勃地收拾起来。一切都按记忆中父亲的程序进行，杀鸡的过程自不必说，依旧不很流畅，取内脏时鸡肠破裂，弄得满手鸡屎，臭气熏天。据说鸡胗里那一层薄薄的内膜，晒干后是一味中药，名曰鸡内金。所以，每次剖开鸡胗，我多么想和父亲一样，沿着皮薄处划一圈，取出一个完整的鸡内金，可是功夫不到家，总是把鸡胗弄得千疮百孔，狼狈不堪。最为遗憾的是，到最后一步，才发觉鸡嗉子没有取出来，差点成为盘中之餐。这时我多么怀念父亲啊！可是有什么办法呢，如今我也做了父亲，必须独立面对这个世界。甚至，还要和父亲一样，为一家老小遮风挡雨。

节俭的父亲不会丢弃任何一个可以果腹的食材，即使是最难收拾的鸡肠子，他每次都会用筷子捅着一点点翻洗干净，成为盘中最受欢迎的美味。可我却没有耐心，通常是一丢了之。如今连杀鸡都有了专门的机器，我很少自己动手了，但经常想起父亲当年在庭院里忙碌的身影。

记得小时候，经常会有人开着苏联产的嘎斯车来煤矿卖鱼，车厢里是满满的刚从伊犁河打出来不久的鱼，鱼的品种繁多，大小不一，价格统一，任由顾客选购。记得湖南来的蒋叔总是爱挑一种鳞片细小、身体细长的鱼，说刺少肉瓷。现在想想，应该是俗称“狗鱼”的乔尔泰，伊犁河里已绝迹多年。而父亲，总是爱买通体金黄的大鲤鱼。或许是那时的食材天然，记得父亲做鱼，没有什么复杂高深的讲究，不过是备齐了葱姜蒜，收拾好的鱼用油一煎，慢火炖出来，一口下去，浸满了汤汁且有嚼劲的鱼肉瞬间让唇齿沦陷，恨不得三口并作两口，或者干脆直接全都扒拉进嘴里！可是如今我怎么做，也做不出父亲的味道，只能埋怨人工养殖使我们失去了美食的基础。或许，我对父亲的眷恋才是记忆的源头，很多时候，我们不是在品味美食，而是在品味亲情，是亲情给食物赋予了无与伦比的内涵。

20世纪80年代初，六十一团煤矿建制撤销，整体搬迁回到团本部新成立了园林二连，父亲成了分管畜牧的副连长。这段时间父亲常常骑着马去山里的夏牧场看望牧工，回来的时候，马背上的褡裢里，总会有牧工们硬给塞进去的美味，至今想起黄羊肉干还是让我直咽口水。每次当父亲从褡裢里拿出肉干，我都会迫不及待地拿过一小块，一股脑塞进嘴里，一股略带膻味的咸鲜味立刻随着口水咽进了肚里。可是，由于肉干太硬，一下无法嚼烂。父亲则示范给我看，顺着肉干的纹理，用手撕成一丝丝。那种带着韧劲的鲜香，真是越嚼越有味道，让人欲罢不能。

母亲是陕西人，爱吃面食，虽然经过父亲这一代军垦人铸剑为犁，屯垦开荒，兵团的绿洲面积越来越大，粮食连年大丰收。20世纪70年代小麦粉依然是稀罕物，当年有句顺口溜形象地道出了兵团的现状："粗粮吃，细粮卖，兵团的姑娘不对外。"所以，我们的日常基本与金灿灿的苞谷面为伴。

苞谷面发糕管饱吃，比食不果腹的逃荒者自然幸福了很多，但是新的问题又来了：在缺菜少荤的情况下，发糕吃多了胃酸烧心，以至于每当热腾腾、黄灿灿的苞谷面发糕出笼，我们的胃都会产生翻江倒海的条件反射。母亲便想方设法把这简单的食材做出花样来，可是巧妇难为无米之炊，那个年代，又能做出什么花样呢？当然，和发糕相比，搅团堪称美味。搅团的做法也很简单，把水烧开，苞谷面撒进去，边撒边用铁勺按顺时针搅动，直到面糊糊越来越稠，最后搅起来很费劲，说明劲道够了，大功告成。搅成一团，就叫搅团，多么形象生动的名字。搅团放凉之后，凝固成块状，形似凉粉，用刀切成小块，浇点油泼辣子和醋，酸辣爽口，有化腐朽为神奇之功效，若是再有点葱花、香菜之类的，更是锦上添花，恨不得把碗底都舔了。于是母亲每次从老家回来，陕西的辣子面便成了行囊里必不可少的稀罕物，我家的油泼辣子搅团，也成了很多拉煤师傅津津乐道的美食。

一种食物吃久了，终究会产生味觉疲劳，以致让我对搅团产生了又爱又恨的矛盾心理。20 世纪 70 年代末，我和母亲一起来到了她的老家——陕西省宝鸡县虢镇，在这里，更是一天三顿离不开搅团，我的胃很快便提出了抗议。这时候，星期天成了我最大的期盼。因为每逢星期天，大表哥就会带着我去镇上赶集，而且每次都会给我买一块白面锅盔。每次看着摊主把面盆大小、两面金黄、冒着热气的锅盔用刀切开，我就觉得一股麦香扑鼻而来。当我用手捧着这块香喷喷、厚墩墩的锅盔，小心翼翼地掰下一块放进嘴里，旁边的小朋友用满是羡慕的眼神盯着我，看着我一口一口把锅盔吃完然后心满意足地舔嘴。现在想想，当时我吃的不仅仅是锅盔，更是一种享受特殊待遇的优越感。

这也使我多年以后经常梦回虢镇，回到那尘土飞扬的乡镇集市。虽然只有短短几个月，少年走读的乡村小学和长满野菜的原野都深深地烙在了我的记忆里。甚至得意扬扬地想起乡党们怀着好奇的神情指着我，说：“看，那个白白胖胖的就是新疆娃！”

到了 20 世纪 80 年代，团场的冬小麦连年丰收，我们再也不用为顿顿吃搅团而皱眉头了。这时候，母亲手擀面的手艺得到了尽情发挥。有一年从老家回来，她不仅背了辣子面、黄花菜、黑木耳，还有一把款式奇特的大菜刀，从此我们便常常看着母亲围着家里的大案板，用一根长长的擀面杖为我们擀面。由于家里人多，每次擀面得擀一张桌面大小的面皮，面皮擀好后，她用擀面杖顺次把面叠起来，再用这把大菜刀一刀刀切成丝，然后抓起来抖开，一缕缕摊在面板上。现在想来，那刀身之笨重，堪比杀猪匠的斩骨刀，母亲当初拿着它怎么会那样游刃有余，为我们做出一锅锅的臊子面。

后来电视连续剧《封神榜》热播，才知道我曾经匆匆逗留的小镇竟然在历史上大有来头，它不仅是个有着诸多历史典故和传说的地方，也是中国最古老的地名之一，具有几千年历史。“虢”在汉字里是一个特立独行的存在。最早是以姓氏出现，在周朝末周幽王有个官员叫虢石父，他就是“烽火戏诸侯”的始作俑者。而在唐朝历史中颇具争议的杨玉环有3个后来被带入宫中的姐姐，其中一位后被封为虢国夫人，所谓“虢国夫人承主恩”中的虢国夫人便是她的封号。“虢”这个字在汉语汉字应用中除虢镇、虢王外几乎少见，它不能组成词组，不能组成句子，不能当作单词使用。可惜，如今宝鸡县虢镇已不复存在，随着宝鸡县撤县改区，成为宝鸡市陈仓区。想必大家一定对“陈仓”这个地名不陌生，没错，这就是历史上汉高祖“明修栈道，暗度陈仓”的那个陈仓。

而父亲的老家万源市则充满了苦难和悲壮。虽然随父母回万源时我还年幼，但是山里的野葡萄、野蘑菇、老腊肉、嫩竹笋的味道常常出现在我的梦境里。20世纪80年代我常常为父母代笔给两地间传递亲情，“四川省达州专区万源县丝罗公社木马寺村”这个地名早已经深深地刻在了我的脑海里。几年前，婶婶还寄来了她亲手采摘的黑木耳和在石头上晒干的土豆片，让父亲在离世前再次品尝到了家乡的味道。后来查了资料才知道，万源市是第二次国内革命战争时期川陕苏区的重要区域，曾经有14万老百姓参加革命，素有“红色万源”的美称。1934年，徐向前、李先念、许世友等红军将士在万源进行了红四方面军历史上“时间最长、规模最大、战斗最艰苦、战绩最辉煌”的万源保卫战，留下了许多可歌可泣的传奇故事——许世友血战大面山，张才千激战玄祖殿，李先念阻敌花萼山，徐向前夜袭青龙观……我想：这也是父亲后来加入解放新疆、保卫新疆、建设新疆大军的动力之源吧。

宝鸡厚重的历史文化，万源悲壮的红色传奇，让我这个兵团二代为此骄傲不已，也更加理解了为什么兵团能够如此博大宽厚，让来自五湖四海的兵团人心甘情愿在这里“献了青春献终身，献了终身献子孙”。因为，这里是中华文化的集大成之地。

镇江味道

一

初到乌鲁木齐，人生地不熟，加上面对陌生的行业，颇感身心疲惫。此时唯有一杯香茗成了我思乡的慰藉。看着一粒粒形似雀舌般的芽尖，个个精神抖擞，泡入杯中上下沉浮，有的似窈窕淑女裙袂飞舞，有的像列阵的士兵身姿挺拔，观赏之余一缕清香飘来，顿感心旷神怡。随着一口口茶水入喉，我的眼睛渐渐湿润了，脑海里浮现出赠茶人严肃而又亲切的面容。

记得是 2010 年春天，第一次中央新疆工作座谈会召开后，很快确定了江苏省镇江市对口援建新疆生产建设兵团第四师。作为四师人，我们听到这个消息都很失望，因为之前坊间传闻，由一个江苏综合实力排名靠前的大城市对口援助我们，最后尘埃落定，却变成了不温不火，甚至排名靠后的镇江，真是应了那句流行语：理想很丰满，现实很骨感。

很快，援疆干部来了，四师和镇江联合成立了镇江市对口支援四师前方指挥组，由镇江挂职的副市长丁憬任组长，同时兼任四师副师长、霍尔果斯经济开发区兵团分区管委会党组书记、主任。高大的身材、文雅的气质、独到的见识、犀利的口舌，这是我对他的初步印象。当然，最后还要加上一句：柔软的内心。这是他离去后我对他更全面的认识。

记得到任不久，丁憬就邀请四师新闻口领导小聚，也就是在这个特别的场合，聆听了他对兵团分区的发展理念：大跑道才能起落大飞机，大平台才能承载大企业。很快他用行动兑现了承诺：兵团分区实现了“五年任务两年完成”，建成了基础设施完备的国家级园区，沿海企业纷纷落地，成为丝绸之路经济带核心区的一颗明珠。第一期援疆任务结束，丁憬没走。第二期结束，他干脆申请由援疆改为任职。按他的话说不为别的，只想“为咱兵团干点事”。

丁憬是个爱憎分明、敢作敢当的人。2014 年底他出任四师党委副书记，这也是四师成立 60 多年来第一次任命专职党委副书记，算是开了四师先河。听说自己分管宣传口，他立即专门召集相关部门领导开会，确定了追加广播电视台 1200 万元广电网络双向网工程和伊犁垦区报社中央厨房援疆项目。

有人说丁憬“护犊子”，我深有体会。2017 年初，我作为四师可克达拉市第九期中青年后备干部培训班学员到师市两办室挂职，他当着两办室主任邓新文的面开门见山地说道：“我这里缺一个副主任，有人给我推荐了四五个人选，我看你还行，所以专门点名要你来两办室挂职，你要是愿意，就留在这里负责处理我的事务吧。”

这期间，从 2011 年就跟随他来援疆的秘书王光国为了照顾家庭，要求返回镇江工作，虽然很舍不得，但丁憬还是同意了，并且多次为了王光国的工作安排和镇江市委、市政府的领导沟通。记得刚回去的时候王光国被任命为镇江市政府办公厅副调研员，丁憬知道后很不满意，他对我们说：“光国同志为了援疆事业丢下老婆和孩子 6 年多，这个安排不合适，不足以体现组织对他的重视和关怀！”后来在他的努力下，王光国被任命为一家国企的领导，经济收入有了大幅度提升。不仅仅是王光国，随后几年里，凡是镇江来四师可克达拉市援疆的干部，在师市怎么挂职，回去安排什么岗位，他都会一一跟踪落实，事无巨细，无微不至。

在两办室挂职不久，有一天下午临下班，丁憬把我和秘书小梁叫到一起，说："明天上午师里要开一个招商引资调度会，你们俩一人给我写一个讲话材料，我看看谁写得好。"我一下蒙了，连忙问小梁："基础材料呢，哪些部门提供？""哪有人提供，全靠平时的积累！"

那怎么办？说实话，当了近20年总编，虽然天天在审稿子，自己也笔耕不辍，可新闻、文学和写材料完全是两码事啊！更何况大脑里没有相关知识储备，两眼一抹黑，怎么写！想了一下，我只能愧疚地对小梁说："今晚只能辛苦你啦！"第二天，当丁师长得知实情，没有说什么，只是看了我一眼，说："走吧，跟我开会去。"我的心里充满了羞愧，但是想想汪曾祺连请假条都不会写，我写不好材料似乎也情有可原。这样一想，心下稍安。

这天的会议，丁憬没有拿着小梁的讲话稿照本宣科，而是摊开自己的黑色笔记本，讲了一上午。后来我才知道，这也是常态：丁师长爱读书，爱做笔记，很多发展思路和人生感悟，都随时记在这本厚厚的笔记本里。也是在一次会议上，听他和大家语重心长地讲班子团结的重要性，用"白头如新，倾盖如故"典故来教导大家。这样的典故似乎都在他的脑海里，在大会讲话中信手拈来，这使得他的讲话接地气，又富有哲理。自然，3个月挂职结束，我有负领导厚望，只能回到电视台，继续当我的总编辑。走之前，丁师长把我叫到办公室，拿出两盒金山翠芽："这几个月你也辛苦了，这是我们镇江最好的茶，你拿回去喝吧。"可是，我却没有心思品味这茶中新秀。我想：我的仕途也就到此为止了吧。

2016年9月，任师长、市长后，丁憬又把全部精力投入到了可克达拉的城市建设中。城市怎么规划、园区怎么建设、树怎么种，甚至小到每个公园、每一处景怎么设计，他都会和具体的执行者沟通。可以毫不夸张地说，每一个可克达拉市的建设者说起丁憬，都能讲出一两个和自己相关的细节。因为他干起工作来什么都不顾，随时随地都会出现在第一现场。记得刚任师长不久，他发现了可克达拉市一个致命的缺陷：整个城市竟然没有设计规划雨水收集工程，这时候城市基础建设已经进行了两年多，大部分地下管网已经铺设完成，他气得直拍桌子："难道你们觉得北方城市就不会出现洪灾？伊犁号称'中亚湿岛'，难道雨水会小得了？这个错误一定要纠正，我们不能做历史的罪人！"是啊，想想我们当时居住的伊宁市，哪一年大街上不出现几次洪涝？

当时四师师部还在伊宁市，为了迅速解决这个问题，丁憬几乎天天在伊宁和可克达拉之间两头跑，按时吃饭几乎成了奢望。有一次在师机关开完会，已经是3点多了，可他顾不上吃午饭，立即赶往可克达拉去看修改的规划图，等忙完已经是下午5点多了，他拿起司机买来的烤红薯，吃得津津有味。出于职业敏感，我特意约可克达拉市筹建办的同学写了篇新闻特写《师长的午餐》，丁师长知道后对我说："发这些东西有啥意思？咱们多干些实事，把可克达拉市建好了，比说什么都强。"稿子只能夭折了。

2018年底，丁憬被任命为四师可克达拉市党委书记、政委，负责全盘工作。丁政委干工作要求高、性子急、脾气大，四师的干部都怕见到他，可是熟悉他的老部下却说，政委这人是刀子嘴豆腐心，对人好着呢。有时候交代的工作没有落实，他大发雷霆，听说有些干部腐化堕落，他气得在会上大骂："中央说要打虎拍蝇，我们在座的算什么？想当苍蝇吗？那尽可以试试！"可是真的有些领导干部犯了错误，他总是想尽一切办法请求上级从轻发落。“不能一棒子把人打死，毕竟培养干部不容易，何况每个人都牵扯到几代人、几个家庭。党的容错机制、纠错机制也要落在实处。”这是他对政策的理解和把握。

有一天丁憬突然把台长张志强叫到他的办公室聊起了我，张台长很紧张，极力夸奖我。丁政委看他这样，宽慰道：“你看你傻不傻，我专门叫你来，鲜章平肯定是要用的嘛，你紧张个啥！”志强同志如释重负，回来一五一十地给我学了丁政委和他谈话的经过，祝福我说：“你就等着被提拔吧！”后来，果然不出所料，多年的媳妇熬成婆，我这当了 10 多年的正科级总编经组织考察，升格为副处级总编。我对这位严厉的领导，又有了新的认识。

当得知我打算离开四师时，他坚决反对，没有丝毫商量的余地。接着又专门委托一位副师长给公司领导打电话：“请你们不要挖鲜章平，我们一定会把他用在合适的岗位！”我想：用“雷霆手段，菩萨心肠”来形容他一点也不为过。

可就是这样一位好领导，却因为殚精竭虑，积劳成疾，在 2020 年离开了人世。每当我遇到挫折和困难的时候，我就想起丁憬政委的话，但是我没有丝毫的后悔，因为他让我做好了披荆斩棘的心理准备。

我怀着悲痛而崇高的感恩，为丁憬政委写下了那首后来被很多媒体转载、引用的长诗《可克达拉不会忘记》。在铺天盖地的宣传中，我的眼前总是闪现我们最后一次相见的情景。那天我怀着复杂的心情去四师医院门诊大厅为母亲办理出院手续——风烛残年的母亲被确诊为癌症晚期，院方无能为力，只能回家保守治疗。这时，一群人推着丁憬政委急匆匆往影像科的方向跑去。我拉住周院长：“政委怎么了？”“肚子疼！”说着就追了上去。擦肩而过的刹那，坐在轮椅上的他看了我一眼，满眼的痛苦和无助，是那样真实而又恍惚。

二

继丁憬政委之后，又陆陆续续认识了很多镇江援疆干部，从他们身上，我毫无悬念地看到了干部们解放思想、敢于创新的一面，但让我没想到的是，敬业执着、吃苦耐劳同样是他们的优秀品格。

和王为华接触逐渐多起来，是在一次戏剧性的交集之后。2019 年底，分管师领导突然召集我们开会，说是师市党政代表团要去镇江回访，要求电视台务必在短时间内拿出两部高质量的汇报片，一部反映援疆工作，一部推介四师可克达拉市。怎么办？时间紧，任务重，我迅速召集台新闻口开会，确定一部脚本由我执笔，另一部由一位女同志执笔。很快，由我执笔的电视专题片《塞上风光无限好》通过评审，算是交差了。可谁知道，更大的麻烦还在后面。

“你们电视台怎么回事？和人家镇江前指说让他们另请高明创作援疆专题片脚本！”一个星期六的下午，师领导突然很不高兴地打电话给我。原来，由于镇江前指副组长王为华同志的认真和细致，援疆专题片脚本一而再再而三推倒重来，我们这位女同志不堪压力，文人气上来，直接给人家发了条短信，甩手不干了。还能怎么办？只有我这个当总编辑的上阵了。

在补充采访的过程中，我这才了解到，历经三批援疆干部人才的接力，镇江援助师市成绩斐然，综合实力和城市体量在江苏省都不占优势的镇江，竟然多次在全省援疆工作中受到表彰，无论是援疆资金的投入还是援疆工程的质量，都多次名列前茅。尤其是王为华到任后，创新开展了援疆资金前评估后评价、人才柔性援疆、招商引资考核等机制，使镇江援建师市工作特色鲜明，可圈可点，成为江苏省援疆工作的一大亮点。平心而论，因为有思路、有作为，在修改脚本的过程中，王为华提出的很多意见和建议，往往让我眼前一亮，汗颜不已。这次任务完成之后，我专门召集大家开了个会，谈了我的感受:“以前总以为甲方事多，经过这次专题片脚本的修改、打磨，我是发自内心认识到，我们需要学习的东西太多了，不仅仅是理念，还有对工作对事业的态度!”这也是王为华给我留下最深刻的印象。

更让我感动的是，新年将至，王为华专门安排财务人员给我们结账。同时，还给我赠送了新年礼物——镇江特产水晶肴肉和蜂蜜保健醋。

2020 年底，突然接到四师可克达拉市镇江前指的电话，说是想再做一部反映援疆工作的电视专题片，前任领导王为华推荐了我。此时，我已到中华保险任职，王为华也回到了镇江。这种信任让正在努力适应新环境、新岗位的我百感交集，潸然泪下。

得益于镇江前指的“柔性援疆”政策，镇江文广集团从 2017 年开始向四师可克达拉广播电视选派骨干力量，短则月余，长不过 3 个月。这让我有缘结识了《镇江日报》社高级记者王景曙老师。他那厚厚的眼镜片、“聪明绝顶”的发型，让人一眼就能看出满腹的才华。

当时要给镇江文广集团援疆报道组一行接风，听说同一批来的还有一位《镇江日报》的资深记者，我说我也是报社出身，那就邀请报社同人一起小聚吧。听说王老师只喝啤酒，而且只喝雪花啤酒，我便想尽办法找到了一瓶。当晚，在解放路尔力手抓肉店，我们开怀畅饮，相见恨晚，王老师一个人竟然把雪花啤酒喝得只剩两瓶。可是后来，我发觉上当了，他回镇江以后，常常在朋友圈里调侃一位叫“老瓦”的铁杆兄弟，其诙谐的文字，令我五体投地。更为重要的是，我发觉王老师是喝白酒的，而且对我们四师生产的伊力小老窖情有独钟。我后悔不已，可惜一直没有机会弥补这个遗憾。

作为一名资深记者，王老师果然出手不凡，短短一个月时间，深入伊犁垦区团场，写下了10多篇记者走笔，在四师镇江两地媒体同时刊发，用全新的视角向读者推介四师。慢慢熟悉了，才知道年长我几岁的王景曙老师竟然是学医的，1986年在镇江医学院创办该校史上第一个民间文学社团“甘露文学社”，自封社长，并曾经是颇有影响力的朦胧诗诗人之一。毕业后从医不久又弃医从文，这让我心生敬畏，因为他让我想起了鲁迅先生，还有毕淑敏，好像学医的一旦弃医从文，总能高人一筹。更让我感到亲切不已的是，我们俩有太多的相同之处。他在大学时创办文学社，我中学时创办文学社。他年轻时在北京、上海、南京闯荡，最后荣归故里。我刚工作那几年也是几易岗位，最终回到生我养我的兵团。从文几十年的王老师，在《人民日报》《新华日报》等发表文学作品200余万字，还在《光明日报》等发表评论（杂文）500多篇，不得不说是一位新闻、文学皆有大成的“两栖学者”。相同的爱好、类似的经历，让我们惺惺相惜。

听说我也是文学爱好者，王老师当即许下两个承诺：一是回镇江后向当地文学刊物推荐我的作品，二是帮我向他的挚友——茅盾文学奖获得者、清华大学教授格非，讨要一套亲笔签名的茅盾文学奖获奖作品《江南三部曲》。我只当是酒桌上的豪言壮语，一笑而过。没想到王老师一诺千金，回镇江不久就向我索要作品，并写下了热情洋溢的推荐语，我的长诗《伊犁，我的山河我的梦》占据了8开本《镇江画报》两个页码被隆重推出。很快，由格非老师寄自北京的3本书也摆上了我的案头，看着那隽秀的小楷签名，我仿佛看到了格非老师手握毛笔伏案题词的情景。受此鼓励，我开始关注镇江的文学刊物。不久，我的散文作品《梦想的色彩》《双城记》先后刊登在全国名刊——镇江市文学艺术界联合会主办的《金山》杂志。

三

当我拿起笔，想诉说自己对镇江的感恩之情时，才发觉想要说的话太多，想要感谢的人太多，手中的笔仿佛有千斤重，那一个个熟悉而又亲切的面孔，蒙太奇一样展现在我的脑海里。

“此刻，我正走在回家的路上 / 你却已化作一缕英魂离开了人间 / 恍若昨天才微笑着告别 / 你温暖的双手还握着我的梦想。”这是 2016 年 8 月，我在出差途中为句容市副市长、镇江市援疆前方指挥组副组长、第四师师长助理王华同志写的一首诗，后来被多家媒体转载或引用。当年 8 月 18 日王华在出差途中不幸遭遇车祸殉职，生命永远定格在了 41 岁，定格在了距镇江千里之外的边疆。如今 6 年多过去了，他那低调、务实、严谨、好学的作风仍然影响着我，他那灿烂的笑容无时无刻不照耀着我。

还有一位不得不说的“儿子娃娃”——镇江文广集团的资深导演赵建。就是这位豪爽的南方文化人，连续 4 年全程指导四师可克达拉春晚，因为他的操刀，师市春晚从形式到内容都有了一个质的飞跃。更接地气的是，赵导每次来都要钻进伊宁市的小巷子去那家牛骨头店大快朵颐，喝起酒来更是“拎壶冲”，两瓶伊力小老窖不在话下。一个深秋竟然在大家的惊呼声中跳入赛里木湖劈波斩浪。记得儿时学校组织夏令营，我曾经触摸过那清澈的湖水，那彻骨的冰冷让我至今记忆犹新。这让我对赵导更加另眼相看。

王光华老师是镇江文广集团的高级记者，比我年长，曾经赴南疆援疆3年，2013年应邀来四师可克达拉广播电视台援助。他一来很快就发现了我们的短板，直言不讳地向我指出了电视节目中的一些不足，并为四师电视新闻工作者上了一堂“如何做好现场采访”的课，现场讲解机位的架设和记者与被采访对象不同拍摄角度的运用。2015年4月12日，可克达拉市挂牌，他又领命而来，我至今难忘他肩扛摄像机，手提三脚架奔波在挂牌现场的高大身影。

醋是镇江的名片，也是镇江人的最爱。这一点，从文广集团节目中心主任倪勇的傲娇中可见一斑。当他听说我们伊犁的超市里摆满了恒顺香醋，一脸的错愕：不可能，在我们镇江，要领导批条子才能买得到恒顺香醋！结果当天晚上，伊犁人的热情和小老窖的绵甜让他产生共鸣，大块吃肉、大杯喝酒，最后来了个“现场直播”，把一肚子的哈萨克熏马肠和那仁都还给了大地。或许是四师媒体人的豪放让他刻骨铭心，回去不久，镇江文广友情赞助的电视剧等内容极大丰富了我们的节目流。

还有在内蒙古插过队的孙海明大姐，虽回归江南，塞北的豪气依然不减，在昭苏高原，重显当年的知青气概，把我们一桌人喝得人仰马翻，第二天一个个萎靡不振，满脸痛苦状。更让我敬佩的是，在微信朋友圈经常看到她参加公益活动的信息，资助青海学龄女孩的格桑花护花项目一做就是9年，至今还在继续。

和孙大姐来的一群小伙伴，镇江文广集团的4人采访组：魏华、黄灏、张曼、姚群，向我们展示了80后、90后的风采，下榻花城宾馆的第二天清晨，就遭遇了地震，当满大街人还惊魂未定时，他们赴伊的第一条新闻已经在朋友圈、公众号发出，让我们见识了什么叫“镇江速度”。随后的3个月里，4位年轻人又把他们对新设备、新媒体的运用，毫无保留地传授给我们的采编人员。

来兵团分区挂职的副主任李牧，到岗的第 3 天接受记者采访，就对兵团分区的情况了如指掌，对兵团分区的未来侃侃而谈，思路开阔，路径明晰，令我感慨不已。如果咱们兵团的干部都这样，何愁兵团事业不能再创辉煌，再立新功？在我的印象里，镇江援疆干部，对工作的热情和敏锐，莫不如此。

怎么能说得完呢？就如镇江和四师可克达拉的故事，没有休止符，只有进行时。随着一批批镇江援疆干部的到来，四师可克达拉市的面貌日新月异，我家里的“镇江味道”也越来越浓：恒顺香醋、咸秧草罐头、水晶肴肉、丹阳封缸酒……我已经成了不折不扣的“镇江粉丝”。

2019 年的秋天，我利用休假来到了朝思暮想的镇江，害怕自己架不住朋友的热情，陷入觥筹交错的应酬，我没有打扰任何人，也没有发朋友圈，只是一个人静静地漫步在大街小巷，深情地打量着这个有着“天下第一江山”美誉的历史文化名城。

当我徜徉在西津渡，随着蜂拥的人流，讲解员的解说时隐时现，恍若穿越在古老的岁月里；当我远远望见金山寺的塔尖，眼前仿佛出现儿时看过的老电影里水漫金山的滔天洪水，白娘子和许仙与法海的抗争历历在目；当我手抚焦山古炮台上锈迹斑斑的炮身，耳边似乎响起古炮发出的轰天巨响，这是镇江人民一次次抗击外敌的愤怒吼声，难怪革命导师恩格斯对焦山精神赞叹不已；当我打开手机导航，凭借朋友们口述里的记忆按图索骥，找到一个个隐藏在井市里的锅盖面馆时，就像找到了久别重逢的老友，禁不住热泪盈眶，抱着那粗犷的大碗，深深陶醉在这浓浓的烟火味里；当我乘坐公交穿城而过，风尘仆仆抵达离主城区 20 多公里的大港新区，看着一个个知名企业和上市公司如雨后春笋，看着即将竣工的高铁轨道正在加速延伸，眼前仿佛出现了一个生机勃勃、日新月异的新城区……

一转眼，我已离开伊犁 3 年多了，但对金山翠芽的痴迷始终未改，每年的春季，我会一如既往地从网上买来当年的新茶。氤氲的茶汤里，仿佛映漾出一个个熟悉的脸庞。我想：即使离开了四师，离开了可克达拉，我和镇江的情缘，也已经成为一生一世的牵挂，无法割舍了。

难忘“亲戚”家的“老味道”

这是没有血缘和姻亲关系，却又常来常往的、不同民族之间的一种交往模式，是必将载入史册的、覆盖天山南北的“民族团结一家亲”活动带来的美好结果，而大家围坐一桌，其乐融融品尝风味美食，更是各民族真情融合的最好见证。

——题记

外力家的熏马肠

“你好，我是外力，你工作忙不忙？”

每次来电话，他都是这样开头，从他不太流利的普通话中我可以感觉到他内心的矛盾：想表达对我的尊重却又不知道该如何称呼。

“既然咱们现在是亲戚，你就别客气，有啥需要我帮忙的，尽管开口！”

听着他吞吞吐吐的语气，似乎看到他难为情的样子。我想：他一定是又遇到难处了。

他是我的第一个结亲户——新疆生产建设兵团第四师七十八团一连维吾尔族职工阿布都·阿力，小名外力。

想想这世界真是奇妙，原本素不相识、不同民族的两个家庭，却由组织牵线搭桥结成了“亲戚”。

第一次见面，我们竟有些相见恨晚。由于父亲曾经在六十一团畜牧连工作过，我从小就常跟着他出入民族地区牧民的帐篷，逢年过节，他们自然而然也成为我家的座上客。这使我对维吾尔族、哈萨克族的人们有着天然的亲近感。

外力从小在大山深处的七十八团畜牧营和汉族孩子一起长大，回忆起快乐的童年，他一脸神往：“那时候，哪有汉族和其他民族的区别，大家都像一家人一样，一天到晚高高兴兴的。”然后如数家珍地向我们爆料某一个汉族邻居的趣闻和雅号，不时引起大家的开怀大笑。

“可是不知道怎么回事，慢慢地大家和以前不一样了，互相的来往也不多了。”说起这些年的变化，外力一脸迷惘和遗憾。

“现在好了，你们又回来了，我相信我们还会和以前一样！”说到我们正在开展的“民族团结一家亲”和“两个全覆盖”工作，外力的脸上阴云散去，露出了阳光。

这一天，在我的微信朋友圈里，外力和他的妻子阿依努热木、女儿阿丽曼、儿子阿布都拉笑得格外开心。桌上摆满了馓子、土耳其糖果、南疆核桃和七十八团的水果。

没想到第二次去的时候，外力家却突然多了一个顽皮的小男孩——吾买尔江。见了我们，小家伙兴奋不已，缠着我们问这问那，还不停地表演从幼儿园学来的“绝活”，逗得我们哈哈大笑。

吃过晚饭，大家一起围坐在炕上学习法律知识，我结合新疆的特殊环境给他们讲解了计划生育政策和《婚姻法》，没想到这个话题引出了外力的一脸愁容。

原来，吾买尔江是他的小儿子，已经6岁了。看着我们一脸惊奇，外力给我讲述了事情的原委：6年前，外力的妻子阿依努热木回南疆老家探亲的时候，发现自己怀孕了，按新疆的计划生育政策，外力家是可以生 3 个孩子的，前提是必须退还 3000 元独生子女奖励金。想来想去，阿依努热木便在南疆偷偷生下了吾买尔江，并且一直放在南疆由外公和外婆抚养。可是，纸里怎么能包得住火呢？眼看孩子快上学了，外力只好把他接了回来，没承想落户却成了难题，落不了户就没法入学，眼看着就要开学了，外力一筹莫展。“好歹他也是一条生命啊，我们怎么舍得把他打掉……”说起妻子当初生下吾买尔江的情景，外力不断重复着这句话，眼里满含着泪水。

怎么办呢？我在安慰他们的同时，暗暗打定了主意：得帮他想想办法。第二天一大早，我就去了连队办公室，负责计划生育的高主席还没等我说完，就打断了我的话：“他家的情况我知道，他已经退了 3000 元钱，等过完元旦连队就给他开证明，可以落户的。”原来，小吾买尔江没有出生在医院，自然没有出生证明，这成了目前落户的最大障碍。连队特事特办，决定在有 3 个邻居做证的情况下，给他出具落户证明。我一听，心里的一块石头落了地。可是，既然如此外力还担心什么呢？

突然想起在公安局当领导的同学，拨通了他的电话，没想到他也正在七十八团“走亲戚”。“我现在就去派出所，你也过来，咱们在那里碰头，能办就让他们马上办！”看样子这个电话没白打！我心里不由一阵激动。

“不行啊，按照公安部最新规定，这种情况必须做亲子鉴定！”没想到派出所的户籍警和所长对外力家的情况也是了如指掌。“那能不能想想办法呢？”同学是个热心肠，也想帮我把事情办了。可是，大家七嘴八舌商讨了半天，除此之外没有一条路能走通，原来事情并不是我们想象的那样简单。“咋办？民族团结工作要做好，国家法律更要遵守，这事还得从长计议啊！”局长同学无可奈何地对我摊开了双手表示歉意。

我仿佛一下子从高峰跌入了万丈深渊，心里凉了半截。好在，我并没有在外力面前随便拍胸脯。“没有调查研究就没有发言权”，这句话千真万确。但是，想想外力家的经济状况，我的心情又沉重起来。外力平时在天然气加气站当保安，换班的时候给别人开车，月收入能达到4000元，因为住房临街，妻子在家操劳家务也顺带摆了个小吃摊，收入不算高，但也不能被划入贫困家庭的行列，可是做亲子鉴定必须到乌鲁乌齐，全部费用下来对这个家庭来说也是一笔不小的开支，自然是能省则省。

转眼就过了元旦，再去外力家，又说起吾买尔江落户的事，外力一脸不解：“为什么别人和我们家一样的情况，隔壁邻居写了证明都落户了，就我的儿子不行呢？”原来，七十八团类似外力家这样的情况有四五家，都得到了顺利解决。“别人还不是亲生的都能落户，我自己的儿子为什么不能？”外力一脸激动和委屈。确实，看看吾买而江几乎和阿依努热木一个模子里刻出来的小脸蛋，谁也不会怀疑这不是一对亲母子。但是，法律是刚性的，不能凭感觉做出判断和裁决。我再一次陷入深深的无奈和深思。

外力的大女儿阿丽曼已经上初三了，每次见了我们总是腼腆地问候一声，就回房子学习去了。这是一间不足20平方米的土木结构的老房子，估计建造于20世纪八九十年代，屋里除了一个大炕，就是一个炉子、一个老式的案板和碗柜连为一体的五斗橱。就是这样一间房子，外力一家5口人平时吃住都在里面，这也是大部分民族职工家庭的真实现状——宁愿把其他房间空下来，也要一家人住在一起，是因为多年的生活习惯还是为了节约？或许两者兼而有之吧。

有一天晚上，外力忧心忡忡地来到我们的住房，对我说：“有一件事，想请你帮忙。”原来，中考前一些职业技术学院的老师提前来到团场招生，很多孩子在老师天花乱坠的描述中对职业技术学院的生活充满了向往，打算放弃中考，阿丽曼也是其中之一。父女俩自然发生了激烈的争吵，可是无论怎样，外力始终无法说服女儿。万般无奈，他想到了我。

在我苦口婆心的劝导下，阿丽曼总算想明白了：考上高中，才有机会考上好的大学。旁边的外力总算松了一口气。

从七十八团回来，脚刚迈进家门，突然接到外力的电话。原来，是他的老父亲病了，团场医院无法诊断。我的眼前立即浮现出伊拉洪老人的样子：第一次上门，听说外力的父亲是一位参加过“三区革命”的离休干部，平时居住在外力的弟弟家，我立即买了礼物，登门拜访。老人身体消瘦但精神矍铄、衣着整洁，握着我的手不停地说：“热合买提，热合买提！”

我一边安慰外力，一边让在医院工作的妻子帮忙联系挂号、就诊和住院床位。第二天上午，我处理完手头工作，匆匆来到师医院，外力他们坐的线路车却还在半路上。一直等到下班，他们才赶到，带着他们去附近吃了午饭，又陪着老人做完检查、安排好病床。当拿出200元钱塞给外力时，老人用维吾尔语问道：“这个汉族人为什么要请我们吃饭，还要给钱？”“你就告诉他，我是你的亲戚，也和他的儿子一样！”听了外力的翻译，老人羞涩地看了我一眼，露出孩童般清澈的笑容。那一瞬我像是被一股电流击中，一下子呆住了——这笑容，和晚年的父亲何曾相似！

等我再去的时候已是天寒地冻，外力早早托朋友灌好了熏马肠，看着热气腾腾的大铁锅冒着热气，我的心里百感交集，要知道，这一锅马肠子，至少得是外力一家人半个月的生活费啊！可是外力却说：“你不吃，以后我们不是兄弟了。你的生活费我们也不要了！”这一晚，我觉得这马肉比在任何地方吃过的都要香，因为这是两个民族真心实意、以心相交的结果。

铁来甫大哥家的抓饭

“这个家伙太聪明了！”说起自己的二儿子阿浩，铁来甫大哥掩饰不住内心的骄傲，我从他的脸上看到了发自内心的快乐和自豪，这快乐足以让他暂时忘却身体的疼痛。

这是我调到六十四团八连结的第一个亲戚——哈萨克族退休职工铁来甫·拜尔干——一个乐观的老人。

听说我们要去他家认门，老人激动得左一个电话，右一个电话催问我：“亲戚，你什么时候来啊？我看隔壁的亲戚都来过了，你咋还不来嘛！”面对这真诚的邀请，我还能说什么呢？

在确定我们前往的具体时间之后，铁来甫专门打电话通知了远在大西沟福寿山景区开商店的儿子和儿媳。

接到我们的电话，铁来甫大哥和妻子尔孜古丽早早就站在院门口等着我们，大老远就见他拄着一根手杖，弓着腰一高一低地向前挪动着来迎接我们。坐下来一聊，才知道因为风湿病严重，他的双手骨节和膝关节都已经严重变形，行动很困难，常常疼得睡不着觉，平日里就靠吃点止痛片维持着。

“你不是有退休金，还有医保吗？现在国家政策这么好，大部分费用都报销，自己花不了几个钱，干吗不去住院治疗啊？”“再等等，给儿子攒点钱买个拖拉机再说。”

唉，父母的爱都是一样伟大，一样无私。我只能默默无语终止了这个话题。

恰逢周末，就在我们聊天的时候，铁来甫大哥的孙子麦迪尔、大孙女麦迪拉、小孙女莱兹在院子里玩耍着。不一会儿，有着一双黑葡萄似的萌嘟嘟大眼睛的莱兹扯着长调一脸泪痕跑来向爷爷和奶奶告状，调皮的姐姐麦迪拉被爷爷一顿呵斥，气呼呼地扔下妹妹跑出了院子。原来这都是阿浩和热妮的孩子——麦迪尔9岁在团部上二年级，大孙女麦迪拉4岁，小孙女莱兹2岁多。这也是国家对边境团场的厚爱——民族地区家庭可以生3个孩子，汉族家庭2个，自实行计划生育政策以来始终没有改变过。

不仅得意于自己的二儿子阿浩心灵手巧，同样为自己当警察的大儿子感到骄傲。交谈中，铁来甫大哥给我说起了大儿子吐鲁汗太。吐鲁汗太原来是八连的会计，是团里为数不多的民族地区青年干部，后来参加公务员考试，成为博乐市特警支队的一名警员。想起当时儿子去考试的情景，铁来甫大哥情不自禁地激动起来："他说一个人去考试紧张得很，我说怕啥，我陪你去！结果他进考场了，我在外面等他。"

虽然远在四五十公里外，傍晚的时候，老人的儿子阿合买提江和儿媳妇热妮还是驱车赶了回来。这是一对很阳光的年轻人，丈夫俊朗，妻子漂亮，给人天造地设的感觉。阿合买提江还有个汉族小名叫阿浩，大家平时都这样称呼他。

很快，小两口麻利地把馕、干果、果酱等摆了满满一桌，我们围坐在院里的长条桌旁边吃边聊，热妮守在桌边，不停地为我们添茶，莱孜则偎依在母亲的怀里，不停地表达着自己的亲昵和任性。由于过了我们在家的吃饭时间，同行的崔凯早就饿了，毫不客气地狼吞虎咽起来，几碗奶茶就着馕吃下去，很快就吃饱了。

这时候热妮从冰柜里拿出了牛羊肉，准备做抓饭，我和崔凯急忙摆手请她不要忙活了，可是铁来甫大哥却不干，非让儿媳妇接着做饭，说这是哈萨克族的礼节，不能省略。没奈何，我们只好恭敬不如从命，咬牙硬撑着往嘴里填。

吃完饭已是夜里12时许了。这顿抓饭，很长一段时间内成为我们茶余饭后的谈资和宣讲民族团结的教材。

努日古丽家的拉条子

第一次去拜访多尔困和努日古丽一家，充满了戏剧性。

多尔困和努日古丽两口子是我们和铁来甫大哥一家同时结的“一家亲”对子，虽然是八连的居民，却在远离八连四五公里外的十一连居住。可是，由于团场在修路，两个连队之间的道路不通，我们只好从团部可克达拉镇绕行，多跑了 20 多公里。

团场改革正在进行，连队两委刚刚选举到位，土地、职工、民兵“三位一体”的格局正在形成。凑巧的是，六十四团的大街小巷也都在兴修道路，到处堆满了沙土料石，颇有些改天换地、涅槃重生的感觉。我们顺着铺满戈壁砂石的路面，一路颠簸地赶到十一连的时候，老远看到连部大榆树下坐了一排身穿迷彩服的男男女女，原来是治安巡逻的连队职工。

听说我们是来看望亲戚的，大家立即热情相待，还有一位哈萨克族汉子直接发动了摩托车，说多尔困家离连队远，发洪水把路冲断了，我们的轿车过不去，他去帮我们把亲戚接过来。

结果这一等就是将近两个小时。其他人都去连队巡逻了，我们无法联系，只好伸长了脖子望着远方，期待着，期待着。终于盼来了摩托车汉子，后边坐着位哈萨克族妇女，汉子满怀歉意地说半路上摩托车轮胎没气了，推着车走了好久才找到一家人，把气打足，所以耽误了很多时间。听他这么一说，我们反倒不好意思起来，握着他的手连声说谢谢。

一起来的妇女用半生不熟的普通话自我介绍着，说自己是多尔困的妻子。结果说了半天我们才发觉，原来这个连队竟然有两个多尔困，费了这么大劲找来的这位，竟然不是我们要找的人。唉，这个乌龙摆的，让我们哭笑不得。

当然，最终还是找到了多尔困和他的妻子努日古丽。多尔困在附近的木材厂打工，和我们见了一面就匆匆赶去上班了，妻子努日古丽则带我们去家里认个门。

离连部不远，有一排20世纪80年代盖的土坯房，多尔困家就居住在其中的3间。努尔古丽告诉我们，由于他们是外来户，前些年花7000元买下了这套住房，经过三四十年的风吹雨打，这所老房子已经成了危房，可是他们却没有钱翻新，也不愿离开，因为十一连种植的农作物多，周围又有几家工厂，好打工。

老远就看见倒塌的院墙，院子里杂草丛生，房门前有一个土块砌的灶台。因为是星期六，在团部可克达拉镇江小学上学的居马别克正好在家，他出来接过我们带来的大米、清油，和母亲一起把我们迎进屋里。房子里光线不好，正中一间被隔开堆满杂物，左右两间盘了炕，除了一组满是油垢的破旧沙发、一个袖珍的电视机，家里几乎没有别的摆设。努日古丽的小女儿苏麦叶正津津有味地看着动画片。听说有“汉族亲戚”来了，20多岁的海萨尔兴冲冲地骑着摩托车赶了回来。由于从小患脑瘫，他走路有些不利落，生活自理却没有问题。

“你看吧，这就是多尔困和他前妻的儿子，你说他不能干活吧，他摩托车骑得比谁都好！”随着努日古丽的牢骚，我走进了这一家人的柴米油盐和鸡毛蒜皮的日常生活。原来，努日古丽和多尔困是再婚，因为不堪忍受多尔困酗酒的坏习惯，多尔困的前妻离他而去。努日古丽和多尔困再婚后，育有一子一女：居马别克和苏麦叶，居马别克上小学五年级，苏麦叶还在学前班。由于努日古丽身体不好，不能干体力活，一家5口人就靠多尔困一个人打工挣钱，日子过得捉襟见肘。

“你可以帮人放羊，自己也可以顺便养几只，给父母减轻一点负担嘛！”我对海萨尔说。“这个活我干不了……”听到我这么一说，海萨尔嗫嚅着，“我要去连部看看。”然后红着脸趔趔趄趄着走了出去。

“别说放羊了，我们连队有个人找到他，给他1500元每个月，他都不干，就这样一天到晚混日子，衣服穿多少天臭了都不换。连队看我们家可怜，给他办了低保，他知道了不愿意，嫌丢人，去连部找人家退掉了！”说起海萨尔，努日古丽就气不打一处来。

“多尔困咋样？现在还喝酒吗？”想起听说我来拜访多尔困一家，铁来甫大哥直摇头，我不禁担心起来。

“还行，今年好多了，开春到现在天天打工，没有喝酒。”努日古丽紧皱的眉头舒展开了些。

可是，第二年等我再去的时候，就见不到多尔困的面了，他不是跑回八连连续喝几天酒不回家，就是三天打鱼两天晒网，不好好工作，木材厂老板知道他家的困难，一而再再而三地宽容他，让他继续留在厂里工作。

说起这些，努日古丽满脸愁容：“这日子真是没法过了，我想离婚！”我只能用老生常谈的道理开导她，可是我心里明白，这个家庭维持不了多久了。

想想心里总觉得不忍，就去找十一连的连长闫春羽，请求连队党支部想办法帮帮他们。闫春羽是政工干事出身，文章写得很好，我们之前虽未谋面，却是神交已久。我刚到八连“结亲”的时候，他恰巧从十一连调过去当书记，干了一年多又回到了十一连，对两个连队的情况都很熟悉。

说起多尔困，闫连长也是恨铁不成钢：“你说这样的人怎么帮扶？他最近长本事了，喝完酒还学会打老婆了，有时候真恨不得叫派出所把他抓走算了！”这让我大跌眼镜，真没想到看着木讷老实的多尔困还有如此疯狂的另一面。

可是说归说，管还得管。多尔困家的房子眼看住不成了，他们在八连没有住房，也不愿意回八连，怎么办？听说团里有政策，每家补贴 4 万元盖新房，或者直接购买已经离开连队去团部住楼房的老职工家的庭院。我想：能不能找团领导协调一下，把八连的指标转到十一连一个，彻底解决多尔困一家的住房难题呢？于是给党委书记、政委王亭打了个电话，说明缘由请求党委具体情况具体对待，王政委很干脆地答应了，让我先给两个连队领导打个招呼，请他们按我说的方案上报计划。我的心里充满了喜悦，第一时间把这个好消息告诉了努日古丽。

然而，团里的方案最终没有落实。在漫长的等待中，努日古丽多次给我微信留言之后也失去了信心，不再追问。可是，有一天连队突然清查危房，又给了她莫大的希望。最后在连队两委的帮助下，努日古丽和孩子们终于暂且搬到了一家闲置多年的砖混结构房屋，据说主人不回来了，打算卖了这所院落。努日古丽也信心满满，打算努把力，把这所院落买下来。儿子放假回来，我专门带他去看望努日古丽一家，虽然房子很简陋，但是毕竟是砖混结构，不怕雨雪天气，没有倒塌的危险，努日古丽很满意，把屋里打扫得干干净净。儿子听说这一所院落只需要两万元时，一脸难以置信的表情。可是仅仅这两万元，努日古丽一家也拿不出来，我有心相助，想想整日酗酒的多尔困，又踟蹰起来，购房一事也就再次搁浅。

最后一次见到努日古丽一家是 2019 年的肉孜节前夕，听说他们一家搬到了绿华糖业家属楼，多尔困、努日古丽和海萨尔负责打扫居民区的卫生，每人每月 1500 元工资，他们租了套 70 多平方米的楼房，年租金 1200 元。我和同事专程带着礼物去看望他们，见到努日古丽的时候，她的脸上充满了笑容，可以看出来，她对现状非常满意。

听说我们要来，努日古丽早早就把房子打扫得干干净净，我们一进门她就说："咱们做亲戚两年了，你从来没有在我们家吃过饭，今天一定要吃了饭再走。"

可以看出，这顿饭是努日古丽精心准备的，桌子上摆满了在这个家庭难得一见的干果和点心，拉条子专门配了四样菜，我想这也是她家几年来少有的丰盛。看着努日古丽和孩子们脸上抑制不住的笑容，我心中默默为他们的明天祝福。

努尔布力家的风干肉

"阿姨，我这次考试考了一百分！"微信视频里，哈萨克族小姑娘拉孜伊拉开心地向我们报告喜讯。别布提是妻子的"亲戚"——六十七团五连哈萨克族职工努尔布力、库尔巴合西夫妇的小女儿。

虽然过去5年多了，但是依旧清晰地记得第一次到努尔布力家的情形：3间20世纪80年代用干打垒土块砌起来的房子，显得低矮而破旧，屋里的摆设也很简单，除了几乎占据三分之二面积的土炕，没有多少家具。显而易见，我的"亲戚"家经济状况不怎么样。

听说我们要来，努尔布力一家早早就做了准备。土炕上的小矮桌，摆满了具有哈萨克族特色的干果和油炸食品，还有自家做的树上干杏酱和马林酱，厚实的哈萨克馕自然也不会少。不一会儿，库尔巴合西就把热热的奶茶烧好了，努尔布力用随身带的"皮夹克"小刀熟练地把馕切成细长条，摆在桌布上，请我们品尝。大家用馕蘸着果酱，喝着热乎乎的奶茶，心里暖融融的。

努尔布力的父亲胡达依别尔根听说儿子的"亲戚"来了，也从隔壁的家中赶来。这是一位饱经风霜的老人，对中国共产党有着深厚的感情，可以看出来，他为自己是一位老党员而感到深深的骄傲和自豪。我们边吃边聊，按照“两个全覆盖”和“民族团结一家亲”活动的要求，我们还承担着法律和民族团结、宗教政策宣传的责任和义务，当听我说到“三股势力”的阴谋时，胡达依别尔根老人气愤地说：“真不知道那些人怎么想的，现在共产党对我们这么好，退休金这么高！谁家有困难，想尽一切办法解决。可是有些人恨不得天天躺在床上啥也不干就过好日子，只有这样的人才会跟着那些魔鬼跑！”

说到习近平总书记的治疆方略和对兵团的定位要求，木讷的努尔布力用不太熟练的汉语接了一句：“习近平总书记的要求我们知道呢，电视里都讲了。”“是的，我们大家哈拉马斯（全部的意思）都要像石榴籽一样紧紧抱在一起，那些坏人就塔西囊（完蛋的意思）啦！”胡达依别尔根老人挥了挥手，做了个斩钉截铁的动作。我不禁为老人的淳朴而感动，相信有这样的民族职工群众，我们兵团“稳定器”“大熔炉”“示范区”三大功能一定会越来越强大，我们新疆社会稳定和长治久安的总目标一定能够早日实现！

努尔布力、库子巴合西夫妇有3个女儿。2016年9月，老大布尔丹以全团第一的成绩考上新疆医科大学，成为一名大学生，二女儿拉孜伊拉上小学二年级，三女儿别布提还在上幼儿园。第一次去“认亲”的时候，由于不了解具体情况，只是礼节性地带了些面粉、清油等日常礼物。到了家里，才见到两个懂事的小姑娘，想到冬天天冷，妻子就对她们承诺道：“好好学习，下次阿姨来的时候，给你们买漂亮的帽子和手套。”

再去的时候，我们带去了两套同款不同色的纯羊毛帽子和手套，她们也高兴地向我们唱起了哈萨克族民歌，小别布提还跳起了从幼儿园学来的舞蹈。看到家里昏暗的灯光，我又给她们讲了护眼知识和近视的危害，并且现场做了简易测试，果然两个孩子都有不同程度的近视了。于是，我又为她们买了护眼灯，还有各式各样的发卡。孩子们很快和我亲近起来，元旦的时候，布尔丹还专门从学校打来了电话问候我们。春季开学的时候，妻子开车把她送到了火车站。

在这期间，妻子也成了夫妇俩的“专职导医”。努尔布力的弟媳妇第三次剖宫产，临近预产期，妻子早早帮她联系好病床，陪着她挂号、化验、产检，一直把她送到产房门口。库尔巴合西的母亲住院，妻子为老人买了营养品送去，住院期间有空就去看看，老人高兴得似乎连病情都减轻了许多。还有努尔布力的弟弟出车祸来住院，甚至是亲戚的亲戚，只要找到妻子，她都不厌其烦，真心相助。

努尔布力和库尔巴合西都不善言谈，可他们的心里，早已把我和妻子当作了亲人。在团里的帮扶下，两口子盖起了两间砖混结构的新房，可是他们一家依旧住在低矮的老房子里，却把新房子收拾得干干净净，留给我们去住。

有一次，我们还没到，他们就备好了土鸡蛋和自家做的风干羊肉，走的时候非要塞到我们手里，我们知道他们日子过得挺拮据，就婉言谢绝，没想到这让努尔布力的脸上堆起了不快：“如果不要，我们不是亲戚。”听着他们朴实的话语，我只能默默接受了这份心意。

周末朋友们来家里小聚，我给他们煮了风干肉，炒了土鸡蛋，这帮吃货禁不住好奇地问道：“这是在哪里买的？好多年没有吃到这样正宗的风干羊肉了。再看看这鸡蛋，色泽金黄，真香啊！”

这期间，我还分别与哈萨克族小伙库尔班太和回族职工余山家庭结成“亲戚”，甚至陪着岳父和岳母去伊宁县寻找当年帮助过他们的维吾尔族“亲戚”，虽然两位老人已经过世，但是他们当年不分民族，慷慨解囊赠送的羊腿却让岳父和岳母终生难忘，岳父和岳母常常念叨着，教诲我们要真心实意去对待每一位“亲戚”。

如今离开四师 3 年多了，可我每每想起和“亲戚”们在一起的日子，想起他们囊中羞涩却毫不吝啬的真情。我相信他们也一定记着我炒的大盘鸡、包的饺子和油炸花生。这生活的点点滴滴，让我们像石榴籽一样紧紧地抱在一起。

喝酒就喝“伊力特”

“来，咱俩一人一瓶，一口闷，敢不敢？”酒至酣处，远瀚笑眯眯地看着我说。

“有什么不敢的？喝就喝！”说着我就拿起桌上的“北疆春”倒进茶杯。“哐”的一声，两杯相碰发出清脆的响声，我扬起脖子咕嘟咕嘟一口气喝了个精光。

“小翟，哥喝不下去了，你帮个忙吧？”远瀚依旧是笑眯眯的，把酒杯递给了同事。

结果可想而知，我喝得天翻地覆，远瀚毫发无损。这事唠叨了很多年，但是，我不得不佩服他的智慧。

后来才知道，那天喝的“北疆春特曲”，是霍城县地产，67度。后来说起这事，当天的东道主，我的文学启蒙老师程相申用他那带着中原味的普通话打趣说：“这么高的度数，一口气喝250毫升，怎么可能不醉？我看你可真是个二百五！”

想想也是，不过细究，大概是之前喝“伊犁大曲”给我的底气。

1990年3月5日，记得那天街上到处是招展的红旗，学校组织的学雷锋活动浩浩荡荡、热热闹闹，我搭了辆顺风车，前往隔壁团场拜访久仰大名的一位诗人修江大哥。因为文学的机缘，尚在读高中的我，认识了当时在六十二团广播站当编辑的他，书信往来之后，便约定了这次相见。虽是初次见面，却没有一点生分。在广播站简陋的办公室里，修江大哥侃侃而谈，他的博学和健谈令我好生羡慕。

虽然我只是个乳臭未干的半大小子，修江大哥丝毫没有怠慢，非常隆重地和两个好朋友一起接待了我。至今还记得其中一位，很魁梧，据说是老山前线复员回来的战士，姓名已经想不起来，但他英武的形象，恍若眼前。在那个崇尚英雄的年代，可想我当时心中的激动。于是，一人一瓶500毫升的伊犁大曲摆在了面前。我是初生牛犊，竟然不知不觉和三位兄长在谈笑间喝空了眼前的酒瓶。

"走，咱们去十连拜访一位文友！"一瓶酒下肚，修江大哥竟然还能骑着笨重的"二八"大杠托着我跑了四五公里，料峭的寒风似乎成了解酒药。

在此之前，伊犁大曲的美名早已如雷贯耳。小时候，爸爸在煤矿工作，常去隔壁的兄弟煤矿走动。有一次平常不怎么喝酒的他却喝得酩酊大醉而归，一晚上嘴里都在嘀咕着"马尾巴的功能"（好像是当时一部电影的台词），被妈妈笑话了很久。每当妈妈说起这事，爸爸总是吹胡子瞪眼，说："你知道个啥？那是伊犁大曲，咱们红军团造的好酒，咋能不喝！"

长大了才知道，伊犁大曲酒厂原来是七十二团的企业，而七十二团，就是那个我们从小听着长大的歌谣《南泥湾》里的八路军三五九旅七一七团，是王震领导的英雄部队。

"生在井冈山，长在南泥湾，转战数万里，扎根在天山。"英雄的战士们，从硝烟中一路西行，最终化剑为犁，"一手拿枪，一手拿镐"，开创了屯垦戍边伟业。这酒，就是战士们在艰苦的岁月里，用信念酿就的琼浆。或许人们想不到，它诞生的起因，是爱兵如子的老团长冯祖武，不忍心看着战士们三九寒天身着单衣战天斗地，从而萌发了酿酒御寒的想法。在七十二团的团志里，我一次次体味着当年军垦战士为了酿造第一锅伊犁大曲所付出的艰辛和展现出的创新精神，每次举起杯，仿佛是在向当年酿酒的军垦第一代致敬。

看着伊犁大曲这么火爆，刚从部队复员回来的哥哥也想分一杯羹，大老远倒了几趟班车，去了七十二团。回来却从大班车顶上搬下几件我们没见过的酒。“去了才知道，一般人哪里能买上伊犁大曲，那是要领导批条子的！”总不能白来一趟啊！没办法，只好买了几件肖尔布拉克大曲回来，据说是原来的伊犁大曲酒厂一个分厂交给了地方政府，打出了自己的牌子。好在，借着和伊犁大曲“沾亲带故”的光，这几件酒也很快卖了个精光，总算把哥哥的路费挣回来了。

既然能火遍天山南北，为什么就不能去大江大海闯闯呢？20世纪90年代，伊犁大曲的传人走出星星峡，沿着当年父辈走过的路一路向东攻城拔寨，迅速打通陇海线，先后在兰州—西安—郑州热卖，最后在号称“一年喝倒一个品牌”的西子湖畔扎下根来，至今在江浙拥有一席之地。

当时伊力特系列白酒火到什么程度？一次在酒桌上时任董事长的徐勇辉讲了一个故事：一次前往郑州考察，刚下飞机，就见机场外彩旗飘飘，鼓乐齐鸣，心里正纳闷：这是来了个多大的首长，这么大阵势！不经意却瞅见一行字：热烈欢迎徐勇辉先生！原来是伊力特的经销商想给徐董一个惊喜。“人家凭啥对你这么隆重？”“凭啥？就凭河南人民认我们伊力特酒呗！”

后来，我就认准了咱红军团的酒，随着年龄的增长、经济收入的提高，从伊犁大曲—伊力特曲—伊力老窖—伊力王酒一路喝过来，对伊力特的感情已经浸润到了骨子里，难以割舍。

如今的“伊力特”，作为新疆唯一一家白酒上市公司，落子军垦新城可克达拉，建起了国家AAAA级旅游景区——伊力特酒文化产业园，成为兵团的一张名片。

“钢与铁的信仰，历经了岁月沧桑。天和地的守望，孕育出美酒之乡。”这是我为“伊力特”写的一首歌词，也是我对伊力特人发自内心的敬仰。

当然，说了这么多，并不是为了卖弄自己半辈子喝酒的辉煌历史，其实就想给朋友们说一句：来新疆，喝酒就喝“伊力特”！

生活是最好的老师

平时上班在食堂吃饭，少了很多麻烦，也少了很多乐趣。上中学时父母常常在地里忙活，放学回到家的我只好自力更生，学会了做饭。可是发面蒸馒头（这在其他文章里有专门介绍，就不赘述了）、擀饺子皮一直没有实践过。一人在外，独立生活的技能成为必须，我便开始琢磨此等“大事”。经过三番五次屡败屡战的努力后，蒸馒头、烙饼子已不在话下。接下来，就是擀饺子皮了。以前看着父母用手擀，觉得是件多么不可思议的事：费时费力不说，而且难度太大。成家后，每当包饺子，我也常常是个旁观者——妻子总是手脚麻利地完成所有程序，我唯一的任务就是大快朵颐，多竖几次大拇指而已。

因为有蒸馒头和做拉条子的经验，和面难不住我，往下的程序，却颇费周折。第一次，没把握好面剂子的大小，手法也不得要领，笨拙而生硬，擀出的饺子皮，大小不一，厚薄不均。第二次，总结经验，心手合一，中心用劲略轻，边缘用劲略重，这样擀出的饺子皮，中心厚，周边薄，不易煮烂。随着擀面杖在手里滚动，一个个大小匀称的饺子皮随手飞出，很快摞成一沓，心中有种莫名的快乐，面剂子用完了，还有些意犹未尽。不由感慨，任何事，只要开始行动，就成功了一半。

母亲是陕西人，她的手擀面，曾经让连队的叔叔阿姨们赞不绝口，可我始终没有尝试过。现在有了时间，终于鼓足勇气挑战自我。按照和拉条子面的经验，面粉里加点盐，用温水搅拌，然后不停揉捏，最后压成饼，用擀面杖擀薄。按照记忆里母亲的样子，在面板上撒满面粉，保证擀面的过程不黏在一起。谁承想，用刀切出来的面条，还是藕断丝连，没法扯开，只好重新和，依旧不行，最后只好做成了扯面。认真总结了一下，是水加多了，面太软，所以切开之后总是粘连。这才明白，为啥小时候看着母亲擀面条会那样费劲。

有时候化繁为简，往往给人意外的惊喜。一天心血来潮，专门挑了几个个头不大的洋芋和红薯放进空气炸锅里，没想到出锅后焦黄的外表和满口的沙糯，让我仿佛回到了童年，正如从火红的炭灰里刨出热气腾腾的美食。有一天计划做揪片子，没有羊肉，用大肉臊子取代，没有菠菜、香菜，试着用小茴香将就，出锅后那种特殊的香味毫不逊色于传统的羊肉揪片子。炒米粉，拿出几疙瘩冻菜，该下锅了才发觉不是油白菜而是菠菜，得了，继续将就吧，吃起来同样别有风味。

粉蒸肉、龙眼肉、梅菜扣肉、红烧肉、打搅团、蒸馒头、烙饼子、蒸茄子……把能记得父母给我们做过的美食都尝试了一遍，让远离家乡的我，独立生活的能力得到了空前提升。

父母或许不会想到，很多他们一辈子也没有教会我的技能，却被生活无意中教会了。

老三样

在20世纪相当长的一个时期里，兵团人的菜窖里，最多的是洋芋、萝卜、大白菜，为的是应付漫长的冬季。其实何止新疆呢，当时大江南北也都差不多，物资匮乏啊！除了这三样，还能贮存些啥？如今说起这三样蔬菜，上了年纪的人会满怀深情地称其为“老三样”。

洋芋或者土豆

说起洋芋，估计全世界人民都会感到亲切不已，有谁敢说自己没受过它的恩惠呢？据说它是最好的粮食替代品，所以很多国家大力发展土豆产业，以弥补粮食的不足。在中国，不同的地域对它的称呼不同：洋芋、土豆、地蛋、山药蛋……兵团人来自五湖四海，对同一事物的称呼自然千奇百怪，好在这并不影响它的存在。上学后得知其学名“马铃薯”，这大概是国际通用的名称吧。

“甘肃洋芋蛋，老婆炒鸡蛋”，那时候孩子们顽皮起来，会跟着连队的甘肃人身后起哄，那抑扬顿挫的调子，令人忍俊不禁。想想这顺口溜，估计一是为了押韵，二是当时甘肃人招待客人最好的菜肴就是韭菜炒鸡蛋吧。上中学后看到作家赵树理的生平简介，知道了山西人也爱吃土豆，所以中国文坛有了“山药蛋派”。

小时候我生活在一个山沟沟里，周围是荒山秃岭，煤矿的补给全靠团部从80公里外运输供应。平时的生活用水都是靠汽车拉，吃菜自然更困难了。对我来说，每年秋天最盼望的事，就是跟着父亲去附近的巴彦岱镇采购洋芋，这也是我最兴奋的时候。到了地里，大人们忙着看品质、谈价格，孩子们则满地撒欢。为了让客户放心，同时也是解决自己的口腹之需，菜农们就地用铁锹挖一个坑，然后用石头砌个烟囱，把洋芋埋在坑里，再点燃我们带去的煤炭，等价格谈得差不多了，刨出烤炸了皮的洋芋。裂着口的洋芋冒着热气，香味扑鼻，我抓起一个就想吃，可是太烫，只能左手倒右手，边吹气边吃。大人们就从容得多，拿起洋芋，先放在手里拍一拍，吹去表皮的灰，撕开焦黄的皮，先吃烤焦的部分，再吃白沙沙、亮晶晶的肉，每个人脸上都洋溢着满足的笑容。太阳下山的时候，我们拉着一车洋芋在菜农恋恋不舍地挥手中绝尘而去。

工作后，在四师机关住宿舍，不满足于机关食堂的大锅菜，我们便发挥父辈“自力更生，丰衣足食”的光荣传统，解决吃饭问题。这时候，我和好朋友徐保疆最喜欢做的菜是土豆烧牛肉，多次实践后得出结论：土豆烧牛肉，再配上西红柿味道更鲜美。

当然，若论土豆最受欢迎的做法，估计酸辣土豆丝当之无愧名列第一。在中国，无论南北，无论大酒店还是小餐馆，这道菜的上桌率都是最高的，有老饕说，想了解一个大师傅的水平如何，让他炒一盘酸辣土豆丝就行了！

当记者后，去昭苏垦区采访，老远看见一大片白色的花海，煞是壮观，叹为观止。同行的团场朋友自豪地说：“洋芋花开赛牡丹，说的就是这！”这才知道，多年受雹灾的危害，垦区人不得已由地上转为地下，告别传统的春小麦种植，大力发展土豆经济。说起洋芋，朋友打开了话匣子。原来，昭苏垦区海拔高，有着“冬长无夏，春秋相连”之说，由于无霜期短，可栽培作物很少，水果就更别提了。20世纪初，人们常常把冰冻了的洋芋当水果吃，据说别有风味，比苹果还好吃呢！

日子越来越好，土豆的吃法也不断翻新。一直以为土豆泥是法国人的专利，后来在一些本地餐厅里吃到，添加了芝士的土豆泥果然不一般。每天上下班路过军垦路，突然冒出一个卖土豆塔的，一个完整的土豆用机器旋转着刨成片，串在竹签上像拉开的手风琴叶片，油炸后撒上调料，外形奇特，味道不错。更神奇的是土豆的功效，据说胖人吃了可以减肥，瘦人吃了可以增重，我一度被这些网络知识搞得晕头转向，不知究竟该信哪个。

有一年婶婶从四川给我们寄来了一大包土豆片，爸爸说这是摊在石头上晒干的，用水泡开炒菜或者下火锅吃，味道都不错。今年四川高温，最高44℃，看短视频里有人切了土豆片，四个小时就成了干薯片。这让我想起婶婶，想起已经阴阳两隔的父母。

一次，我专门挑了些个头小的土豆，用空气炸锅烤着吃。很快，满屋子都是土豆的香味，这熟悉的味道令我陶醉不已。经过来回两次翻烤，30分钟后打开空气炸锅，一个个表皮焦黄开裂的土豆让人迫不及待，拿起来小心翼翼地咬一口，立即可以看见白沙沙的果肉，在阳光下亮晶晶的，如同璀璨的钻石。这时候，我仿佛回到了童年。

大白菜

每年秋天，团汽车排的车会拉着一车车面粉和蔬菜来到煤矿厂，然后拉着一车车煤炭满载而归。大白菜到来的时候，常常是大雪已经盖住了山梁，立冬早就成为时光里的逗号，寒风停了一下，越来越紧地逼近我们的生活。这时候矿里分大白菜，家家都忙活起来，大人和小孩一起上。

记忆里的大白菜这时候像个冰疙瘩，硬邦邦、沉甸甸，却不得不张开双臂用尽全力抱起一个往家走。我的小手被冻成了红萝卜，走一阵就不得不停下来哈哈气。即使如此，我仍然一次次跟着大人们一起从车上往家里搬运着，因为这关系着我们整整一个冬天的幸福。

那时候，家家户户都会挖一个菜窖，一冬天的蔬菜都屯在里面，有些人家图省事，就把菜码在院墙边，用麻袋片盖上，吃的时候提前拿到屋里缓一缓，倒也不影响口味。可见，大白菜是很耐寒的植物。

到了20世纪80年代初，家家户户可以自由养殖牲畜和家禽，杀年猪的风俗很快在连队盛行。有了足够的臊子肉加持，大白菜吃起来也就更加美味了。那时候我们已经从矿区整体搬迁到了园林二连，连队有菜地班，自家也有了自留地，冬储更加丰富了，但大白菜依旧是冬菜的主角之一。

记得有一个冬天的傍晚，父母不在家，我忙活半天，炒了盘白菜粉条肉，正准备吃饭，初中同学唐建平突然来访，随着他掀开家里的棉布门帘，一团寒气卷进门来。来得早不如来得巧，我们俩就着个大高凳子当桌子，面对面坐着小板凳，就着大馒头，吃得津津有味。这么多年过去了，想起当年的情景，我的心里还感到暖融融的。我想：令人难忘的，不仅仅是白菜粉条肉的浓香，更是少年时真挚的友情。

工作后去酒店吃饭的机会多了，有一天突然发现多了道菜：水煮白菜，看似寻常，却令人回味。回家试着做了几回，总不如酒店里的滋味。带着疑惑向大师傅请教，才知道人家是用老母鸡调的高汤，而白菜也只选用上半截嫩叶。这才明白，每一道美味后面，都倾注了烹饪者的匠心和心血。

后来四师农科所的研究人员攻克难关，培育出了夏季上市的大白菜，使这当年最典型的冬菜成了一年四季餐桌上的常客。

俗话说“药食同源”，中国人对食疗也情有独钟。《滇南本草》等医书记载，白菜有一定医用价值，其鲜叶和根可入药，中药名为黄芽白菜，具有通利肠胃、养胃和中、利小便的功效。现代医学则认为白菜含丰富的维生素、膳食纤维和抗氧化物质，能促进肠道蠕动，帮助消化。

有一天突然想吃凉拌菜心，便切了细细的菜丝，学着记忆里母亲的样子，用手拿着不锈钢的汤勺，小心翼翼地在燃气上煨啊煨，感觉油烟要起来了，迅速端过盛着菜心的盘子把热油往上一浇，听着“嗞”的一声，一股白烟冒起，人生的况味，都在这一勺油里了。

萝卜

元代诗人许有壬的“熟登甘似芋，生荐脆如梨”，描述了萝卜的口感，令人口舌生津，恨不得立即大快朵颐。更为可贵的是，萝卜不挑环境，土壤肥瘦、气候冷暖，皆可开花结果，且产量颇丰。当然，这里说的萝卜，专指最早出现在人们生活中的青萝卜。至于胡萝卜、水萝卜、红心萝卜等，稍后再记。

青萝卜是平民菜，可烹饪起来，却是“嫌贫爱富”，喜欢和荤腥之物混在一起，若和牛腩、牛杂一锅炖了，真是给锅“佛跳墙”也不换。可是在那个缺吃少穿的年代，哪里有足够的肉食伺候萝卜呢？最多的时候是凉拌萝卜丝，有时候青萝卜生吃也不错，可是肚子里没油水，吃多了烧心、反胃，滋味也不好受。怎么办呢？很多家庭是用萝卜丝粉条包包子，可是那时肉太少，吃起来不怎么样，就连打出的嗝都有股怪味。这时候女人们的智慧便显露出来，到了秋天，家家户户的门前、屋檐下都会或摊或挂晒着萝卜条，用盐杀出水分晒至半干的萝卜条，再揉上辣子面，用坛子密封了，是早餐中面糊糊的最佳拍档。而我最得意的，是嚼着萝卜干发出“嘎巴嘎巴”的声音，真可谓色香味声俱全也。父亲则会偶尔买些牛羊的下水回来，洗干净和萝卜一起炖了改善伙食。这时的萝卜，有了油水的滋润，真是回味无穷。20 世纪 80 年代以后，条件慢慢好了，大骨头炖萝卜也常常摆上餐桌，我们吃得满嘴流油，不亦乐乎。

令人想不到的是，青萝卜里也出了“贵族”。去年春节，朋友送我一盒潍坊萝卜，说是飞机空运来的，区区 10 个萝卜，要 100 多元，乖乖！

继青萝卜之后，胡萝卜慢慢进入我们的生活。小时候，观其色，一直以为其名曰“红萝卜”，后来才知道，原来人家的大名叫“胡萝卜”。胡萝卜原产亚洲西部，10 世纪传入欧洲，12 世纪传入中国。《本草纲目》中记载：“元时始自胡地来，气味微似萝卜，故名。”这也是我又一次考证丝绸之路给我们带来的美食。

和青萝卜相比，胡萝卜少了些辛辣，多了些甘甜，似乎更受胃的欢迎。从营养学的角度来说，它是维 C 之王，无论是从健康还是美容的角度，似乎都对人体有百益而无一害。在新疆，最受大众欢迎的美食之一——抓饭，胡萝卜是必不可少的食材之一。有家兵团企业发现商机，早早研发出胡萝卜汁，走俏市场多年，牢牢占据着行业引领者的地位。

有一次，我参加宴席见到一道菜名为“赛螃蟹”，很是好奇。等菜端上来，不禁莞尔：原来是胡萝卜丝和鸡蛋液搅拌在一起，用植物油炒制而成。不过还别说，入口真有些螃蟹的鲜味。很长一段时间，我会偶尔拿这道菜来解解馋。

可以说，我对水萝卜的认知，较以上二者较晚。或许是不如青萝卜和胡萝卜产量高、市场大，水萝卜在新疆的种植历史要短得多。论排行，青萝卜是大哥，胡萝卜为二姐，水萝卜也只能屈居小弟之位了。因为在我的记忆里，水萝卜是生活条件好了之后才出现在我的视野里，可见，它并不是萝卜界的主角。后来读了汪曾祺的文章，才知道它还有一个好听的名字——杨花萝卜。难怪到我家来得晚，原来它是水乡的产物。

最早吃到水萝卜时，大概是水肥足的原因，个大粗壮，我最拿手的做法便是滚刀切块炖肉，感觉味道比青萝卜更香嫩，入口即化。现在市场上出现了一种乒乓球大小的新品种，称之为“樱桃萝卜”，刀拍了凉拌，很入味。切成薄片炒羊肉，也很受欢迎。

说了这么多关于“老三样”的话题，不由想起30多年前，好友远瀚在一个文学座谈会上讲的故事：冬天去看望一位贫困潦倒的文友，到了中午吃饭时间，文友问道：“你喜欢吃白菜还是土豆？”意思是说二者只能选一样，否则他下一顿就没菜吃了。看样子，他家里连最基本的老三样都无法凑齐，生活的窘况可见一斑。好在，我们一干朋友赶上了好时代，靠着手中的笔，都实现了稻粱谋，虽不是锦衣玉食，却也个个不愁温饱。更值得庆幸的是，几十年过去，我们还在继续着心中梦想，用手中的笔讴歌生活，憧憬未来。

只是，我们这一代人还知道“老三样”的好处，下一代人呢？吃惯了温室大棚里反季节的蔬菜，他们还能爱上外表朴素、功勋卓著的“老三样”吗？

茶语四则

茶与水

常听茶友说，自己今天喝的是什么茶，却从没听人说过，今天喝的是什么水。我不禁有些为水打抱不平——为何人们只记得茶的清香，却忘了品茗时不可缺少的水呢？

中国的茶文化源远流长，品茶人对泡茶的水，也是颇有讲究的。不信，随便翻看一下古人喝茶吟唱的诗句便可见一斑。陆游说："寒泉自换菖蒲水，活火闲煎橄榄茶。"郑板桥说："汲来江水烹新茗，买尽青山当画屏。"吴兆说："加起炊茶灶，声闻汲井瓯。"黄镇成说："茶鼎夜烹千古雪，花幡晨动九天风。"李郢说："金饼拍成和雨露，玉尘煎出照烟霞。"可见，泉水、江水、井水、雪水、露水，无不可以入茶。

《红楼梦》里对烹茶之水的描述更是令人称奇。第41回里有这样的描述，黛玉因问："这也是旧年的雨水？"妙玉冷笑道："你这么个人，竟是大俗人，连水也尝不出来。这是五年前我在玄墓蟠香寺住着，收的梅花上的雪，共得了那一鬼脸青的花瓮一瓮，总舍不得吃，埋在地下，今年夏天才开了。我只吃过一回，这是第二回了。你怎么尝不出来？隔年蠲的雨水哪有这样轻浮，如何吃得。"似乎是因为雪乃天上之物，高洁纯净，为沏茶之上选。

那么，果真如此吗？且看茶圣陆羽如何说。陆羽在《茶经》中论煮茶方法时指出：“其水，用山水上，江水中，井水下。”也就是说山水最好，其次为江水和井水。可见，即使是在古代，也并非雪水煮茶最好，更何况今天，雪水煮茶只能是美好的传说了。

其实无论古今，沏茶用的水，应以纯净鲜活为最好。《陶庵梦忆》中就记载了一则这样的趣事：张岱在南京桃叶渡闵汶水家喝茶，闵汶水夸到用的是无锡惠山的泉水，张岱立马觉得对方在忽悠，反驳说无锡离南京这么远，长途运过来后，水早就不新鲜了，怎么还能这么清冽？闵汶水则透露了他的秘方，等到夜里的时候接最新的泉水，再采很多惠山泉边的石头放在水罐里，用来“养”水，并且只在风力很大的顺风天，用船十万火急地送到南京来。为了保持水的品质，泡出一壶好茶来，爱茶的人是多么费尽心机啊！

茶对水如此之挑，水却对茶一视同仁。无论是名贵的大红袍，还是寻常的铁观音，水都会用它满腔的热情，唤醒沉睡的茶香。这就是水，这样低调，却又这样重要，难怪老子对水推崇备至，在《道德经》中发出“上善若水”的感慨，说最高境界的善行，就像水的品性一样，泽被万物而不争名利。这一点，在茶道里岂不是又一次得到了印证？水成就了茶，却依旧默默平淡，以平常的心态伴随着人们的柴米油盐，无论贫穷富贵，一视同仁。

作为一个爱茶之人，我想这样比喻是恰当的：茶是水的灵魂，水是茶的生命。没有水，茶的美妙，又有谁能知？没有茶，水的味道，又如何品出？或许有人会问：“那么，是水重要还是茶重要呢？”我的回答是：“茶与水，是天生的情侣，相辅相成，方得正果。就如女娲造人，有男人还得有女人，这世界才算完整。”

品茶的境界

最好是在夏日的午后，坐在自家的小院里，墙边的刺玫灿烂地开着，蔷薇星星点点躲在绿色的帏幔里露着笑脸，木质的葡萄架上爬满长藤，习习凉风吹过，叶片沙沙作响，一串串葡萄在透过茂密的枝叶偶尔投进来的那点阳光的照耀下显得更加晶莹剔透。这时候，我静静地品着茶，每一口都能品出安逸与幸福的味道。

当然，没有小院也无妨，也不必非要在夏日的午后，即使是寒冷的冬季也一样，关键是要有一颗快乐的心。就说冬天吧，而且是住在高高的楼房，一个周末的夜晚，收拾了一周的凌乱，是该坐下来喝口茶了。这时候你会发现，窗明几净的家里散发着柔和的气息，放眼望去，窗外万家灯火，你就像一个气定神闲的棋手，生活就像一盘棋，这时候是走得最顺心的几粒子。所以古人说：“一屋不扫，何以扫天下？”我以为劳动之余的品茶，的确是一种健康的享受，这就像当年吴伯潇说的那种“健康的疲惫”，有着异曲同工的效果。

也不必非要一个人独坐。三五好友围坐一圈，品着茶，聊着天，又是一番景象。或许就在这清香氤氲的气氛里，一件悬而未决的事情就有了结果，一些隐藏在犄角旮旯的怨恨就烟消云散，美好的心情因为茶、因为畅谈而云蒸霞蔚，袅袅升起。我想：南方人爱喝下午茶，莫过于此。

品茶其实是一个交流的过程。

一个人独自品茶，静静地，孤独着，也快乐着。这时候可以听到自己心灵的对白，两个自我，热烈地交流。可以想起往事，开心也罢，痛苦也罢，在一口口的香茗的浸润中，心绪渐渐平静下来。或者大脑一片空白，什么也不想，心中只有茶，七泡过后，余兴未尽，于是一壶接着一壶，喝个透彻心扉，身心舒畅。这大概就是发呆的乐趣。

三五好友相聚，则多了几分生机。你一言我一语，伴着茶香探讨人生是件多么美好的事。有人侃侃而谈，有人洗耳恭听，说到高兴处，有人开怀大笑，有人掩面微笑。即使是激烈争论，面红耳赤，也请放心，无论如何，最终的结果一定是温文尔雅的道别。这就是茶和酒的区别，酒使人乱性，茶却能够清心。这时候，喝的是茶，品的是人、是友情。难怪古人感慨："淡中有味茶偏好，清茗一杯情更真。"

无论自斟自饮还是好友相聚，品茶都需要有颗宁静的心。正所谓"宁静致远"，心静了，心胸也就宽阔了，所思所想才能走得远，人生的境界才能得以提升。从这个角度说，茶是水中仙，只有满怀敬畏之心的人，才能品出个中况味。否则，品什么茶呢？不如喝酒去！

在品茶的过程中，最陶醉、最快乐的，当属沏茶的人。因为茶是有灵性的，只有懂得与茶交流的人，才能沏出沁人心脾的茶汤来。当你全神贯注地将滚烫的水注入茶具中，你的脉搏就开始与茶一起跳动，心神所至，茶之魂也。

所以说，再好的茶、再好的环境，须有一个懂茶的人。

独守清欢的"猪"

转眼，这只精美的生肖紫砂壶伴我已有 14 年了。其间，人生浮沉，悲欢离合，我经历了五味杂陈的人生。随着岁月的流逝，这壶已经走入我的生活，成为不可或缺的一部分。

记得清怡茶友将这只壶送我时，郑重其事地告诉我："这壶已经开过了，你要好好对它哦！"那是2008年的8月。

接到手里的刹那，我就喜欢上了它。但见一间精巧的小屋矗立壶盖，一只憨厚的小猪横卧壶身。我读懂了茶友的祝福：世界再大，家是归宿。那时候我刚离异不久，处在极度的孤独和苦闷中。这只小小的茶壶，改变了我的人生。

在此之前，我的喝茶方式恐怕只能叫作牛饮，每天下班回到家，第一件事就是端一碗提前沏好的凉茶，一饮而尽。这种茶大多是湖南生产，专供新疆的一种黑茶，因为外形像砖头，所以新疆人都把它叫砖茶。这种茶的好处是经泡，色泽金黄，喝起来过瘾。但是若论茶香，自然是不能和好的铁观音相比。

自从有了这只生肖猪紫砂壶，我喝铁观音的兴趣逐渐被培养起来，除了偶尔去朋友的店里和茶友相聚，品茗谈心，更多的时候，我是一个人在家里独自品茶。尤其是冬天的时候，夜很长，收拾完碗筷，儿子在一旁静静地写作业。我呢，则把房子打扫得干干净净，然后端坐茶台，看着窗明几净的陋室，心中充满了快乐。

这时候，拿出几袋铁观音，静下心来，自斟自饮，一天的疲劳和烦恼刹那间烟消云散。此时似乎紫砂壶和茶都有了生命，当我开始烫杯、洗茶、闻香、品茗，心中除了一壶水、一杯茶，再无他物。心中牢记着清怡茶友的教诲，默默念着沏茶的时间，适时起茶，以免错过了最佳的火候。其间，一遍遍用洗得干干净净的双手不断地抚摸着茶壶，和它用心相对，就像和一个好朋友促膝谈心，心意相通。此时的心境，真是纯净自然，别无杂念。在这种状态下，时间过得很快，往往两三个小时就在发呆中度过。两三袋茶喝完，全身通透，舒畅无比。

虽然家中器具简陋，但是程序一点也不敢马虎。每次喝完茶，清洗、晾壶，一丝不苟。但是也有例外，有一次因为太忙，加上心绪不佳，品完茶就沉沉睡去，第二天又匆匆赶往单位。等几天后发现时，壶中已是茶腐味酸，直冲口鼻。我一面懊悔不已，一面迅速打电话请教茶友。最后用开水煮泡，再三擦洗，才算慢慢去除了异味。从此后我时刻保持高度的警醒，再也没有犯过同样的错误。

更让我感慨不已的是，我的紫砂壶也在岁月的积淀中成熟起来，色泽由当初的砖红色变为咖啡色，显得更加从容、典雅。14年的时光，经过它的冲泡，多少片铁观音完成了自己的使命，把清香留在了人间，也留在了壶中。记得电视连续剧《铁齿铜牙纪晓岚》中曾经描述过一只紫砂名壶，可以用清水沏出茶香来，我心中一动，也试了一试。没想到我的小猪真的不负我望，倒出的清水竟然能品出淡淡茶香，真可谓“日久见真情，铁棒磨成针啊！”想想，自己不也是一只独守清欢的“猪”吗？真希望自己也和这头“小猪”一样，装进去的是清水，倒出来的是香茗，把岁月的美好与大家分享。

现在回头想想，真要感谢清怡茶友，感谢我的紫砂壶，是它伴着我度过了人生最低迷的时光，磨炼了我的性格，使我渐渐心静如水，不以物喜，不以己悲。

拜谒茶都

作为一个铁杆茶友，去拜谒铁观音之乡安溪，一直是我心中的夙愿，这次福建之行，岂能放过良机。

到安溪县城下了班车，感觉有些失望，在山谷间一溜老旧的私建二层小楼，没有我想象中的气派和现代。打车到了有着“中国茶都”之称的铁观音集散地，偌大的市场里同样是空荡荡的，没有一点人气。一打听，原来春茶早已上市，秋茶尚未采摘，正是青黄不接之时，茶都自然冷清。倒是家家户户门口坐满了挑拣茶青的老人，小孩和浓浓的茶香味印证着茶都的名不虚传。

接到我的电话，在淘宝网上认识的茶商王春把我和儿子请到店里品茶，虽然是第一次见面，但是有茶为媒，几位萍水相逢的茶友一见如故，相谈甚欢。傍晚，来到王春为我预订的茶都大酒店。这酒店价位不高，开窗与绿色山峰迎面，大龙湖水缓缓流过，令人心旷神怡。趁着夜色沿湖散步，细细品读两岸防洪堤的花岗岩护栏上镌刻着的古诗词，不禁为这“十里诗廊”叫好。看样子当地政府为了弘扬中国传统文化、发展旅游业颇费了一番心思。

既来之，则安之。第二天经茶友指点，我们找到了一个本地茶农自产自销的小市场，里面却也热闹。见我们到来，立即有几位茶农围了上来，本不打算买茶，见一位老妈妈背着一袋茶跟在我身后，动了恻隐之心，便停下来让她打开茶袋询问。见我们有买茶的意思，老妈妈很是开心，极力向我推荐她家的茶。看我将信将疑，旁边一位卖开水的帮腔道：“你可以上二楼去先品尝一下再决定买不买啊。我这里一壶水也就两毛钱。”真是为茶都人的周到服务点赞！于是花两角钱提了一暖瓶开水上二楼，已有一些茶农在和客商一起品茶、商谈。我们选了一张桌子坐下来品茶，喝了三泡，感觉还不错，加上老人家一脸期盼的神情，我不忍心拒绝，便买了半公斤春茶。言谈间得知我是新疆伊犁的，旁边一位茶商有些惊奇：“真是巧了，你看，我这里才给你们伊犁的一位老茶客寄了茶叶！”我一看包裹单，果然是伊宁市某局的一位茶友。感慨世界之小，于是立即成交，又买半公斤。立即便有人上前询问，是否需要包装？一毛钱一袋。有如此便利的服务，我自然是开心接受。喝着茶，不一会儿我买好的一公斤茶就全部灌装成了每袋7克的包装，就地填了单子，邮寄回家。现代的商业和物流真是方便到家了！

出了市场，时间尚早，我便和儿子沿街溜达，想看看茶都的风土人情。突然看见一溜百货店的中间有一家“李光地茗茶”的招牌古香古色，十分惹眼，我便拉着儿子一起步入其间。立即有身着旗袍的茶师迎了上来，邀请我们落座品茶。

品着清香的铁观音，听茶师对李光地品牌的介绍，我才知道原来清代名相李光地的老家竟然是安溪，所以也有“安溪先生”的雅号。才看完电视连续剧《康熙大帝》，对李光地的爱国和韬略记忆犹新。正说着，总经理王庆走了进来。

互相问候之后，我感觉他的口音很亲切，一问，原来是四川人，而且离我的祖籍很近，更是惺惺相惜，品茗论道，一见如故。原来王庆在老家本是电力企业的干部，2000年初不甘于平庸的他辞去了公职，来到福建，先是在有“品牌之都”的晋江做职业经理人，后来认识了现在的妻子。两人结婚之后，常听岳父母感叹茶不好卖，王庆遂对茶叶销售产生了兴趣。经过市场调研，他决心放弃晋江的事业，全身心投入铁观音的产业中来。在他的规划下，妻子和父母一起负责种植管理和传统的批发业务，而自己专门负责品牌策划和加盟服务。

通过对安溪的茶文化和历史名人仔细研究，王庆产生了一个大胆的想法：铁观音和李光地都是安溪的名片，若能将两个融为一体，不就是一张安溪新名片吗？经过查询发现“李光地”还没被人注册，再三咨询评估，2008年初“李光地茗茶”商标正式注册面世。

很快，凭着深厚的历史文化效应和过硬的质量，李光地茗茶就在业界崭露头角，被评为中国铁观音十大连锁加盟品牌，并多次在农业博览会和茶叶博览会上获奖。

作别王庆，我感到不虚此行。安溪的茶文化，使我想到家乡的特产薰衣草、树上干杏等，如果用这种全新的理念去打造、经营，一定会锦上添花，成为四师的新名片。

书评

人间烟火化作歌

蒋晓寒

南风涌进冻土，河流浩荡漫卷；食芽覆铺大地，芳香幸福烟火。

一气呵成读完鲜章平的散文集《一碗乡愁》，不禁为作者用点滴心血的书写泪湿沾襟。作者在字里行间不琢、不雕、不矫饰、不刻意，既不使力过猛，亦不哗众取宠。在每一次体验美食时，诠释了对生活的感悟、对家庭及亲情的感怀、对时光消逝的喟叹，与记忆伴随的现世温暖重合。

因鲜章平全文所含范围宽广、内容细微，本人有幸成为作品的书评之一，在对全书的赏读之余，亦将此书的书评分为节点评述，望读者体纳。

家是味蕾跳动的华梦

毫无疑问，作者鲜章平是一个生活的美食家，是一个在泥土浸泡与生活洗礼中的美食家。他自小在家庭美食的熏陶中长大，直至后来成家立业，无时无刻不与美食打交道。作者感恩生活，也从不吝惜犒劳自己的味蕾。从他寻找美食，和妻子在家自制美食，再到与至亲邻里和天南地北的朋友分享美食，可以说，鲜章平作为天生的美食家，从不辜负与美食的每一次碰撞。

鲜章平父亲的祖籍是美食之乡，历史源远流长。与生俱来印刻在骨子里的制作美食的基因，在兵团这块土地上、在屯垦戍边劳作的生活中，发挥了尤为重要的作用。

从北方刮来的朔风，凛冽而又无情。在 20 世纪六七十年代，在兵团拓疆开土的不毛之地上，一处处简陋的地窝子、一座座泥坯房的烟囱里，袅袅升起的，是生命澎湃的坚韧欢歌，是一家老少放下坎土曼与镰刀，洗去尘土与星月的一桌桌朴素饭食。

在那个物资与食物极其匮乏的年代，餐桌上果腹尤为重要。但是，鲜章平的父母却摇身一变，成了生活的魔法师，总能将生活打点得活色生香，尤其是将每一顿来之不易的食物——无论是蔬菜还是野味，变戏法似的，为孩子们奉上一顿顿美味。

在鲜章平的笔下，父亲作为下井挖煤的煤矿工人，从不亏待匮乏的生活，不亏待孩子们。他会将各种蔬菜，配以调料，制成家乡川味美食，也可以为了一家人第二天不寒酸的下饭菜，将羊杂在寒冷的雪夜托举马勺冲洗清理，待挂起羊杂，又就着炉火正旺，用火钳子烧羊蹄、羊头，燎尽上面的羊毛，以备细水长流地烹制。等一切收拾妥当，父亲又在寒冷的星月下，赶在去往煤矿的路上。

诱引味蕾的是美食，衔接亲情的也是美食。鲜章平对每一次与家人团聚体味亲情，都是通过做美食来呈现的。当大哥和大嫂露一手的拉条子，摔打在案板上，发出啪啪嘹亮的声响，鲜章平听到的是生活的激情；当舅哥在排碱渠挖来的水芹菜，在油烟的翻滚中喷香回荡，鲜章平闻到的是生活的丰美；当与妻子共同悉听父亲做腊肉的手艺，传承技艺时的温馨场面，是对生活持有的感恩。从鲜章平成为父亲，到子女对他的手艺连连称赞，鲜章平将一幅岁月静好的和谐画面和对生命朴素的敬仰呈现给了我们。

可以说，作者鲜章平把对生活的过往和印记，以及对故乡深厚的情怀，转化成对一餐美食的品味与感念中。美食就是生活，生活就是美食。他笔下的美食穿肠过肚，朴素的人文情结跃然纸上。

在对青少年时代艰苦岁月的回望中，鲜章平使用了电影蒙太奇手法，令人印象深刻。

在《美味的兔子》篇章中，我们可以看到那个追兔子的小小身影猫腰越过一个沟坎，又一个迅捷止步回身，再一个起跳猛扑。那一跃、一止、一转、一扑中，时间的跨度，就从夏季转场到了皑皑白雪的冬季。从追兔子，到套兔子，再到为了抓到兔子，需要从狗爪、猫爪等各种动物的爪印中区分兔爪的精准判断，这是他在对生活和大自然细心地观察。

他的笔下，拙朴但不失内容，就像戈壁虽然萧索，但满目皆是风景。这使得作者在对故事的铺展上，极具看点和妙趣，更携抒情与浪漫。想要逮住一只餐桌上的肥硕美味，作者又给我们描绘了一幅美好而又童趣十足的生活画面。相信每一位看过文章的读者，在看到抓野兔的情节时，内心一定和我一样，都是柔软且怀念的，因为那也是我们曾经的童年生活。当野兔的美味满足胃肠之后，作者又回忆起与儿时玩伴的往事，其间最多的，还是对小兔宝宝的亲昵。

鲜章平的味蕾，华丽而又挑剔。得亏在广阔的农村，大自然提供了丰富的美味品种，这才能满足他的味蕾。在对美食的品鉴中，最动人的还是对亲情的记忆。例如：父母为了让孩子们吃上原汁原味的农家蔬菜，会专门在菜园子里种上毛白菜、生菜、黄瓜、辣椒、西红柿、茄子、豆角等，又会安置起可以生蛋的家禽的圈舍。这些点滴情深，令作者感动备至。哥哥姐姐们秉持了父母的美德，将荠菜、紫花苜蓿、马齿苋等可以入胃的野菜，觅回家中，由掌管灶间大厨的父母制作，家人的一系列操作，都是在炊烟—餐桌—团聚中，完成了一次次亲情的衔接。

盘踞在鲜章平心中的，不仅仅是吃饭团聚，还有盛秋来临，翻菜地、采果子、储冬菜、腌酱菜、做腊肉，一家人各司其职，将一个普通兵团人的农家小院生活跃然纸上。可以说，鲜章平笔下的每一个家人，他都让他们再次穿梭于生活，变得生动起来，以此把情境拉回到过去，从而让文字中的故事更能打动读者。

故事朴素的表面，隐藏着鲜章平对家人、对生活、对过往的牵挂与回忆，也体现出他对往昔生活的眷恋与感恩，同时，又向读者诠释，父辈对坚守兵团的忠贞。

鲜章平是一个具有浪漫情怀的人，他边走边记，边记边感慨。在他的内心深处，涌动着一股情愫，那就是：纵有一颗怀梦奔向远方的心，等安静下来，也不过是一间屋、一盏灯，灯下有妻儿相伴，明天有关怀嘱托。当有这一切，世间所有的苦难都将烟消云散。书中有一个篇幅讲述作者与妻子灯下腌制腊肉的情节，画面感尤为深刻。在他所描述的夫妻一动一静中，琐碎的温馨、操劳的美好，都在夫妻共同的协作中，达到了家的港湾给予的安宁和动容的平衡。

从家庭人间烟火中，鲜章平引领着我们走向外面的世界。

伊犁丰饶的物产催生出的三文鱼、大马哈鱼跃出水面，迎着波光粼粼的水面飞翔，满载收获的嘎斯车缓缓从远方开来。他两鬓斑白，提醒着每一位读者，兵团二代们已经长大。孙辈的嬉笑玩闹，又承载着第三代兵团人的笑靥如花。鲜章平用最朴素的故事与语言，于无声处听惊雷，悄悄将坚守与奉献的兵团精神融入文字中，融进读者的思考中。

美食的修行

任何一道美食，都是经过了匠心打磨之后的时空凝聚。

鲜章平的胃，由美食的一根丝线牵引，由北向南，再由南回到最初打开味蕾的地方。这是时空上，作者为我们提供的评述依据。

一路走来，鲜章平从入他眼的美食开始，然后是搜索美食、琢磨美食，最后，上升到查证所品尝美食的渊源才肯罢休。他在满足味蕾需求的同时，解决读者对每一款美食文化上的人文诉求，这是他对美食和读者的双重敬重。

粉蒸肉、扣肉、夹沙肉、龙眼肉、重庆小面、抄手等大众川味美食，是因为父亲本就能制作出美食的身份，使他自然地成为川菜的忠实追随者。鲜章平最初了解的川菜，不过是对花椒、辣椒两种调料的粗浅认识，随着对泡椒凤爪、新疆大盘鸡的各种制作方法和配料的偏爱，加上自身高超的厨艺，开始探究对美食口味的品鉴、动手能力的实操，认知方法的全面掌握。

仅出自他手的大盘鸡制作方法，就繁复到10个步骤。对于其他的美食爱好者来说，他们只管吃，不管做，但鲜章平不是，他不仅要吃，还要品，还要做。了解了各地大盘鸡的做法之后，他躬身上灶台，自己研磨，反复炒制，最终成为一名地道的新疆大盘鸡品鉴官。

不仅如此，鲜章平还从制作大盘鸡的经验中，又抽丝剥茧去一一查证配料的历史。

在考证大盘鸡中的主要搭配土豆、萝卜、皮带面中，又多方采集、反复对比，娓娓道来。而对新疆另一款传统家常美食——拌面，鲜章平无一不亲身试验对比，为更好地做出一盘可口的拌面，也是用尽了心思。

从喜好美食的表面，上升到美食的另一个时空维度，鲜章平不亚于一个孜孜以求的学者，去查询相关资料。这是他与其他很多只知其一不知其二的美食家不同的地方，也说明他在对待享用美食这件事上的专注和执着，也是一个坚守美食文化素养的人对其背后渊源的厚爱。他要将内心释然不尽的美食文化与现有生活的总结，达到心灵与思想的高度。

其中，对锡伯族西迁历史中传承下来的全羊宴的查证，就可见一斑。

从鲜章平的细心观察中，看到全羊宴从羊肉到羊杂需要分装 16 个瓷碗；从《筵款丰馐依样调鼎新录》的查证中，了解到羊杂可有 108 种做法。凡此种种，让鲜章平在品尝全羊宴的过程中，体悟着每一个民族为西域屯垦戍边付出的血泪艰辛。对羊杂美食了解得多了，他便深入芦草沟美食一条街去采访，观摩宰年猪对居民生活的影响。每一次挖掘的背后，其实是人们花在食物上的精力与投入，是人们的生活智慧与情感表达。鲜章平品尝美食，其实是一场自我的修行。

对于新疆本地人而言，每一种美食的出现，都有它宿命的起源，但绝不是终点，因为故事流传的渊源大不相同。

在鲜章平的概念里，缸子肉是因为年代特殊，铁锅都被拿去大炼钢铁，炖肉没有锅，所能想到的办法非搪瓷缸子莫属，从中得到的美味效果，超乎铁锅，鲜香其上，欢喜之余，缸子肉做饭便被保留下来。手抓肉则要一套完整的流程，从宰杀一只羊开始，流程琐碎，耗时之长，不是其他美食所能媲美。在等待的过程中，牧民才约食客前来。或唠家常，或学炖法技艺。另外，鲜章平笔下的用羊粪蛋炖煮的手抓肉，和七十九团乔龙巴特的马奶酒，既拉近了邻里关系，又增加了团结之情。鲜章平的美食背后，是真实呈现的人间烟火。

只一种牛羊的美食——苜蓿，又让作者进入回溯历史的河流中。

2000 多年前，因为对西域天马的偏执，汉武帝下令在长安内修建了供西域商人和使节专用的宾馆官室，在宾馆旁边为天马修盖高大马房，在马房旁边还专门种植了西域的葡萄和苜蓿。其目的是让从西域来的天马和使臣们能够天天看到自己家乡的景色，领略到天山南北的风情。使臣能够看到他们的天马，天马能够每天吃到自己喜欢的苜蓿，自然怡然自得，乐不思归。

作者想要表达的，何尝不是西域大地上寂寂无名的牧草，历经万水千山，经过各色名厨的改进，加上中原与西域文化碰撞后的融合，成为一种跨越地域和民族的美食文化承载。

追寻着作者对美食锲而不舍的蛛丝马迹，在我的眼中，仿佛看到了鲜章平的美食修行诠释。

青年艾尼瓦是一个卖野生蘑菇的维吾尔族小伙。作者路过他的蘑菇摊，买走了他所有的蘑菇。这是作者对肯为生活吃苦的人的鼓励；二则，用蘑菇做出的各种美食，又引诱着他的味蕾。

果不其然，鲜章平带上妻子，冒雨驱车很远，到察县林场寻找蘑菇，直到将袋子装满才作罢。他的寻菇路，令人忍俊不禁。生活不过如此，于喧闹中，求得一份喜悦的安宁，这才是他寻找蘑菇的真正目的。

顺着鲜章平的美食修行路线，我们可以看到，他将美食凝结为生活文化艺术。

鲜章平品味过的南北美食，数不胜数。然而，在他对美食的追求中，他发现，那些小瑕疵，往往蕴含着浓厚的人情味，总有一些温情护他味蕾圆满。例如，在上海旅游时，一位老人给了他一瓶“老干妈”，这一细节，对在外旅游的人尤其珍贵。能让他情绪平静的言行，亦能让他内心升腾起美好。没有什么不一样，品着外乡的辣酱，满足着北方的胃，但对陌生人的关怀，是一样的温暖。由此，他又回想起母亲自制的辣椒酱。温暖与温暖总归是不一样的。

再沿着作者的乡愁走一走，就品出味道来了。在《粽子里的乡情》一文里，鲜章平向我们展示了浓浓的乡土情：花狗家有软糯甜香的粽子。发小花狗的哥哥叫黄狗，花狗妈的干儿子叫小蛋蛋，小蛋蛋的哥哥叫大蛋蛋。这些乡野小名，真是打动了我。而孝顺的鲜章平，会将在邻家收获的粽子，揣进小小的口袋，给父母带回去。我们从中是否回想到小时候，我们儿时玩伴里，那些个小名里，哪一个不是土、俗到冒着乡野的气息？鲜章平在文字的记忆里，逆风呼喊着他的玩伴，呼喊着在时光的流逝中越来越远的乡愁和对父母的怀念。读来令人潸然泪下。

不知读者看到这一幕，是否如我唏嘘不已、伤怀备至？而如今作者远离家乡，定居乌鲁木齐，回想儿时的点滴过往，每一幕都让他想起母亲的红枣粽子，以至于他眼角湿润、情难自禁。

外地的美食，留不住一个旅人的家乡胃。任何一种美食，在鲜章平眼中，都是岁月和人生的积淀。以前物资匮乏，甜食尤其珍贵，父亲爱吃甜腻的糖糕，因其能满足味蕾，增加消化时长，作者的父亲起早贪黑地下煤矿，需要能量支撑体力。而他的父亲年老后换了假牙，吃油腻的糖糕是味蕾的记忆和对艰苦年代的回望。父亲去世后，鲜章平给父亲坟茔的供品中，总有一碟他早起购买的热乎乎的油糕。在火苗的闪烁跳跃中，父亲品尝到了油糕吗？而在作者的哀思中，儿子对父亲的怀念，父亲也一定收到了吧。

使命与大爱无疆

作为一个地道的兵团人，又身兼弘扬文化重任，鲜章平遇到数不尽的感人故事与事迹。援疆绝对是贯穿兵团史的浓墨重彩的一笔。

“苹果城”里苹果香。门派斯、斯特洛维、夏柠檬、秋柠檬、冬柠檬、塔赫勒，这些极具西域风情的名字，却是苹果的品种，鲜章平为了使读者一饱眼福，像一个满腹文章、口艺精湛的说评书老者，将读者拉入他的故事当中。

因为树龄高、产量低，1965 年，北京知青、军垦之子尤光华，因为师长的一句话“我们有这么好的土地，难道就种不出来吗”，于是一辈子扑在红星苹果的培育上；上海知青陈顺祥，对从大会战工地拖着疲惫的身躯回到连队仓库改造的集体宿舍里，能吃上香喷喷的红烧肉记忆犹新；七十一团的吕宴兵以有机糯玉米糁子带领群众走致富道路；屯垦老兵，怀抱稻禾完成了六十八团伊香大米的军垦使命；“地老虎”农业技术员邓世雄用一生心血，培育出伊农 -61 小麦新品种，达到了 867 公斤的高产。而父亲“打月饼”的传统手艺，和许许多多像鲜章平母亲自制的苞谷面“发糕”“搅团”“手擀面”“馒头”一样，无一不是从当时环境里精心打磨出的美食，又无一不体现着众多戈壁母亲在屯垦戍边中大无畏的奉献精神。

援疆精神，是兵团精神的一种。

“此刻，我正走在回家的路上 / 你却已化作一缕英魂离开了人间 / 恍若昨天才微笑着告别 / 你温暖的双手还握着我的梦想。”这是 2016 年 8 月，鲜章平在出差途中为句容市副市长、镇江市援疆前方指挥组副组长、第四师师长助理王华同志写的一首诗。那一年，8 月 18 日王华在出差途中不幸遭遇车祸殉职，生命永远定格在了 41 岁。镇江是兵团第四师对口援疆城市，被称为新疆“儿子娃娃”的镇江文广集团的资深导演赵建、镇江文广集团的高级记者王光华、来兵团分区挂职的副主任李牧等，这些名字，都是鲜章平一生难忘的记忆。他们从江南水乡，乘风几万里，跨越天山，匍匐伊犁脚下，用他们的话来说，那就是：“如果咱们兵团的干部都这样，何愁兵团事业不能再创辉煌，再立新功？”

一个被推崇备至的名字，牵动着鲜章平的心——他叫丁憬，是四师可克达拉市党委书记、政委。丁憬援疆的誓言是：“走进新疆，为咱兵团做点事，是我的真情流露、朴实心愿和矢志追求。”从踏上四师土地的那一刻起，他就把自己当成了兵团人。此后的 10 个春秋，他为兵团、为四师鞠躬尽瘁。2020 年 3 月 10 日，丁憬积劳成疾，因病去世，生命永远定格在 55 岁。在工作中，丁憬对鲜章平的谆谆教诲，令他在丁憬去世时悲痛、无奈。

在鲜章平看来，每一位援疆干部，快速吸纳兵团奉献精神，转化为自己脚踏实地的援疆精神，从而做出一番事业。不忘初心，坚守使命，是他们援疆的全部生命力所在。豪情的汉子，同样具有浓深的柔情。鲜章平笔下的兵团精神，是传承的、发展的，也是极具情怀和浪漫的。他将麦浪的芬芳与军垦精神的豪气、兵团人坚守的重诺，隐喻在伊犁河、比肩在巍峨天山。作者用柔韧的笔力，写就力道无比的兵团人的风采，一经展现，便万古流芳。

放在鲜章平全书最后的是民族团结的系列故事。“民族团结一家亲”和“两个全覆盖”，让鲜章平多了很多多民族亲戚。

七十八团一连维吾尔族职工阿布都·阿力，小名外力。外力每次想念鲜章平，都会喊他来吃熏马肠。熏马肠可以不吃，但是，解决外力小儿子吾买尔江的户口则是鲜章平记挂的。铁来甫大哥家的馕和抓饭、努日古丽家的拉条子、努尔布力家的风干肉……每一种美食的背后，都是浓浓的民族团结之情，是坚如磐石的团结之花。

书评至此，仿佛又重新赏读了这本书，竟使我此刻内心安宁、身心愉悦。封上书页，亦能感到作者的书稿中散发出来的生活情境：精致饭蔬的喷香、浓烈亲情的回望和涌动在大地之上大自然与人类的和谐共生。人间烟火，是个体生命前行的根本，是大地馈赠各种生物以及人类的一切生存来源。鲜章平用平实、朴素的文字，以赞美或轻抚，以感动或疼痛，以铭记或咏颂，为我们展示了一种在他眼中勤恳、和善、友爱的真实生活状态。我想：这就是鲜章平记述此书的初衷。

一只承载美食与故土的碗

——鲜章平散文集《一碗乡愁》读后感

汤云明

新疆文友鲜章平要出新书，托我写一个评论或读后感，我当然很乐意，一来可以用自己的文字祝贺朋友又有新成果，二来也可以逼着自己好好地学习一下，带着问题去读一本书。这些年来，零零碎碎的东西天天都在读，但认认真真读完的没几本，只有在答应为文友写评论时，才会把读书当成一项重要的事情来做。古人说："书非借不能读也。"对我来说，这有可能是"不写书评不能读书也"。

鲜章平比我年长一两岁，也算是同龄人，虽然他在大西北新疆，我在西南边陲云南，除了地域、物产和生活习惯有些差异外，在社会大环境、几十年前生活的负重、物资匮乏的状况，以及人与人之间友爱互助等方面，可以说我们有着共同的经历。因而在读《一碗乡愁》时，感觉很多事情就发生在身边，就好像是我的亲身经历，只不过是换了道菜，把椒麻鸡换成了昆阳卤鸭；换了个人，把哈萨克族亲戚换成了彝族兄弟；换了个特色美食，把芝麻馕换成了大米饵块……

古人认为："食色，性也。"也有当代人调侃地说："人生在世，吃穿二字。”可见，吃，从古至今都是人类社会的头等大事，还有吃的吗？吃什么？怎么吃？吃得安全吗？怎样吃得舒坦快乐？一直伴随着人类社会的发展，也或长或短地伴随着人的一生。所以说，决定吃什么，从来不是一件容易的事，它有客观条件的限制和主观认识的原因。

过去，人们见面最常见的问候语就是“吃了吗”。可见，吃，在人们的生活中多么重要。因此，我们也经常用“饭碗”来引申生活，以及生活所依赖的工作。一个饭碗，能承载起生命，也能承载起生养我们的故土与乡愁。虽然祖籍不在新疆，但作为生长在新疆的兵团二代的鲜章平来说，新疆已经是他的第一故乡了。这里是鲜章平的故乡，也是新疆本地各民族兄弟的故乡，还是来自五湖四海的第一代兵团人的第二故乡。

从广义的方面讲，生活离不开食物；从狭义的方面讲，生命个体离不开食物。人在不吃不喝的情况下，据说三四天就不行了。可见食物就是生命能够延续下去的能源和保证，这也是为什么要说“民以食为天”了。而在生产力极不发达的古代，如果再遇到战乱或自然灾害，为了生存下去，“吃”就成了甚至比生命和亲情、友情还重要的事情。特别是在人类社会的原始阶段，人和自然界的所有动物几乎一样，为食物奔忙劳碌，也为食物争斗甚至是发动战争。

现在，《一碗乡愁》就摆在眼前，我从《苜蓿》一文知道了苜蓿不但可以做饲料，还可以做咸菜和当菜食用。文章写道：“于是每到春天，我的心里便多了份期盼——那就是去地里掐苜蓿尖，也就是苜蓿的嫩芽。正是青黄不接、满嘴无味的季节，这鲜嫩的苜蓿尖就成了改善伙食的首选。从困难年代走过来的母亲总有多种办法对付饥荒，苜蓿尖用开水烫了，加点盐和五香粉，是开胃下饭的好伴侣。”读到这里，突然想起同样的经历，在缺衣少食的童年和少年时代，辣椒叶、车前草、荠菜都成了我们家的菜，有时还拌在米面或米饭里一起蒸着吃，既当主食，又当菜。在吃青蚕豆的三四月份，母亲还会把最嫩的青蚕豆的豆荚也拿来当菜。母亲把剥了豆子的豆荚撕掉边上的丝，煮熟后，加胡辣椒当菜炒着吃，现在回想起来，还是很好吃的。听母亲说，在她小时候，也就是这个青黄不接的早春，家里实在没有口粮了，就会直接采摘蚕豆叶子加点玉米面或大米一起煮成稀饭吃。蚕豆叶又苦又难消化，吃多了容易便秘，甚至会让人丧命。相比现在的人，他们吃蚕豆的时候要剥去豆荚和豆子上的白色外皮，只吃绿色的豆米，这是何等的奢侈啊！

如今，经过几十年的奋斗和发展，我国的社会生产力提高了、物质资源丰富了，在全国步入小康的情况下，很少有人会为没有吃的而发愁，因而，吃好喝好，追求色香味俱全，吃得安全、健康成为主要问题。会做美食的人，总会有较好的人缘；喜欢美食者，总是热情洋溢、热爱生活；跟食商高的人一起去下馆子，点菜的水平也不一样，这肯定会是一件快乐的事。也许，鲜章平就是这样的人。

在我五六岁时，只比灶高一点，还抬不动甑子，甚至要垫一个凳子在灶前才能艰难地把甑子放到锅里蒸饭的情况下，就学会了做饭和炒菜，但基本上是能做熟就行，至于口味、花色品种嘛，从来没有要求过。长大以后，由于喜欢吃清淡口味，所以也没有对做菜有所研究。相比之下，我就是个不善于做美食的人，但它不影响我对美食的爱和期望。每当到不同的地方旅游，品尝到不同地域的美食后，也会有感而发地写一些美食文章，还在报刊上发表，我就写过故乡的野生菌、桑子酱、丁丁糖、板栗，也写过大理巍山南诏美食、昆明官渡粑粑等。

《折戟“懒汉鹅”》写了几个朋友合伙投资开“懒汉鹅”餐

厅的经历。虽然几经周折，饭店也只维持了半年，没有赚到钱不说，还赔了不少，但足以看出朋友间的友情和信任。他们没有因生意失败而互相责怪，更没有反目成仇，多年以后认为“这就是远瀚，明知前方是刀山火海、万丈深渊，也要陪着朋友一起跳下去！我还能说什么呢？只能为这次失败的投资感到庆幸，它让我看到了什么是真正的兄弟情谊，也使我更加敬重我的朋友们。因为事实证明，我对他们的品格判断完全正确。”因为人生除了利益，还有情谊和友爱，“当年伊犁‘懒汉鹅’的4位股东又齐聚乌鲁木齐，偶尔把酒言欢，感慨人生。”这才是最有意义的人生经历。

杂碎是动物的内脏、下水。作者在特殊年代生活困难，书中描写了人们对杂碎的利用和期待，以及如今商家怎样把不起眼的杂碎制作成系列美食的过程，作者最终讲明白了一个道理：“在我中华大地，杂碎的美食爱好者分布之广，可以用一句新闻里常说的‘全覆盖，无死角’来表达。更让我感叹的是，原本被当作腌臜之物丢弃的下水经过烹饪，照样能够成为美味。”

《美味的兔子》通过作者在童年时难得一吃的野兔，到后来自家养殖，再后来专业户养殖兔子的经历，以兔子为引导，写出了发小之间的情谊和故乡水土对一个人一生的影响，以至于“当我趁出差的机会，在繁华的上海城隍庙街头与他两手相握的刹那，飘逝的岁月倏忽间回到了脑海里。而他的形象，活脱脱是他仍然生活在那个戈壁滩上的老父亲的翻版。我不由感慨万千：故乡的水土就是一个人的定型剂，哪怕相隔万水千山，哪怕时光漂白了身份，你的骨子里，永远会保留着故乡的气质。”养殖户夫妇第一个孩子出生的时候，“妻子提心吊胆地让护士把孩子抱到跟前仔细瞅了瞅嘴唇才放心睡去。原来是吃的兔肉太多，害怕生下个兔唇儿来。”有些诙谐幽默地写出了人与兔子之间的依赖和纠结。整本书中，类似这样的故事很多，这也正是《一碗乡愁》所能承载的厚重之处。

《人间烟火》讲的是野菜。作者从"经历过艰苦岁月的老人们说起野菜来，会有种莫名的惆怅，除了感恩，还有些说不出的味道。到了衣食无忧的年代，野菜又成为珍稀植物登上大雅之堂。"写出了人们在吃饱喝足后对食品受到污染的担忧，也写出了对野菜的感恩。文章结尾处"有时候，幸福真的不需要去设计和筹划，它会在不经意间降临。"这是作者乐观处世，也是对生活、故乡亲人的感恩。

人人都吃过火锅，也会对火锅有些表述和理解。《火锅里煮出的温暖》写道"因为火锅，再冷的冬天又有什么可怕的呢""它的饮食文化里，最大限度地体现了'海纳百川，有容乃大'的中华文明之胸怀。"只有对火锅有着深刻的认识和理解，才能用恰如其分的文字写出这样与众不同的火锅。

因为《一碗乡愁》里装载的美食太多了，可以说是美味可口、分量充足，在炊烟袅袅、推杯换盏间，香气早已经飘出了文字所能达到的境界，让我沉迷其中而舍不得放下。但又怕一口气吃得太多，不能细细品味这一只碗承载着的故乡与生活情怀，造成消化不良，也浪费了这些特色美食、珍馐美馔和做菜人的良苦用心。所以，即使这些美食诱人味蕾，但也要有个限度，我刻意地控制着阅读量，并且一边读，一边用红笔勾勒出重点和精彩、独到的句子，还在书边空白处随心地写下当时的感受和心得。

《一碗乡愁》里的文章或长或短，短的只有千余字，如《父亲爱吃的回民油糕》《打月饼》，长的达到数千字，如《与馕相遇》《人间烟火》。作者随心随性，不刻意着东拉西扯地赘述，也不吝惜笔墨纸张，有话则放开心扉地说，无话则就此收笔。但每篇文章都有着不同寻常的人文气息和生活最本真的味道。

以前只知道，中国的特色小吃，能兼顾东西南北中的不同风味，读了《一碗乡愁》才知道，伊宁也是西北地区负有盛名的美食之乡。

读完《一碗乡愁》，对许多以前没有听过的美食如油糕、恰玛古、缸子肉等第一次有了些了解，也知道了我们当地很普通的洋葱那边叫皮牙子，它是制作烧烤和很多美食的必不可少的配菜，还进一步认识了各种口味的馕、马奶酒、新疆苹果、羊肉泡、手抓肉等民族风味食物。

每到一地，人们不是忙着去看高楼大厦，也不是去看钢筋混凝土外加围墙、栏杆封闭的小区，更多的人是去这个城市的老街区。老街区往往是这个城市晚上最繁华的地方，因为这里最有人间烟火的气息，也最能吃到地道的小吃。作者在《夜市风云》里说："在飘着雪花的夜晚，站在炉火边，听着嗞嗞啦啦的油烟蹿起来的声音，守着这美好的人间，心里暖融融的……夜市又像个大熔炉，锤炼着我们的人生。"即使在我自己生活的小城，几个朋友相约小聚，也经常是去老街上的带有江湖味的小馆子。那里价格实惠，不讲排场和客套，在这里，我们图的就是一杯小酒、几个小菜的叙旧。

读完《一碗乡愁》的40多篇文章，犹如40多道带着浓烈乡愁气息和地方特色的大菜就摆在眼前，40多段带着美好回忆的生活故事正娓娓讲起，在唇齿留香、手有余温、心有余韵的同时，高兴地看到先后当过团场新闻干事、县委组织部秘书、银行职员、报社记者、电视台总编辑等职务，有着多种职业生涯的经历，再加上热爱文学，业余从事文学创作几十年的积累，让鲜章平的文章越来越有看头，创作手法越来越成熟，创作道路也越来越宽阔。

但愿，还能经常看到鲜章平兄的文字，经常看到他的成果。

对他来说这是收成，是岁月和光阴在人生命里结出来的精神舍利。作为多年的文友，他的成就对我来说是激励，也是鞭策。

（汤云明，男，汉族，1973年出生，大学本科学历，当代作家、诗人，云南省作协会员、昆明市晋宁区作协副主席。1993年开始发表文学作品，出版诗歌集《岁月之上》、散文随笔集《随言散语》、长篇历史小说《清臣汤曜》等多部作品。）

后记

这本书的诞生，首先得感谢原七师作协主席张新荃先生，我们不过是一面之缘——大概是21世纪之初，他在七师当作协主席的时候，来伊犁公干，四师文联主席何金良请客，我作陪。他退休后在乌鲁木齐落脚，我们再没谋面，2017年却在一个文学群里重逢，自是格外亲切。

没过多久，张主席拉我进了一个群，说是受某文化公司委托，要为一本关于新疆美食的散文集组稿，在这里我又遇见了很多久仰大名的作家，心中颇为兴奋，对张主席也充满了感激。这时候的张主席意气风发，指点江山，铁面无私。倘若有哪位违反了群规，不管你名气再大，他也毫不留情如同黑脸包公再世，训斥一番，然后踢出群去。我自是战战兢兢，严守群规，按照他列出的美食清单，写出了一篇又一篇有关新疆美食的散文作品。张主席对我也格外关照，一篇篇被选用，这让我的创作激情澎湃。就是在这种情况下，我在不到一个月的时间里写出了20多篇新疆美食散文。

很快，选题一一落实，美食散文创作群完成历史使命，宣告解散。我满怀希望地等待了一天又一天，直到第二年也没有等来作品结集出版的消息。我想：既然已经开了头，干脆就把这项工程继续干下去吧！于是我按照自己的记忆和思路开始了新的创作。可是没过多久，突如其来的变故打乱了我的工作和生活节奏，我的心情从沸点降到了冰点，原本还算顺畅的创作不得不停下来，这一停就是两年多。

2020年6月由于种种原因我离开了自己热爱的新闻事业，离开了新疆生产建设兵团第四师可克达拉广播电视台，离开了生我养我的伊犁，独自来到陌生的首府——乌鲁木齐，从事陌生的工作——保险工作。这时候我越发感觉到故乡的山山水水、故乡的亲朋好友对我来说是多么重要。对家乡、对亲人、对往事的眷恋让我再次产生了创作的冲动，开始重新拿起笔，敲起了键盘。由于对新的工作和生活环境不适应，我的心情一时还不能够平复，可以说这时候的创作是缓慢的，但也是经过深思熟虑的，因为创作速度慢，每一篇作品都会经过不断地揣摩和打磨，甚至不再像早些年，写完就迫不及待地发到博客或投往编辑部。这种从容，或许正是“知天命”后的变化吧。

我的美食记忆里永远离不开家乡的人、家乡的事，或许这种记忆正是我写作的支撑和底气，也是我取之不竭的素材和源泉。伊犁散文家郭文涟老师给我的上一部散文集写过一篇评论，题目是《散文的背后站着一个人》，我深以为然。写散文须见人见事，这是真性情，做不得假。而我每当想起一道美食，心中就不由自主地浮现出曾经和我一起烹饪或者品味美食的人。

从我工作起，每逢重大历史节点，总会有媒体搞些征文活动，比如“新中国成立××周年”“改革开放××周年”“衣食住行看变化”征文基本是主流媒体不变的主题，从生活细节看变化，以小见大的切入点是能引起人们共鸣的，确实不错。从这个角度说，作为一名70后，我对美食的回忆，基本发端于改革开放前，涵盖了改革开放初期直到当下的切身体会，也算是一个时代的缩影吧。作为一个离开了家乡的人，可能情感的发酵会更为丰富些。这时候美食的味道，像一根针，游走在记忆深处，把家乡的山山水水、亲人的点点滴滴，密密匝匝缝制成一件温暖的寒衣，陪我行走江湖，抵御世态炎凉，感受人情冷暖。这时的我对家乡美食的依恋不仅仅是因为味觉和口腹之需，更多的是心灵和精神上的寄托。

老舍先生说过："人，即使活到八九十岁，有母亲便可以多少还有点孩子气。失了慈母便像花插在瓶子里，虽然还有色有香，却失去了根。有母亲的人，心里是安定的。"我深有同感。父母的相继离去，让我常常在梦中哭泣，甚至忘了自己早已为人父，成为孩子们口中的"爸爸""伯伯"甚至是"爷爷"。柴米油盐酱醋茶的日常，会在不经意间勾起我的回忆，儿时父母含辛茹苦拉扯我们长大的情形如同电影里的蒙太奇，一次次闪现在我的脑海里。这也是为什么在我的美食作品里父母出现得最多，因为生活的真实是文学的基础，谁的成长里，少得了父母的呵护和付出？可以肯定地说，在这些作品里，我的叙述、我的情感、我的回忆，都是发自内心的真实再现。这一点，和那些近些年走红的小说化散文比起来，可能会略输文采、稍逊风骚，情节不够离奇，故事不够煽情，从而也不会产生轰动效应。但是我想：还是让自己真实些好，因为小说最大的特征就是虚构，这和我的散文创作观相差很多，我还是老老实实地按照自己的路数出牌吧。

说到当代散文创作，人们提的最多的可能就是在场散文，我对这个概念没有什么过多的了解和理解，但是在我的作品里总有不可缺失的现场。当我写到拌面，我首先想到的是年少时大哥第一次在他的新家为我做拌面的情形，想起和好朋友徐保疆一起在风雪中钻进了那间低矮破旧的老平房吃了让我一直惊艳不已的家常拌面。可想而知，20 多年前在大冬天吃到新鲜的豆角、辣子、茄子和过油肉炒的拌面，会是怎样的感觉？还有和朋友，在巴彦岱王蒙书屋对面一个小巷子里，高大的白杨树掩映下的维吾尔族庭院里，面对一碗碗分量充足、肉质鲜美的过油肉拌面，大快朵颐的情形。这一切，让我一次次回味纯真的友情、朋友们的音容笑貌，让我倍加怀念家乡的温暖。在《红烧肉》一文里，不仅有我的启蒙老师、上海知青陈顺祥先生这几年常常给我唠叨的知青往事，也有我和妻儿一起共度的美好时光，还有我学做红烧肉的快乐体验，生活的点点滴滴让我倍感亲切。

作为一名从小就生活在农牧团场的军垦二代，可以说我的骨子里浸透了兵团文化，我的作品里自然少不了和多民族群众血浓于水的大融合。这一点在作品中随处可见：《小众美食——缸子肉》《手抓肉的故事》《醉人的马奶酒》《那一碗热气腾腾的汤面片》《蜂蜜奇遇记》《野蘑菇》《遇见恰玛古》《父亲爱吃的回民油糕》《烧烤的味道》等篇章里，我不仅真实回顾了和我的民族“亲戚”、民族朋友共同度过的美好时光，也通过美食展现了朴实的维吾尔族、哈萨克族、回族等多民族的风土人情，讲述了各族人民在长期的生产生活中结下的深厚感情，希望读者在品尝美食的同时，能够潜移默化地接受一堂民族团结教育课。这样的体验非虚构可以感受，所以说我不仅是在写散文更是在缅怀过去，我不仅是在写美食更是在打捞往事。一篇篇散文写作也是我与一个个故人亲朋重逢的过程。这个过程，让我更加珍惜今天，憧憬未来。

最后要感谢低调的领导作家李平、好友李凌、美女作家蒋晓寒、云南文友汤云明，他们在百忙之中，为我写下了心灵的呼应，让我更加深刻感受了文人群体的情谊。当然，还有很多文友和老师，给我鼓励和鞭策，让我不敢懈怠，星夜赶路，在这里向所有关心、帮助我的师友们表达内心的崇敬和感恩。

相信时光不负赶路人，让我们一起逐梦，奔向明天。